小矮人的祕境

林加春・著

小矮人的祕境

CONTENTS

CONTENTS

1・序曲——天神奧瑪

森林裡、地底下、山洞岩石間，小矮人靈活奔跑攀爬，照顧樹木植物，和天地萬物互不侵犯，依循天神奧瑪的旨意生存在大自然間。

小矮人是傳奇人種，纖巧身影很難被發現，他們崇敬天神奧瑪，用歡喜歌聲澆渥各種生命，只要聽見小矮人歌聲，生命會得到詳靜和諧，不再衝突、痛苦或哀傷，連風雨雷電都期盼聽到歌聲，哪怕會削弱它們的力量，也要設法找到歌聲。

柔和優美的旋律，是古老傳說裡天神的詩篇，吟誦時間之河的浩瀚長流，小矮人的祖先唱過，可惜失傳了。

讚許小矮人的努力，天神奧瑪總是以光和熱的型態，出現在他們周圍，透過陽光的照耀、溫暖的撫觸，小矮人能感受奧瑪的回應與照護。必要時，天神也顯現各種神蹟，來鼓勵感召陷入徬徨迷惑的小矮人，「奧瑪請保佑」「感謝奧瑪」「可敬的奧瑪」，則是他們回報天神的虔誠禮讚。

曾經，天神懲罰過傷害樹木的烏莫小矮人：不讓他們擁有樹木，禁止他們進入森林，並且將他們眼珠改成黃色，直到他們悔悟才解除魔咒。對烏莫人來說，始終在地底下出沒的日子，陽光是陌生、不祥的東西，因為黃眼珠畏懼日光，他們只能趁黑夜到地面上活動，但黃眼珠在墨黑夜色裡仍然視力不良。如今擺脫烏莫毒誓，解開天神魔咒後，可以在地面上自由行動，欣賞天神祝福下的繽紛世界，喜悅幸福的感覺讓他們感嘆以往錯過太多，不願再浪費每一次眨眼的時間。

變成黑眼珠後，視力變好了，不只陽光下能張大眼睛看東西，在夜間或地下通道，沒有火把也能辨識景物，「全要感謝奧瑪！」

陽光，多麼可貴！接受太陽照耀的烏莫人珍惜這樣的幸福，渴望時刻都有光明。陽光，也是天神奧瑪的化身，烏莫人見過神蹟後，敬服奧瑪的偉大神力，慶幸能有陽光敷照如同奧瑪庇祐，讓他們安心生活努力工作。

天神的咒語奇幻奧妙，遠非小矮人所能想像，也因此，奧瑪在小矮人心中越發崇高尊貴，神聖無比。

至於阿貝小矮人，活在森林中和樹木聲息相通，奧瑪來到阿貝森林，欣賞這片生機勃發的美麗天地時，也會化身成陽光清風，在樹葉間和阿貝人說話，那就只有用心傾聽樹木言語的人才聽得到啦。

「你要走入故事。」樹葉嘩嘩說著。

「走入古老傳說裡。」幾棵樹的枝葉一齊搖晃說話。

「把我們也帶進故事裡。」整座森林輕緩低沉的流動這樣一片聲響。

一棵樹，可以藉著種子發芽延續生命，生生不息的能量巨大無比。阿貝族的老人姆姆，正融入這股力量中。全身無力，睜不開眼，打不開嘴，動不了四肢軀體，從外表看，她沉睡昏迷，生命力微弱，只有細如游絲的呼吸。全靠神醫歐哈兒菊花咒語的保護，阻隔外力侵擾她孱弱身軀，不致被任何外物碰觸。

但是姆姆神識在天地間流轉，她能聽到各種聲響，聞到任何氣味，空氣裡的一切動靜都進入她的意識。也就憑藉這聽和聞，姆姆能從美好的聲音、氣味裡，得到活絡重生的能量，一點一滴累積，整補自己身上衰老退化的肌肉筋骨。皺紋和白髮不可能回復，就如樹木蒼勁的姿態只會積存，但可以長出新芽嫩葉，姆姆也可以再睜眼開口，眼光清澈，說話清楚。這就是小矮人的古語「太古亞旺」：沉睡，等待甦醒，得到新的活力。如果順利，已經衰老、耗盡精神心力的姆姆，將可以再度甦醒，用她的智慧和經驗繼續守護阿貝族人。

姆姆很老了，現存的小矮人中最年長的一位，沒人知道姆姆的年紀，她的名字也只有歐哈兒、老爹、老哈、也伯這幾人說得出。天神奧瑪讓姆姆留在阿貝森林陪伴族人，因為需要她指點、安慰、開導的人太多了。此外，姆姆努力將古老的小矮人語言教給阿貝人，儘管大家不再說那種多音節又文謅謅的話，但是姆姆認為「總會用得到的」，所以阿貝人還知道「歐基」是指所有小矮人，「歐基伊加」是阿貝小矮人，「歐基咪嗎」是烏莫小矮人，「努基」則是湖的意思，「姆姆」是長壽的女人。至於更多的古語，年輕一代還等著慢慢學呢。

姆姆是阿貝森林的寶，現在，「太古亞旺」的姆姆神遊各處，尋找機會再甦醒，只要有任何機會都不要放棄，阿貝人更是努力為姆姆營造美好環境，提供愉快歡樂氣息。族長也伯和長老老爹，每天帶著族人唱誦阿貝聖歌，結合樹木歌聲和小矮人禮讚的療傷聖歌，曾經醫治綠信差比羅，更在過去久遠歲月裡，治癒過無數族人的傷痛。聖歌歌聲有大自然生命活力，對膚慰身心創痛有神奇療效，但阿貝聖歌只喚回了姆姆的心智神識，僵化的身體要想恢復活動的機能，還需要更強大的力量。

姆姆有很多故事，或許，她的生命就是因為故事才存在。姆姆記得的故事不是靈感來時隨口想像編撰，全都是阿貝人，是小矮人，是土地、大自然生命的歷史記憶。有些當然可以用文字記下，有些卻得靠姆姆來敘說，那是文字沒法傳達的情境，姆姆像樹木唱歌的聲音，重現事情發生時的氣氛。只是姆姆想不到，自己會成為故事裡的一角，並且從中得到能量。

「走入故事？」昏睡中的姆姆聽到樹木傳來這樣訊息，靜靜眼皮下，她其實醒著。

「是的，走入故事，無處不在。」這也是她聽到的，天地呼喊出聲。

「好吧。」既然生命的存在是為了保留故事歷史，那麼藉姆姆的生命讓大家重溫古老傳說，就不僅止於她個人的事了。

「可敬的奧瑪，我要去哪裡才好？」姆姆的神識飛進陽光。

天神奧瑪沒直接回答問題：「知道嗎？山和水要互相交談，生命才會壯闊美麗。」

姆姆點頭：「我明白，就像魔洞山和邦卡河那樣。」

「邦卡？它不是勾絡要找的水。」

「咦，不是嗎？大河邦卡從魔洞山流出來，一路奔唱高歌，阿貝人相信邦卡是魔洞山勾絡的朋友……」姆姆很意外。

「烏莫人會告訴你，什麼是勾絡要找的水。」奧瑪給了指示：「去烏莫人那裡。把你弄清楚的事記下來，所有歐基都會感謝有這一段故事，你也會得到力量。」

烏莫人嗎？會大吼大叫，滿口粗話的黃眼珠小矮人！聽說天神已撤除懲罰，他們變成黑眼珠了；又聽說他們去開闢荒地，打算也種出一座森林；烏莫人不想再四散流浪，急著尋找族人定居下來……姆姆知道的烏莫人，怎麼會有勾絡要的水呢？

「我期待新的烏莫人。」奧瑪的光熾亮起來。

「可敬的奧瑪，祢給了方向，可是，我如何找到烏莫人？又如何去接近他們？」姆姆毫無力量也沒有頭緒。

「我讓你是光，是風，是土石，是樹，是雪，是水。」「走入故事不需要力量，心念一轉，你就可以是任何形式。」天神奧瑪的光和熱帶著她的神識遊走天地間：「去吧，你會找到並接近烏莫人，別忘了給他們一點提示，一點鼓勵。」

就這樣，姆姆帶回了這個我們將要讀到的故事。

天神奧瑪的旨意是什麼呢？

2 • 重新開始

金黃的太陽照耀土石岩壁，明亮耀眼，彷彿火光正烘熱炙烤；但匍匐地面的小草顫抖著身體，空氣冷冽，風，奪走那份熱，只留下光；天空是深邃清澈的藍，潔淨到靈魂飄浮其上，視線找不到可以固著的任何絲隙。

這樣的光，讓地面上的色彩鮮豔動人，白的更白，綠的更綠，黃的、黑的、紅的、灰褐，各種色調都分外亮眼，顯出豐富的層次。

看著這一片光燦美妙的景色，烏莫人比亞長長嘆口氣：「太好了。」白天的世界有陽光普照，真是享受啊！

「可惜短了些。」尼耶了解比亞的意思。

魁梧壯碩的波阿正在挖土，額頭綁著紅頭巾，聽見比亞和尼耶的交談，簡單說了兩個字：「的確。」

他們正在荒地上忙著。

這一塊大荒地，只有貼俯地面的小草，偶爾見到幾簇稍微高出的草莖，更多的是泥土石塊。

足夠所有烏莫族人繁衍的偌大荒地，一旦開發成功，將會是安穩可靠的居所；更好的是，南邊有條小河流過，地面有小草生長。「這裡絕對能長出樹木！」族長阿大篤定的口吻讓他們信心大增，勇氣十足。

不過，「我們先要把這塊地整理出來。」阿大說。凡事總得從基礎做起。

秋天的日照是漸漸短了，他們要盡量爭取時間開墾土地。按照阿大定出來的進度，在冰雪封凍大地前，要種下種子、挖好地下住所，並且將柴火糧食搬進去。為了趕上進度，即使天黑了也還要繼續挖掘，這種時候，他們更嘆息秋天的陽光太早離開。

波阿和阿大負責清理堅硬土石、挖鑿坑洞。尼耶和比亞一前一後，在挖好的洞裡放入種子，蓋上土，工作似乎很輕鬆，不過接下來的澆水可就累了。

兩個椰子殼和幾支大竹管用來盛水。走到河邊取水，再小心背回來，運氣好時，一趟能澆五個洞，假使搖晃或跌踉，讓水溢漏了，有時只夠澆二三個洞。

總是在尼耶、比亞把放入種子的洞都澆溼了時，又有一排坑洞等著兩人放入種子、蓋上土，再繼續取水來灌溉。

從前，這些工作只要吹哨音，驅動土撥鼠，牠們就會鑽入泥土裡迅速刨挖，做得又快又好。現在全靠四個人徒手挖掘，勞累又慢，尼耶曾經撮嘴唇吹口哨，要叫喚土撥鼠，卻沒絲毫回應。他懷疑這荒地裡沒有土撥鼠，比亞嘲笑他：「是你吹得不好吧！」

「別再想那些！」阿大低沉聲音和嚴肅口氣，讓尼耶、比亞同時閉嘴。「忘掉過去，我們要重新開始。」全新的烏莫人，不再驅使其他生命，要憑自己的力量創造另一種奇蹟。

阿大看著比亞、尼耶和波阿，放緩語氣：「我們和土撥鼠一樣，都在這土地上找生活，誰也不命令誰。」

波阿點點頭，望著挖好的整排洞口微笑：「我喜歡這種生活。」雖然只是種下種子，離發芽茁長還很遙遠，但真正勞動流汗後的踏實感覺，卻是以前不曾有的。

捏起拳頭，比亞揮動強壯胳臂問阿大：「怎麼樣，要不要把那一籃種子也種下去？」他問的是阿貝族長也伯贈送，長在阿卡邦灣的桃花心木烏拉的果實，象徵阿貝族友誼的樹種，也該讓它們長在烏莫族的土地上吧！

「那當然，不過，我想把它們種在南邊那條河的岸邊。」阿大瞇起眼看向南方。

學阿貝人嗎？尼耶歪歪頭，不以為然的說：「為什麼要跟阿貝人一樣？它們可以種在這裡，正中心點，將來長成一大片烏莫族的烏拉樹林，也很好啊！」

「你們認為呢？」阿大口吻沉著，徵詢比亞和波阿的意見。

波阿一時間沒有說話，對「思考」這件事，他還須要多練習。

比亞倒是認真分析：「種在河岸澆水很方便，若種在這裡，想要長成一大片，那最好挖水道，引水過來。」他這麼一說，尼耶反而後悔了，挖水道不更累人！自己真是找麻煩。

「我不怕。」波阿笑起來，出勞力工作的事不算什麼，動腦筋想事情才讓他感覺辛苦。

「水道是一定要開挖的。」看看身旁三人，阿大說：「把河水引進來，我們的開墾才容易進行。」

阿大頓一下，突然笑了：「烏拉森林，這名號很響亮，要不要就用它來稱呼我們這塊地呀？」

聽起來似乎開玩笑，但看看阿大，眼睛炯炯有神，表情嚴肅冷靜，語調雖然輕鬆卻有著徵詢，三個人不由得挺起腰桿。

「烏拉森林」，比亞唸著，彷彿看到蔥綠茂密的一片林木，「好名字！」

尼耶沒想到自己隨口說的話會受到大家看重，「呃，真的好嗎？這名字……」眼前連一棵樹都還沒種出來哩。

「走吧！」波阿大聲說。先去挖水道，引河水來澆灌這些種子和樹苗，有了水，好好照顧，「我們會有樹，一大片。」他揮手比畫，似乎手點到之處就長出一棵樹立在那兒。

走向南邊小河時，阿大依照烏莫族命名習慣，轉三圈後，用手掌按壓地面，高聲喊：「烏拉森林，長好你的根，長好你的葉，帶著勇氣加入烏莫。」他用「根」和「葉」代替「腳」和「手」，唸完後，阿大想一想，又接著喊：「感謝奧瑪！」

陽光突然更明亮白熾，撫摩得身體熱熱暖暖，四個人瞇起眼不敢再直視那團光。這是天神奧瑪回應他們的禮敬，把土地命名為烏拉森林已經得到奧瑪允准，興奮的烏莫人身體裡有股力量催促著，立刻動手搬挖泥土。

收工離開時，他們已經挖出四個方形大坑，只要再挖開中間相隔的土牆，一段水道就出現了。

「成績不錯。」波阿爬出來，站在大坑邊滿意的微笑。

「看吧，過幾天，我們就可以把河水引進來了。」走回營地時，比亞的話特別多。

他們的營地建在山丘下，這座全部都是石塊磊成的小山，在荒地西邊聳起，居高臨下的寬廣視野，適合瞭望警戒，山丘石塊自然形成的空隙洞穴，有大有小，正好做他們的居所。尤其向東一個大洞窟能容納六七個人，夠他們燃起火堆，躺平身子舒服睡覺。

第一次進來洞裡，波阿試著蹬踩攀抓，嗯，很牢靠堅硬，「不錯！」他簡單說。

比亞把種子按照顏色、形狀和大小，分別堆放到石壁間各個小洞。

阿大把大竹管橫架在洞壁，吊起盛裝樹苗的簍子，所有物品都收放妥當後，洞窟裡立刻清爽整潔多了。

尼耶負責生火。估量風向和煙路，他設定好火塘的位置，很快燃起火。「以後再做壁爐。」尼耶說。看著煙竄高，直直向上飄散出去，洞窟裡氣流順暢，爐火燃燒的煙很快排空了，沒有悶燻嗆窒的危險，他有把握，一天就可以弄出個壁爐來，「沒什麼要費事的。」

烏莫人對建築工事有特殊的天份，即使只能就地取材，他們在第一個晚上就把洞窟整理出規模，又在接著的幾個夜晚，做出壁爐、密道、會議室、儲藏室等設備。

每天從荒地結束工作回到這臨時營地，閃耀跳動的火焰總讓烏莫人感覺安心。

現在，比亞坐到爐火前繼續話題：「只挖這一條水道不夠用，最好加長，往各處延伸。想想看，到哪兒都有水可用，這不是更方便嗎？」他越說越興奮，伸手捶一下身旁尼耶：「喂，你可別喊累，要像剛才那麼起勁才好。」

四個人當中，尼耶體型比較瘦削單薄，力氣沒他們三個人大，遇到粗重耗體力的工作，第一個嫌麻煩想逃避的就是尼耶。

「再怎麼說，烏拉森林的開創，你也是一份子。」比亞哈哈大笑。

尼耶沒作聲，盯著火堆吞吐的光燄默默盤算。比亞的口氣令他不舒服，「憑什麼教訓我！」尼耶瞇起眼，把一塊樹皮丟入火堆。

3・比亞的夢

尼耶坐在壁爐前發呆：「他憑什麼說我！」把樹枝丟入火堆，也把心中的憤怒丟進去，尼耶朝比亞背影瞪一眼。

阿大皺一下眉頭，歪著頭的尼耶，怎麼渾身一股怒氣呢？

整個夜晚，四人輪流睡覺和工作，要從山洞裡往下挖地道。

「記得向北挖。」看比亞吃飽走入地道準備工作，阿大提醒他。

工作永遠做不完，比亞想。躺到地面，雙手抱膝弓蜷成一團，閉眼深呼吸後旋轉身體，心中不斷默念：「北方，北方，帶我向北方。」

用力轉動的身體一度慢緩像要停住，卻又來回旋轉，比亞於是大聲說：「北方，北方，帶我向北方。」隨著話聲，他的身體猛地打頓，不再轉動。

頭前面是北方，確定方向就好做事，比亞站起身開始挖掘。

用尖鏃石頭撬挖土塊，偶爾迸出小火花，那是土層中夾了石頭。左半邊有小塊暗影，伸手去摸，指頭碰觸到平滑冰涼的東西，堅硬無比，石頭嗎？怎麼打不出火花？沿著這塊暗影周圍，比亞先清理旁邊土石。沒多久，一塊硬石頭「嘭咚」掉落下來，差點兒砸到他的腳趾頭。一切順利。

張開雙臂，比亞檢查自己的進度。右指尖到左指尖的距離是「一崠」，現在，他已經挖出超過三崠長的地道。往牆上做記號時，比亞踢到那塊石頭，他彎腰撿起來，「尼耶也許能把它做成什麼來用。」

回到休息的洞窟營地，爐火已經弱了，先丟幾塊木柴進去，再去叫阿大：「工作、工作。」伸手在阿大臉上搧兩下，兩邊耳朵也各搧兩下，看阿大握拳弓身睜開眼，比亞迅速退後，「工作，工作。」嘴裡小聲喊。

長年流浪的烏莫人，連睡夢中都保持警覺，一點光線閃爍或微弱氣流變化，就會立刻驚醒，準備攻擊或反抗，叫起床的人得提防被踢、被打。

幾乎同時，阿大坐起來，看清楚洞窟裡的景象，拳頭鬆開。「該我了。」沒半點耽擱，阿大很快進入地道。

把那塊石頭靠在火爐邊，比亞打個哈欠，躺下前，他瞄一眼石頭：「顏色深暗，是黑嗎……」眼皮合起來了，問題像小老鼠鑽地毯般，在緊閉的眼皮下滴溜轉。

才一下子，比亞又張開眼皮，「我為什麼醒來？」是還沒入睡，或是睡飽了，還是正在做夢？

轉頭看，波阿靠坐在洞壁岩石，紅頭巾被扯脫了，壯碩身軀在掙扎扭動。他的手被反綁在背後，山籐緊緊捆住手腕，又繞過脖子一圈，打了個死結，只要手一掙動，脖子就箍緊。

「誰綁……」比亞剛要問，立刻看見一個人蹲下身，把波阿像扛木頭一樣扛在肩上。是莫滋！從起火的烏莫地道失蹤，一心要消滅阿貝森林的那個烏莫首領！

「你要做什麼？」被舉扛懸空又弄不清用意，波阿發抖震顫。

面無表情的莫滋朝火爐走去，強壯的手臂舉起波阿，添柴火般，要把波阿丟入火爐中！

「不要！」比亞衝上前用力推開莫滋，拉出火爐裡的波阿。

莫滋跌倒後迅速爬起來，跑向暗影：「等著瞧，我會再來。」

火燒斷了山籐，也灼咬波阿。「喔，歐……」痛苦呻吟的波阿，拼命甩脫身上繩索，著火的籐索變成一條條蛇，又跳到波阿身上，蛇信嘶嘶伸吐，朝波阿頭頸冷笑。

比亞急了，從火爐中抽出一塊柴火，驅趕糾纏波阿的蛇，「走開！」

滑溜蛇體啪啪啪掉落，變成一隻隻麻蛀蜥，流著口水四散尋找食物，比亞成為毒蟲的目標了！

視線和麻蛀蜥相接後，比亞渾身一震，一道清亮冰冷的眼神讓他腦子霎時醒轉。靠坐岩壁的波阿合著眼，腳抽動、鼻孔噴氣，下巴點啊轉啊，顯然正在做夢。洞裡沒有繩索、蛇、麻蛀蜥，自己兩手空空，剛才的驚恐景象只是一個夢。

惶惑不定打量四處，比亞眼光落在尼耶身上，握拳的手擱在胸口，膝蓋彎曲，眼皮下兩顆眼珠子骨碌轉，睫毛輕輕跳像隨時要睜開眼睛。比亞轉移視線前，無意識的猜想：不知道尼耶現在夢到什麼？

念頭閃過後，比亞又看見怪事。

一堆奇形怪狀東西，不斷出現，尼耶用泥土捏、用木頭刻、用石頭鑿，做一個扔一個，「去找自己的位置。」尼耶大聲喊。

「別跟我說『你不清楚自己該在哪裡』，我沒空。來，你可以捉住風，你可以招呼太陽；喂，小東西，過來，把蘆葦稈套上去，你就能挑出螞蟻蛋……」尼耶嘴巴掉出連串話，比亞完全插不上嘴。

一個木頭箱子冒著濃濃白煙，「吆——嘻——」，尼耶吹出口哨聲，輪子自動滾向前，周邊的鋸齒利爪切碎泥土石塊，刨翻挖掏比土撥鼠還要快。

煙團從一個出口噴發，比亞把臉貼近那個小洞，看見濃濃白煙在洞口推擠，把開關的皮套擠得變形鬆脫，卡在洞口上，煙出不來了。

尼耶敲打箱子：「煙呢？哪裡堵住了？」石頭敲、竹尖戳都沒效，最後，他把箱子敲破、砸壞，拆解成一片片。

「喂，是皮套卡在出口，你沒看出來嗎？」比亞特地站到尼耶面前說。

尼耶毫無反應，他的黑眼珠裡沒有任何影像。比亞身體打個冷顫，再度對上一道晶亮清冷的眼神，不是尼耶！

「誰在看我？」心中浮起的疑問把比亞叫醒來，仍舊是洞窟裡，自己正看著尼耶。

「我真是做夢嗎？」困擾不安的比亞雙手捂臉，用力按捏頭皮，很快就又睡著。

洞窟裡的火光滅了，沒有人往火爐添放木柴，挖完地道後，大家都需要休息。幽暗裡，沁涼空氣摟抱四個烏莫人，貼著臉在他們鼻孔喊：「起床了，天亮了，火熄了。」

「睡覺真痛苦。」比亞醒來後連打幾個大大哈欠。

剛坐起來的尼耶歪歪頭：「你少騙人。」哈欠連天，比亞分明還想睡！

「喂，尼耶，我夢見你做了個冒煙的箱子……」比亞看著尼耶。

尼耶很訝異，昨晚的確做了這樣的夢，可惜到最後那箱子壞了，修理不好，「我把它拆了也找不到原因。」

「我知道。」比亞搶著說：「是煙把出口開關的皮套擠掉，卡在洞口讓煙出不來。」

原來如此，尼耶眼睛發亮，「你怎麼知道的？」

比亞瞪大眼睛：「我看到的……」尼耶做了一大堆東西，到處丟，要它們找自己的位置。「我在箱子裡，看見煙把皮套推開，掉在出口……」越說越得意，比亞沒發現尼耶正在靠近。

「你偷了我的夢！」尼耶怪叫，猛地揮出拳打中比亞下巴。「禿卡，呸！」暴怒的尼耶抓扯比亞頭髮：「壞傢伙，偷我的夢……」

沒錯，尼耶完全記起來了。夢裡頭，他做出很多工具，有那個冒煙的箱子會挖地道，有編結的繩網可以裝水，還有套蘆葦稈的小針……

「用來挑螞蟻蛋，對不對？」比亞忍不住問，用力推開尼耶。喔，頭皮一陣痛，整撮頭髮被尼耶扯下了。

波阿攔住尼耶，阿大沉下臉問比亞：「怎麼回事？」

「他偷了我的夢！要他賠償！切下他的手來！」咆哮的尼耶目光凶狠猙獰，力氣大到波阿都擋不住。

烏莫族傳說裡，一個人做的夢如果被偷走，他很快會變成石頭、沙土，沒有生命，除非找到偷夢的人，做出「血的賠償」，做夢的人才能平安活命。

儘管族裡始終沒有發生這種偷夢的事，但所有烏莫族人對這傳說深信不疑，至於「夢要怎麼偷」，或「怎麼知道夢被人偷了」這些問題，卻從來沒討論過。

現在，要如何處理尼耶和比亞這件事呢？

4 • 血的賠償

聽尼耶吼：「要他做出血的賠償！」比亞氣壞了。

「呸，誰要偷你的夢。」比亞一肚子氣。

指著尼耶的眼睛，比亞繼續說：「我跟你說話，可是你眼裡沒有我；憑什麼說我偷了夢！」

「你確定是睡著後夢見尼耶？」阿大的問題讓比亞閉嘴，安靜下來想。

蹙起眉頭，比亞回憶那些困惑不安的畫面：我看見波阿做惡夢，先是莫滋要把他丟入火爐，接著又有蛇和麻蛀蜥攻擊他。

「你也知道我做的夢？」波阿嚇一跳：「莫滋不但打我、綑綁我，還想燒死我，卻突然跌一跤，我也莫名奇妙被拖出火爐……」

「是我撞倒莫滋，把你拉出火爐。」比亞打斷波阿的話，「莫滋跑了，說他會再來。」

「你？」阿大、尼耶同時驚「咦」出聲，會有這種事？

「我沒見到有什麼人在旁邊。」波阿半信半疑：「不過，莫滋的確是這麼說。」

洞窟裡突然寂靜無聲，四個人互相打量，最後都看向阿大。

「你相信嗎？」尼耶挑挑眉毛，歪著頭冷笑。比亞的眼光寫著無奈：「事情就是這樣，我沒有偷夢。」不喜歡動腦筋的波阿，把問題丟給阿大：「你看怎麼辦？」

讀出三個人眼裡的意思，阿大沒有立刻開口。「智慧」跟「和諧」是解決眼前爭端的大原則，阿大深深吸口氣。

「你知道我做了什麼樣的夢嗎？」看著比亞，阿大問。

搖頭，比亞說：「離開尼耶的夢後，我又睡了，直到天亮起來。」

「叫醒我之前，你遇到什麼事？」阿大再問比亞：「例如，見到神蹟？」

「神蹟不會讓人偷走我的夢。」尼耶大聲說：「你認為偷夢是神聖的嗎？」尖銳的口氣透露他心中極度不滿。

「當然不是。」阿大看著尼耶歪一邊的臉，「我只是舉例。」

「這個」，火爐邊摸索一陣，比亞找出那塊橢圓石頭。「我挖到這東西，很硬，很冰冷，我把它帶出來，也許尼耶會用得到……」

拿在比亞手上的石頭，跟他手掌一般大，波阿隨便看一眼，不覺得特別。

尼耶嫌惡的斜睨一下，卻發現奇怪，這石頭沒有顏色嗎？暗糊糊的，不是黑、藍、褐色。多看幾眼後，石頭好像消失了！他揉揉眼，確定真的沒有顏色，忍不住喃喃自語：「不可能！」

打個冷顫，比亞摔掉圓石，慌亂發抖的叫：「是它，它，石頭裡面有人！」觸手的冰冷先讓心神震動，跟著就是「奇怪眼神」浮現，清亮銳利的直接看透腦袋！「帶我離開夢境的眼神，在那裡，在它裡面……」比亞嚇瘋了嗎？抱著頭狂喊，話說得語無倫次。

被摔開的圓石立刻隱去影像。

尼耶捏住拳頭瞪著比亞，心中咒罵：「裝模作樣的傢伙！」

「我沒有裝模作樣。」比亞突然放下手，向尼耶大聲說：「我知道你在想什麼。那塊石頭真的有魔力，我清楚聽見你心裡咒罵我的話。」

嗄，心事被說中，尼耶很吃驚，阿大被「魔力」兩個字挑動神智，急忙問比亞：「你在哪裡挖到這石頭的？」

「它嵌在地道泥土裡，我……」比亞還沒說完，阿大已經站在儲放種子的小洞前招呼他：「是不是這個？」

山壁上這小洞昨天已經清空了，現在卻黑乎乎，有個東西在裡頭。

聽阿大這麼問，幾隻眼睛同時來看，比亞勉強瞥一眼，震懾緊張的神態連波阿也覺得誇張。「你怕什麼？」波阿說著，伸手就要去拿：「我可……」

阿大敏捷的擋下波阿：「找工具把它弄出來。」

尼耶很快搬簍子來，選了一根竹枝伸入小洞掏撥，沒什麼費事的把石頭「彭」地撥進簍子。

「走吧，到外面，陽光下會看得更清楚。」阿大背起簍子率先走出洞窟。

「不！」尼耶攔在阿大面前：「我的夢被偷了，先處理這件事。」研究這塊石頭不會比失去一條生命重要！「讓他流血，我才可以平安活命。」尼耶咬牙切齒，指著比亞說。

阿大沉下臉，盡量緩和聲調：「尼耶，我們不能失去你。我們四個人，少一個都不行！如果一定要流血賠償，也應該在陽光底下，在奧瑪見證下進行。」

請奧瑪見證是個好方法，尼耶閃開身，卻刻意留在最後一個走出洞窟，心中的猜疑讓他無法忍受背後有人，尤其是比亞。

他們爬上山頂，朝著東南方向，雙手貼在胸前閉眼禮讚：「感謝奧瑪！」對著陽光大聲說完，又向遙遠的阿貝森林彎腰說一遍。

「可敬的奧瑪，請幫我。」阿大在心裡虔誠呼告，胸口和雙手間突然微微震動，「啊！」驚訝的聲音從喉嚨衝出鼻腔，變成「嗡——」，在空氣中起了共鳴。

胸口鼻孔的震盪又再激發一聲更長更久的「嗡——」聲，這回連腦袋也產生共鳴，細如針刺、發麻微暈，阿大趕忙閉上眼，眩暈退去了，頭殼卸下重負，喉嚨肌肉跟著放鬆，自然而然的哼出平和的「嗯——」，音韻輕柔，他的內心完全安靜空白，沒有任何雜念，沒有東西存在，連他自己也消失無形。

聽到阿大發出奇怪聲音，波阿、尼耶、比亞全嚇一跳，急忙伸手要去扶阿大。「你沒事吧？」被比亞粗魯問話打斷，阿大放下胸口雙手時，一道金光照亮他的手掌，似乎跟他握手。

奧瑪教給阿大什麼好法子呢？尼耶心急的催促阿大：「該處理偷夢的事了。」

「尼耶，把石頭拿起來。」

直接用手拿嗎？尼耶有點遲疑。

銳利眼神注意到尼耶的視線和表情，阿大沉著聲音，告訴尼耶：「奧瑪不會讓我們受傷害，拿起石頭，你會知道怎麼回事。」胸有成竹的口氣，好像天神已經宣布答案。

好吧。尼耶伸出手抓起石頭，發現它雖然扁平但邊緣有凹凸稜角，質地細密，「這不太像石頭。」尼耶湊近要端詳時，突然察覺有冷冽眼光在看他。

哼，看什麼！尼耶抬頭瞪比亞。

「切魯，我不該把它帶出來，它根本就是找麻煩的惡魔，我該砸碎它！」比亞的聲音在尼耶心中響亮說著。

怎麼回事？比亞會閉嘴巴說話嗎？尼耶疑惑的移開視線，看往阿大。心中聽見阿大在祈禱：「可敬的奧瑪，請幫助我們。」「天神奧瑪，請告訴我們真相。」「烏莫族阿大請求，別讓我們受到傷害，感謝奧瑪。」

咦，我怎麼聽到這個？訝異的尼耶眨眨眼，冰涼觸覺讓他想起那塊石頭。低頭看，有眼睛看著尼耶！不，沒有眼皮，只是眼珠……也不對，只是眼光，冷冷、清亮、不兇狠邪惡，也不憤怒嘲弄，直直看入尼耶腦筋心念，閉起眼仍然看見那詭異的注視。

尼耶覺得被看透了，從腳底一直冷上頭皮，不斷打顫，意識被抓住，離不開那奇怪的眼光。

「惡魔，走開！」他驚駭的抗拒，慌忙丟掉石頭。

「夢，全部的夢，所有人做過的夢……」怪異眼神在尼耶心裡這樣「說」，然後消失不見。

嗡嗡聲似乎從遙遠時空傳過來，尼耶感覺有一股力量在剝離他的身體和靈魂。

「不要！走開！」比亞沒騙人，這石頭是惡魔！

猛力甩、用力捶，尼耶拼命想趕走腦中的恐怖眼神。

阿大和波阿抓著尼耶的手，「喂，別打了。」波阿喊他：「你想敲破頭嗎？」

「喔！」比亞的叫聲讓大家轉移了視線。

陽光射出金亮光束，在那塊石頭上跳動，金色光點滴兒蹦跳，每一次彈跳都噴出耀眼光芒，似乎在鑽鑿或在敲砸，天神要銷毀它嗎？

直覺這就是「血的賠償」，尼耶很興奮，告訴大家：「沒有錯，這塊石頭是惡魔，偷了我們的夢，奧瑪要它流血，讓我們不受傷害。」

「事情到此為止，不必再追究了。」他也告訴自己。

「真相」是尼耶所想的這樣嗎？阿大沉默，把疑慮鎖在平靜的表情下。

5・種子發芽了

旭日朝陽帶來光明溫暖，天神處置了惡魔石頭，在它表面留下奇怪圖紋，又把它嵌壓入山頂石堆。

「把它遮蓋住，免得誰再挖到它。」比亞搬石塊來，壘落緊實，看上去山頂變圓了。

「走吧，該工作了。」波阿鬆口氣，能夠單純專心的勞動身體才是快樂。

昨天挖好的四個大坑順利打通，一段土溝立刻出現，「尼耶，接下來交給你了。」阿大爬出土溝，領著比亞、波阿向前繼續挖土坑。

尼耶留在原地，俐落敏捷的堆疊大小石頭，把土溝內側牆面壘砌成石壁。這工作要精準眼光和靈巧手勁，挑選形狀大小合宜的石塊，讓它們互相卡接緊密。經過他的手調整後，水道就可受到石壁保護，不怕水流沖激造成土溝崩塌。

跟他差不多同時，比亞和阿大分頭走向荒地東邊，他們已經各自挖好一個土坑，留下波阿繼續挖掘，現在比亞要去採集樹枝草葉，阿大去找食物。

荒地東邊長有幾棵大樹，走近後，比亞看看地面，多半是短小細瘦的葉柄或細枝，想了想，選定樹上一截枯枝，他爬上樹杈，伸腳往枯枝用力跺踏。「啪」一聲，枯枝斷裂，整根掉落地面發出「砰轟」的哀嘆。

多一些更好。比亞打量身邊，最靠近腰的這枝條，表皮黑褐沒有乾皺，比亞接連踏砸都只震動樹身，枝條折裂卻垂掛著，留在樹上沒掉落。

看準另外一截樹枝，比亞改用手，使盡力道將它硬生生折斷，比手掌粗的枝條，讓他右手虎口疼痛。

望著懸垂未掉的那段樹枝，比亞搔搔頭。「看起來，只要加上一點重量，扭一扭轉一轉，應該就會斷掉，落下來。」他想。

「撲上去，抱住樹枝，用力蹭，用力拉，盪鞦韆樹藤那樣……」比亞按照心中設想的畫面，一步一步做，直到他把自己吊掛在半空中晃盪。

松鼠如果看到這景象，必然會笑這個人：「喂，你跳不過去嗎？真丟臉喔。」老鷹如果這時候來，一定很高興：「好極了，這東西正可以填飽我的小鷹仔。」但可千萬別讓波阿、尼耶和阿大看到，他們會笑得大喊：「烏莫喂，烏莫喂！」

「切魯，非弄斷不行！」蠻性暴躁的比亞，設法盪向樹的主幹，想藉碰撞讓樹枝斷裂，等發覺危險，自己會先撞上樹幹變成肉餅，他才又趕快伸腳蹬踩，彈晃出去。

上下不得的困窘，令比亞狂怒躁進，「布尬」，比亞抱坐在大樹主幹上，雙腳用力踹跺，終於讓那頑固枝條鬆脫，「唰唰轟轟」掉下，撞得地面「蓬——」出大片煙塵。

從直挺樹幹溜下來時，比亞控制不了速度，猛地一墜，眼皮都來不及眨，身體已經撞到樹腳跟。「喔唷！」他抱著屁股拼命揉按。

「你不能小心點嗎？」光滑的梧桐樹在高高枝梢哼聲。拿取乾枯枝條就算了，怎麼把還沒枯死的也硬是折斷，又那麼粗魯的扭晃踩蹬，絲毫不考慮樹的感受！「我很痛，你知道嗎？」奧瑪會允許樹給這個人一點教訓的。

簍子放滿木柴，比亞歪著屁股扛起來，頭抵著樹幹咬牙切齒時，好像聽到樹說話：「給你一點教訓！」

「我一定是摔昏頭了。」見到同伴，比亞邊說邊揉按腰背。

沒人接腔，尼耶、波阿只顧著吃，阿大張口想說什麼又停住了。

從野地翻找到的食物千奇百怪，有草籽草根、花朵漿果、蚯蚓螞蟻蚱蜢，數量不少但都是小東西。波阿咂咂嘴，想起昨晚吃下的蜥蜴，「那真是好吃！」他吞下一朵紅色小花，假裝正嚼著蜥蜴。尼耶已吃掉三隻蚱蜢，正抓起一塊草根往嘴裡放，比亞吃很多野莓，黑紫色，很甜，水分補充把身體疼痛明顯減輕。

看三個同伴吃飽滿足了，阿大把剩下的幾顆草籽和幾條莢果全塞進嘴巴，腦海裡同時跳出一隻野兔。

拔蒲公英時看到這隻兔子，他用了足夠的力量和速度去撲捉，兔子沒有任何動作，不逃也不掙扎，甚至也不驚慌，只是耳朵被阿大捏掐得軟癱下垂，眼睛黑黑亮亮，始終看著阿大。

「你要尊重生命啊！」一個蒼老沙啞的口音出現心中。

眨眼時，阿大以為自己蹲在阿貝森林，見到周圍許多樹木，腳下有柔軟綠草。回過神後，他在兔子眼珠裡看見自己的影像，猛然清醒：「喂，你走吧。」說完又感覺不對：「啊，我走了。」阿大起身離開。

現在聽比亞嘮叨，阿大想：「我一定也昏了頭，才放走到手的食物。」

魁梧的波阿嚼完滿口藤筋後，「工作啦。」簡單招呼一聲就準備跳進坑，紅頭巾好像給了他用不完的力氣。

阿大拉住波阿：「我來，你先去找食物，我們也該要準備過冬的糧食。」

營地洞窟裡已經有一小堆果實，是每天留下來的存糧，很少，四個人只能充分利用零碎空閒去找食物。波阿把這種事當作體力勞動後的輕鬆娛樂，一點也不傷腦筋。

會跑會跳、能飛能動的東西都是目標，他抓到草尖上唱歌的鳥，草葉裡跳撲的蚱蜢，草根下亂竄的地鼠，石頭搬開後找到蛇。波阿興沖沖抓著獵物要來找同伴。

「不去看看樹苗嗎？」心裡有個聲音喊住腳步，他轉身往荒地東南邊。

這裡十幾棵小腿高的樹苗，莖幹沒有高一點，枝椏沒有多一些，反而有幾片葉子掉落地上，波阿心裡緊張了：樹會枯死嗎？仔細看，細枝和莖幹連接處，有鼓鼓突起的點，這是什麼？

再來巡視埋放種子的地面，早上澆了水，被日曬風吹後，土壤不見濕潤反而乾鬆龜裂，是水澆得不夠嗎？波阿突然「啊」出聲，看見裂開的土縫裡露出白白綠綠、繞捲的小小芽苞，是種子發芽了！

哈哈，「發芽了！」「發芽了！」他大聲笑，跳起來吼，烏莫人會種樹，很快就會有樹林了……

興奮的波阿，摔掉手上緊抓的獵物，興沖沖跑回來找阿大、比亞和尼耶。還好，還好，他還記得墊起腳小心跳，千萬別看走眼、踏錯步，一腳踩在種子上，那會把土裡那可愛寶貝的嫩芽踩斷了。

聽見波阿「喔」「吼」「喂」驚人的吼聲，尼耶忙爬出土溝，他剩下約半個手臂長的牆面沒砌上石塊，不管了，得先確定有什麼危險再說。

同樣聽見吼聲，阿大和比亞趕到時，波阿已經和尼耶抱著頭，翹腳尖踏跳嘻哈，激動得只剩下「喔」「哇」的聲音。

比亞也大吼：「你們高興什麼？」竟然怪模怪樣學阿貝族跳舞，比亞被逗得笑開嘴。

阿大靜靜看他們。能讓波阿高興大吼的事情，會是什麼？阿大努力猜。

比亞瞪圓了眼睛問：「你摸到山豬牙？」烏莫族相信：強壯兇猛的山豬能帶給人力量，摸到山豬獠牙的人，會有一整年好運氣。

嘿，這更好笑了。「這種地方會有山豬嗎？」尼耶笑歪頭，嗆紅了臉喊：「烏莫喂，烏莫喂。」

火爆急躁的比亞沒耐性猜，抓住波阿肩頭搖晃：「快說，布尬，到底什麼事？」

「喂，別這樣。」阿大拿下比亞的手，冷靜聲調讓尼耶跟著閉嘴，波阿到這時才能夠好好說話：「種子發芽了，五個。」

簡短的話，有力的五根手指，帶來大家想不到的好消息，阿大的嘴跟著波阿臉上笑容一起咧開，從彎彎揚起到完全圓張，哈哈，這比摸山豬牙還好運哪！

6・當然需要歌舞

意外聽到種子發芽的好消息，性急的比亞吼吼嚷嚷：「好傢伙，帶我去看看。」

「喂，先把這段水道完成再說。」阿大喊。

尼耶滿臉笑容，很快下到土溝，他只剩下一小段牆面要趕工。「等你們收好東西，我已經爬上來了。」尼耶告訴阿大。

看比亞把散落地上的食物放入簍子，波阿望著空空兩手傻笑，趕忙跑遠再去找獵物。

「走吧」，尼耶果真很快爬出土溝，阿大瞧一下溝裡面，石壁整齊嚴密，每一塊石頭看起來都緊實卡死。「絕對堅固耐用。」只要提起水道、地道的牆面，尼耶就笑嘻嘻。

比亞吹口哨，嘟尖嘴唇，手用力捏撮，巧妙發出細長響亮的哨聲，彷彿空中鳥兒飛過，悠嗯悠嗯唱歌，但仔細聽就發覺，其中有話語：「波——阿，回回回——」

吹了幾句，比亞停下來，用手圈住嘴巴，發出「戶」「戶」低沉共鳴，好像敲中空木頭，又好像拍打山洞石壁。

波阿聽到口哨時正在查看一段腐爛木頭，他朝聲音方向側耳專心等候，果然又聽到動物叫聲，貓頭鷹嗎？那是說：「晚了，快回來。」

波阿握著兩條提早冬眠的蛇，把整塊木頭拿起來，大步奔跑。

陽光照不出影子，天漸漸昏暗，四個人揹起籐簍，沿著砌好的水道走向南邊小河。檢視過水道工程，挖開接口處的土層石塊，水先是無聲的滲入，漸漸有「咕嚕咕嚕」滴漏聲，隨著土石移開，入水量越來越多，「嘩啦嘩啦」，水灌入水道，大聲喧嘩，一路衝向烏拉森林。

成功了！波阿對著水流深吸一口氣，清涼水氣在他胸腔歡呼，鼻孔裡有水和泥土的味道，波阿深深長長的再吸氣，慢慢輕輕的呼出來，啊，全身放鬆舒服極了。

比亞「霍霍哈哈」大聲吼，跳起來朝天空揮拳。看吧，「我們挖出一條河了！」比亞揑緊拳頭不斷喊。

「一條水溝！」尼耶故意糾正他，卻同時笑開嘴。一條流勢湍急、水聲嘩嘩的水溝，嗯，代表水道順暢，沒有崩壞堵塞。看著溝裡水位升高，已經從淹過腳板來到浸泡小腿的位置，尼耶「唷哇，唷哇」用力點頭，加油啊，繼續流向前面去！

現在挖的水道，還不到烏拉森林中心，「至少，這是很不錯的成績了。」阿大給自己打氣肯定，又一邊想：烏莫人遇到開心的事要怎麼慶祝呢？

總是被磨難挫折包圍，心中只有仇恨報復，烏莫人臉上很少有表情。但眼前，波阿靜靜微笑，比亞忘情揮拳，尼耶連連點頭，他們是真正高興，不管用什麼方式，阿大都感受到聲音、動作裡，那種單純的高興！

「沒有阿貝族那種歌舞歡呼，我們還是可以表達喜悅。」阿大笑起來，這三個夥伴一定能創造出很獨特、有意思的烏莫歌舞來，哈……

停下動作，比亞和尼耶見到阿大的笑容，除去彎翹上揚的嘴，還有鬆開的眉頭、眼角的細紋，頰上鼓起兩團肉，還有，眼睛裡的光點，那眼神有深深笑意。然後，比亞和尼耶又聽到那笑意裡的話：「烏莫歌舞」。

怎麼，阿大想唱歌跳舞喔？

來到苗圃前，看見泥土裂成紋路，小小葉片和嫩嫩芽苞撐舉覆蓋的泥土，尼耶衝口就說：「好像力大無窮的巨人。」

「有力的壯漢！」對這些小葉苞著迷了的比亞，臉幾乎要貼到泥土了。想不到比指甲還小還薄的種子，能夠打破土層跑出來。

是很神奇！阿大跪趴身體。從沒有看過種子發芽的烏莫人，對於「從一小粒種子長成一棵大樹」這樣的變化，總免不了懷疑和擔心。如今親眼看到軟嫩小葉片推開堅硬厚重泥土，阿大視線落在那白綠子葉上，久久不能移開。

波阿喜歡種子和泥土玩捉迷藏的模樣，忍不住想剝開泥土看個更清楚，尼耶忙拉住他的手：「不行不行，讓它們自己鑽出來才好。」

喔，波阿有點難為情。「祝福你！」對著手指頭旁邊的一小點白白綠綠，他大聲說。不約而同的，四個人抬眼望向彼此，收到對方快樂訊息：「太好了，種成功啦。」「我們會有樹，有森林。」「感謝奧瑪，感謝大家。」「我們做得很好，不是嗎？」

你看我，我看你，心意流轉在視線裡，默契十足，他們同時笑出聲音來。

比亞先挺起腰，阿大、尼耶、波阿也站直了身體，笑聲伴著腳步，這時候一定得動一動手、動一動腳，讓脹滿身體內的情緒跑出來透氣，否則啊，每個人都會爆炸變形，成為野獸，吼叫衝撞。哈哈，動動手、動動腳，唱歌吧！

我們當然需要歌舞！

看波阿踮腳跨出苗圃，尼耶立刻明白了，「別嚇壞種子。」他也小心踩。

比亞以為這就是舞步，搖頭喊：「喂，大步用力才好看嘛。」腳板重重踏下，嘴巴跟著手掌「啪啪」「嘿嘿」，這樣不是很有精神嗎？

搶在比亞另一腳踏下之前，阿大機警的抓住比亞小腿：「輕點，別踩到嫩芽。」扶著比亞肩膀，阿大跟比亞貼在一起滑出苗圃。喔，這姿態也可以當作舞步唷。站在荒地石礫上，他們搭肩、踢腿、碰屁股、勾手轉圈、踏跳嘿呵，站著蹲著翻筋斗，互相擊掌碰拳，也互相摸頭拍背。手腳身體忙到出汗發熱，嘴巴喉嚨幫著喊單音，鼓動節奏。

四個人都聽見一種陌生沙啞的聲音說：「不錯呀，好創作。」哈，樹也聽到了！這第一次的歌舞創作，太陽看見了，星星看見了，西風把他們的熱情狂歡吹遍空中，吶喊嘶吼傳得遙遠，想必阿貝森林的朋友也會聽見。

帶著欣喜亢奮情緒轉回營地，儘管還有夜晚的工作要繼續，但種子萌發的神奇力量，如同黑暗中見到曙光，鼓舞烏莫人對新生活的期待。

波阿帶回來的腐爛木頭裡有許多螞蟻、金龜子、蠕蟲，都爬出來往山洞石縫找住處，洞窟裡一團亂。阿大皺起眉頭：「喂，有什麼法子能讓牠們聽話？」

「用咒語最有效。」比亞看著阿大，不懂這個聰明人怎麼忘了烏莫人的老手法。

「我們要重新開始，別老是想著以前……」耐心解釋的阿大，意外被尼耶搶話：「對，要重新來過，但是我們仍舊是烏莫人，仍然可以用烏莫人的方法。舊方法可以有新用途，咒語也能幫助人和動物、植物。」

滔滔不絕說完，尼耶指指腦袋：「新的烏莫人會有新的想法，別以為我們只會回憶從前。」一直直看進阿大的眼睛，尼耶問著：「恐怕是你一直忘不掉過去吧！」

直率的口氣裡，沒有批評攻訐，尼耶說得中肯有力。

若在過去，阿大說什麼就是什麼，他們絕對服從，沒有想法意見，沒有疑問和反對，從來不問理由後果，只等阿大發令。可是現在，比亞會捏拳頭提出問題，尼耶會脫口說出其他看法，毫不遲疑，沒半點顧忌！

阿大全身一震：「是我的問題！」確實，自己是陷在以往的記憶裡，跳脫不出陰沉醜惡的思維。阿大悚然驚覺：自己才是欠缺變新的關鍵。

「我們要做新的『烏莫』人，而不是另一撮阿貝人。」尼耶強調「烏莫」兩字：「只有用烏莫的方法，才能保住烏莫的特色。」

能夠有人看出問題癥結，誠懇直率說給自己知道，阿大無比感激。他站到尼耶面前，伸出手掌，拍頭、拍臉、拍胸，再平伸雙手摸按尼耶的頭、臉、胸：「尼耶，感謝你，我願意照你的話去做。」

領受到阿大的心意，尼耶笑出一張圓圓大嘴，參考阿大剛才的動作，尼耶先按阿大的頭臉胸，再用力拍掌三下：「我也感謝你，加油，阿大。」

波阿、比亞笑嘻嘻，也來跟阿大拍掌。平安和諧的夜晚，四個人默契加深，大家都有了完全無夢的好眠。

7・意外訪客

睡醒後，又一個秋涼的清晨，烏莫人早早出了營地，趕往已經通了水的水道。當水流的咕嚕嘩啦聲清楚傳入耳朵後，微笑立刻拉開他們的嘴角。

尼耶仔細查看，水位如同昨天位置，維持在小腿高度，平順的水流告訴他：工程很成功，石壁沒有崩落塌壞。

眼睛搜尋地面，波阿期望能找到另一些發芽的種子。正當他蹲下身要貼近看時，阿大仰起臉，見到東南方天空有一條耀眼金邊，「來吧。」他招呼同伴。

斜舉雙手，掌心向著朝陽，四個人挺直身軀，仰頭閉起眼，讓陽光照在臉上。「感謝奧瑪！」大聲說完，雙手撫臉貼胸，再跪趴地上，額頭碰觸石頭、泥土、草或樹木，甚至是水。「感謝土地！」真誠說完後，雙掌落地，起身睜開眼睛，將要感謝的人一一說出：「感謝阿貝人！」「感謝烏莫！」

白色煙氣隨著嘴巴開合一陣陣飄散，宏亮聲音傳得很遠，虔誠完成儀式，四個人靜默一會兒，平靜的心、和緩的呼吸，全身輕鬆舒暢，他們享受這樣的喜悅。

比亞突然指著水道：「嘿，你們看！」

一束陽光正正射在入水口，水流映著光變成一條金色河流，光亮的水面湧動出奇妙氛圍，四個人的臉也閃爍水光波影，有陽光的撫摸，熱熱溫暖，有河水的洗滌，冷冷清涼。

天神以這美麗的金色流光回應！

再一次，烏莫人受感動，歡欣誠敬的舉掌撫臉貼胸，禮讚偉大奧瑪。直到天空晴朗，太陽收回光束，水面流金消失，感謝的聲音才停住，四個人抖擻精神準備工作。

「唷哩！」「唷哩，布耶。」「唷哩，杜吉。」遠遠傳來說話聲，意外的招呼讓他們驚喜不已。

阿貝人怎麼來了？

「這裡，在這裡。」波阿大喊。

小河南岸不久出現人影，「歡迎，歡迎。」阿大揮揮手。

隔了很長一段日子再見面，比亞哇哇吼：「嘿，朋友，好久不見！」

尼耶哈哈笑，帶頭繞過河的西邊去迎接客人。

「你們怎麼來了？」「也伯好嗎？」「森林裡樹木沒問題吧？」「大家都好嗎？」

你叫一句他嚷一聲，烏莫人又跑又跳，衝到杜吉和布耶面前，輪流跟他倆拍背摸頭拉手。

啊呀，像是好朋友，又像是家人團聚的熱絡口吻，讓這兩個阿貝人詫異又開心得說不成話，只能叫名字：「唷哩」「你好，阿大。」「波阿。」「尼耶。」「比亞。」

烏莫人改變真多，熱情主動又親切招呼，跟從前完全不同！布耶很高興這結果。

擅長觀察人物特徵的杜吉，立刻看出端倪：陽光給了他們開朗和真誠！尼耶有主見，不再畏縮怯懦；比亞大嗓門，有話就說，粗暴變成豪爽；波阿笑容沒停過，臉部柔和不冷漠了；阿大一樣沉穩，但眼神不再嚴厲。他們之間一團融洽，互相看待的表情裡，找不出斥責、懼怕，或是命令、服從的感覺。

天神奧瑪在烏莫人原有的五官之下，灌注改頭換面的全新性情和氣質。

「也伯要我問候你們。」布耶大聲說，跳起扭腰翹屁股的舞步，回答剛才烏莫朋友的歡迎。

杜吉跟著向四個烏莫人鞠躬：「所有阿貝人祝福各位。」

要說的話太多了，布耶、杜吉跟隨烏莫朋友，一邊參觀水道一邊關心開墾的情況。

「咦，這是給它穿衣服呀？」引水道的壁面看起來堅固美觀，布耶忍不住趴下身，伸手摸摸石壁。

「好手藝！」布耶笑起來。

「生活上都沒問題嗎？」杜吉親切又好奇，拉了阿大邊走邊聊。

樹苗種子都種下地了，有的已經發芽，現在需要挖水道，也正在儲存糧食，地道工程還在進行，這段日子都以山洞為營地……阿大簡潔明快敘說目前情況。

腳步走向苗圃時，波阿想到一件事：昨天發現種子嫩芽前，他先檢查過移種的幼苗，很多枝節有膨凸小點。「這沒關係吧？」他看看布耶和杜吉，種樹的事請教阿貝人會比較清楚。

長在枝條腋窩間嗎？布耶眼睛發亮，稍稍瞄一下波阿指的膨點，「嘿，是側芽喔，會長出新的枝葉。」

「它活過來了？」波阿聽不太懂，直接問。

阿大、尼耶、比亞都圍過來，等著聽布耶的回答。

「你是這個意思嗎？」「有這種鼓凸的點，就代表樹移植成功了？」比亞說得急切毛躁，布耶忍不住笑，用力點頭：「沒錯，你們可以這麼說。」

雖然移植的樹苗還很脆弱，生長機會也不夠穩定，需要其他條件配合和適當照顧，才能保障它的存活，但這些芽點確實是個開頭。布耶知道，「成功」的訊息對烏莫朋友意義重大，他很樂意說出這好消息。

哈哈，種子和樹苗都種活了！烏莫人興奮得笑不攏嘴，臉上亮起光采，趕忙分頭去查看其它苗木，嘿，幾乎每株樹苗都可以找到芽點。

「它們會長得很好。」「這裡會有一整排樹木！」波阿、比亞大聲說，仰起頭舉手比畫，好像站在大樹下。

「嘿，有鳥叫聲。」尼耶煞有其事的側頭聽。

「還有花香。」連阿大也裝模作樣深呼吸，逗得全部人張大眼，「歐」「哇」開嘴跟著會心大笑。

「你們要唱歌！」布耶的表情很認真，話聽起來卻很輕鬆：「樹喜歡聽歌。唱歌最好，唱快樂的歌，樹會長得很好，回應你們。」

杜吉補充說：「鳥的歌聲也有效果，強壯茂盛的樹，一定有鳥兒唱歌給它聽。」

這倒是真的，阿貝森林裡，鳥兒多的樹通常也是大又粗，但波阿以為：「大樹能保護鳥，所以才……」

杜吉搖搖手，打斷波阿的話，「樹和鳥、人、動物都是朋友，互相幫忙也互相照顧。」

看完最先種下的這一批苗木、種子，再檢查其他各處，布耶邊走邊解釋：有些種子會在土裡做好充分準備，熬過冬天冰雪酷寒，等氣溫回暖才會發芽，鑽出泥土。已經發芽長葉的，在冬天會掉光葉子，停止生長，睡到春天來了才醒轉。

人，需要學著耐心等待。

「讓它們自己決定最適當的時間。」千萬別急，「只要有水，有陽光、流動的空氣，它們找到好機會就可以跟你們見面。」

布耶才說完，比亞不客氣加上一句：「還要唱歌才行。」

哈，「那再好不過了。」布耶大笑。

「冬天下雪時要保護它們嗎？」尼耶不放心，總要蓋上枯葉乾草，或堆石塊木頭，替嫩芽擋一下吧？

當然還要有些措施跟適當照顧。杜吉和布耶儘可能把想得到的種樹經驗、技巧，一一跟阿大、尼耶、比亞、波阿仔細說明。

腳步移動著，他們檢查完所有種下的植栽和種子，發現有些苗木種太深了，要清除掉一些表土。有些插枝的莖條蔫蔫垂垂，沒有生氣，原來是種反方向了，布耶毫不猶豫將它們拔出來，倒轉上下重新種入土裡，壓實泥土。杜吉也為阿大、尼耶示範了固定苗木、立支架的方法。

看野地裡果實不少，杜吉帶頭採，布耶把芒草搓搓拉拉編繞成提袋，將果實全裝進去。

「也伯要你們來，是為什麼呢？」阿大突然問。兩個人不像出來遊玩，應該是有任務。

聽到阿大問起來，杜吉先開口。沒有錯，也伯要他們特地出來巡訪烏莫朋友，「想邀請大家，到阿貝森林一起度過冬季。」杜吉盡量說得不著痕跡。

「還要看看這裡開墾的情形。」布耶緊接著說。阿貝人不很清楚這裡地形和環境，必須來看過，才好確定適合栽種的樹種跟照顧的要領，「否則，種再多也可能白費力氣。」

8・樹皮咒語

突然造訪的阿貝人，帶來一個意外訊息：有陌生人闖入阿貝森林藏放樹皮。

杜吉從背包拿出一塊手掌大的桉樹皮，上面畫著交叉的黑色線條，還有大小不同的圓圈。阿大接過來瞄一眼，轉給尼耶，又來盯著杜吉專心聽他說。

「巴勇是魯旺的兒子，跟隨魯旺到東北邊工作，從樹上看見樹腳跟有個黝黑的陌生臉孔，連忙出聲招呼，不料陌生人沒回答，轉身就跑。」

「巴勇爬下樹大聲喊，密瓦和波里趕來查看時，迎面遇到那個人，被他用力撞倒。」

「那陌生人鑽入西北邊林木草叢，密瓦、波里吹木笛通知所有人，大家找了一日一夜都沒有發現。」

「檢查那棵樹的腳跟，挖出一塊樹皮，又在南邊遠處另一棵樹，同樣在樹根洞下找到類似有圖案的樹皮。」

說到這裡，杜吉嘆口氣：「我們搜查整個森林，大家忙得很。」

陌生人？能同時撞倒兩個阿貝壯漢！

「連阿貝人也不認識！」尼耶歪著頭問杜吉：「會不會是你們在外地久沒出現的族人？」

「不可能」，布耶搖手：「波里覺得他很凶悍，眼神非常陰冷、仇恨，完全不是阿貝人。」

眼光轉來停留在樹皮圖案上，阿大撫摸那些線條和圓圈。樹皮薄薄脆脆，他小心捲摺，突然停住手問：「挖出來的時候，它是什麼樣子？」顯然他已經有答案，只是想確定某些細節。

布耶搔搔頭。是巴勇發現第一塊樹皮，只記得圖案朝上，而且是紅色的。

「第二塊樹皮」，吞吞口水，布耶無奈的攤手：「被我弄破了。」杉木樹洞裡捲成圓棒的樹皮，圖案就露在外面，白色，裡頭黏住了，用縫衣針慢慢挑，還是脆裂散成好幾塊。

「也是這樣，線條、圈圈。」布耶在地上粗略畫一下。

躺在阿大手掌心的這塊樹皮是第三塊，「我和布耶昨天下午在西南邊一排小柳樹下看到的。」杜吉說。

樹皮沒有遮掩，直接用小石頭壓住，圖案朝下，會發現它，是松鼠蹲在那裡不停甩尾巴，喀喀叫，看到有人靠近很快跳走了，怪的是，松鼠並不碰樹皮。

「真意外，離阿貝森林這麼遠的地方，還會出現這種東西，整件事情讓人想不透。」布耶帶著歉意向阿大鞠躬：「很對不起，也許你看出什麼線索，我們希望聽聽你的意見。」

嗯，阿大點點頭，開口之前，他逐一看過布耶、波阿、比亞、尼耶，當視線轉到杜吉臉上，眼神接觸，杜吉忍不住在心中讚嘆：冷靜智慧的阿大，即使變得親和融洽，仍舊顯出威嚴和氣魄。

「這是烏莫族的古老咒語，用來詛咒別人發生災難。」阿大從芒草袋裡找出紅色野果。

「黑色圖案要用紅色東西來破解。」捏著紅色果實，描畫過圖案裡的每一根線條和圓圈、圖形之後，阿大要比亞裝一竹筒的水來，把樹皮浸泡水中。

「紅色破解黑色，白色要用黑色破解，找綠色東西破解紅色。」阿大示意杜吉、布耶牢記要領：「描畫完所有圖形，用水浸泡，全部滲透後，拿出來用火燒。」

尼耶一聽，先引燃一堆乾草，再將滴著水的樹皮放進火堆。

「轟」一聲，火焰噴高，滲透的樹皮在火舌舔舐下，逐漸冒出黑煙，飄出噁心的臭味。

布耶鼻嗆喉癢，想咳嗽，用力忍住了。

杜吉暗暗吃驚，惡毒的詛咒竟然也侵奪了桉樹皮芳香氣息！

「水清洗陰毒，火燒熔邪惡，我命令你轉反方向，讓死的活，傷的平安；我命令你，消除魔咒，讓一切回復正常！」阿大目光炯炯緊盯樹皮，提高聲調嚴厲訓斥，每一句都亢奮有力，彷彿正在跟惡魔對戰。

溼透冒煙的樹皮並不立刻著火，被阿大厲聲命令後才慢慢捲縮，一點點火光從中搖晃伸出，黑煙變淡，惡臭飄散，樹皮終於被火舌包住，燒化成灰。

阿大眼皮不眨，嚴厲逼視這一切，直到整塊樹皮完全成為灰燼，他拿起石塊敲砸，確定樹皮都已化做粉塵，不再見到任何碎片才停手。

將竹筒裡浸泡樹皮的水，小心淋倒在整堆灰燼上，讓它們成為溼泥，無法被風吹飛四散，阿大才放下竹筒。

「好了！」吁氣、鬆肩膀、眨眼睛，卸除嚴肅神情，阿大重新看向杜吉、布耶：「都記住了嗎？」

布耶記得一切步驟，可是，對著火光和樹皮咒語奮戰的聲調眼神，得靠杜吉模仿，才可能讓也伯充分學習掌握。

「是，記住了。」杜吉這樣回答，但內心也不敢肯定，自己能學到幾分像呢？有些獨特的氣質是模仿不來的，例如，歐哈兒的優雅，比羅的純真，也伯的剛毅，還有眼前阿大的威嚴！

分析陌生人的身分時，阿大掩不住自然流露的領袖魅力：「陌生人會用烏莫古老咒語，能侵入阿貝森林，我猜，是莫滋。」看著每一個人，阿大冷靜說下去：「很顯然，我們族人不是全部都擺脫烏莫毒誓，至少，莫滋就沒有改變。」

「布耶、杜吉，請趕快回森林去，讓也伯照我剛才的方法，徹底燒化掉樹皮。」調轉頭，阿大分別去找尋尼耶、比亞、波阿的視線：「你們認為，要接受邀請去阿貝森林過冬嗎？」

不出所料，這三個同伴搖頭搖手，否定了他的問題：「烏莫人不怕飢餓和寒冷。」

「我們會過得很好。」

「我喜歡這裡。」波阿的話最短也最有力。

「就是這樣了。」阿大看向阿貝朋友：「請轉告也伯，我們感謝阿貝族人的邀請，也祝福阿貝族人，平安度過冬天。」

很有默契的，波阿、比亞同時「嘿啊」「嘿啊」出聲，尼耶站到他倆身邊也開口：「一路平安。」

「嘿啊，嘿啊，奧瑪保佑你們。」阿大說完，伸手拍拍杜吉和布耶的肩膀。

「我們上路了，各位保重喔。」杜吉踏地三下，布耶跳三下後，往來時路徑走去。趕路的步伐大又急，走過橋，向東，兩個人很快隱沒在河岸那頭。

波阿和比亞抓起竹筒：「工作啦。」

「等一下。」喊住兩個人，阿大改變了今天的工作：「我們得先去找莫滋，或是第四塊樹皮咒語。」

「第四塊！」尼耶很驚訝，比亞和波阿同樣詫異：「你知道有第四塊咒語？」

「我的猜測。」阿大仔細解說：剛才那樹皮的圖案顯示，仇人和叛徒都會受懲罰，

「我猜，莫滋要詛咒我們。」

尼耶對「叛徒」兩個字特別敏感：「我們還是烏莫族，哪有背叛？」莫滋以為誰變成阿貝人了嗎？

「他弄錯了。」比亞大聲說。等著看吧，這裡會變成烏莫族基地，有森林，有水道，一切都很烏莫，「好的烏莫族就在這裡，我們不要被詛咒。」

暫且不理會同伴的情緒，阿大繼續分析：「一塊咒語只能傷害一個人，因為無法確定被找到的三塊樹皮是要詛咒誰，所以一定要假設還有第四塊，找出來，並且燒毀它，以免我們當中有誰受害。」

「已經發現的三塊樹皮，分別是在阿貝森林的東北、東南和西南方找到，那麼，很

有可能會在西北方找到第四塊。」

「也就是我們這裡的東北方向。」稍微停頓後，阿大補上一句：「同時也要找到莫滋。」

「我們要說服他，別當他是仇人！」阿大特別強調。

「那就做吧。」比亞無奈的說。

「波阿、尼耶留下來，澆完水後再往東北邊去。」阿大很快決定：「比亞跟我先去北邊探查，我們在灌木叢會合。」阿大抓起芒草提袋：「沿路別忘了找些吃的。」

「嘿啊」「嘿啊」聲裡互相告別，阿大、比亞快步奔跑，北邊，還遠得很。

9・遇到偷襲

荒地上，阿大和比亞往北方奔跑。

低矮的小草薄薄貼著泥土，紫的、紅的、黃的小小花朵開得到處是，一路鋪向遠遠，似乎要接上天了。

銳利眼神機警的四處搜尋，比亞和阿大極力看向草叢底處。稍稍鼓起的一團泥土，會埋著樹皮嗎？挖挖看，只是石頭。粉紅色野薊花漂漂亮亮，掀開時，尖尖刺針的葉子把比亞手背抓出紅色血痕，花團下的黑影被光照射，空空的，什麼也沒有。石縫裡掏掏摸摸，阿大懷疑眼前那道大裂隙能藏東西，手指夾出一顆顆松果，喔，松鼠把糧食放在裡面。

偶爾會出現幾棵樹，兩人爬上樹椏杈彎檢查，也沒發現，卻見到北邊有砂礫石塊堆出許多小岩丘，比亞彷彿看見有黑黑物體跑進跑出。

阿大覺得可疑，「我們過去看。」那些石堆像經過規劃，怎麼看都透著詭異。

聽到阿大在樹下喊，比亞爬下樹，一邊喃喃自語：「你那麼壯，別把我摔下去，那很痛……」貼在樹幹上的耳朵，竟然聽到樹身發出聲音：「謝謝，小心。」嚇得他差一點鬆開手。

「樹會說話！」比亞站到地面衝口大喊：「樹聽到我說話！」「我聽到樹裡面有聲音！」「它回答我！」

「走吧。」帶頭跑往北邊岩堆，阿大告訴比亞：「我相信每種生命都有自己的話。」

最西側這座半人高的石堆下有個洞，比亞鑽進去檢查，阿大繞石堆一圈後放下雙手：「五嗦長。」

「一隻兔子。」比亞揪著兔耳朵退出洞，掌心裡有顆黑石頭，他遞給阿大：「洞裡幾乎都是這東西，我抓牠時，從嘴巴掉出兩顆石頭。」

比亞已鬆開手，兔子卻伏在地上動也不動。

「藏石頭在洞裡面？」阿大猜不透兔子的奇怪行為。

把兔子交給阿大，比亞嚷著：「哇，多幾個洞和兔子，我們就有不少食物了。」

聽到比亞的話，阿大突然打個冷顫。過去，動物是最美味的食物，現在他卻再沒有勇氣去撕扯皮毛，連伸手去抓都躊躇猶豫。

看比亞去查看另一個石堆，阿大朝兔子粗暴的揮手：「你怎麼還不逃跑？快走啊！」兔子蹤身跳開，往石堆後面跑。

似乎有新發現，比亞吃驚大喊：「布尬，搞什麼鬼？」「禿卡，這是做什麼？」聽到比亞咒罵，阿大皺起眉頭。保有烏莫特色，是否連咒罵的習慣都要維持呢？他轉往南邊石堆去查探。這個石堆更大，約二人高十嗦長，沒有洞口。繞完一圈再要去找比亞，竟然四周圍一片空曠，岩堆全不見了。

怪事！

爬到岩堆頂上，周圍又出現大樹，腳底石堆還是先前那個兔子洞，自己就站在黑色大圓石頭上，可是沒有其他石堆，也看不到比亞。

這裡的岩丘果然詭異，比亞剛才會那樣叫喊，一定也是遇到怪事了。

爬下石堆，阿大趴身聽地面的聲響。左邊有腳步聲，很急很重的步伐，停了一會兒，腳步聲再響，兩步、三步，停住，之後又急急重踩，往這邊過來了！

向左邊看，沒有什麼人影，他喊：「比亞，你在哪裡？」嗡嗡嗡的回聲顯示，前面有什麼東西擋著。伸手向前摸索，阿大嚇一跳，手掌竟然隱形只剩下手臂，收回來看，整隻手好好的。

驚疑瞪著前面，一隻手掌突然出現在眼前懸空飄浮。「霍！」阿大毛髮直立嚇跳出聲，想都沒想，雙手抓住那幾根手指用力猛拉。

飄浮的手指力道不小，阿大壓低身體重心，咬牙使勁拖拉。喔，一個巨大黑影撞過來，「布尬！」聽見這熟悉的咒罵，阿大愣一下，忙扶起地上趴趴的軀體，是比亞！剛才人就在旁邊，阿大卻只看見空氣。

看清楚是阿大，比亞氣急敗壞說：「喊老半天，你都沒聽到嗎？」

搖搖頭，阿大苦笑：「我只看見你的手指頭。」這地方有看不見的魔力，聲音和影像全被沒收。

兩人抬眼再次打量，同時「咦」出驚訝，那些東西全回來了：岩堆、兔子、黑石頭，還有樹。一切就像他們剛到時的樣子，似乎他們並沒離開過，什麼事都沒發生過。

時間倒退了嗎？腦中的畫面有些不對勁，阿大一遍遍回想。

抱住樹幹，比亞小聲跟樹說話：「嘿，你知道這裡有古怪嗎？我跟阿大碰到怪事了。」

貼在樹皮上的耳朵，聽見一陣細微的咕嚕流水聲，之後，胖胖大樹說話了，一種蒼老無力的聲音：「迷失的咒語……找靈魂……」悠忽悠忽好像說夢話，比亞忍不住想叫醒它，樹又在他耳朵裡發聲：「走出石堆！出去！別迷失了！」急促的咕嚕咕嚕聲，讓人感覺樹很緊張。

比亞把樹透露的訊息說給阿大聽。「靈魂」兩個字像鑰匙，阿大腦子裡想不通的疑團「卡」跳出答案：兔子被咒語控制了。

「迷失的咒語，會不會是莫滋做的？」

「不是。」阿大很確定：「烏莫族的咒語裡沒有這一種手法。」

「大樹要我們走出石堆。」比亞問阿大，要先去找波阿、尼耶，還是繼續留在這裡探查呢？

「先去灌木叢，我們有更重要急迫的事要做。」兩個人向胖胖樹彎彎腰，阿大雙手按按光禿的樹身：「大樹，感謝你，我們照你的話去做。」

從大樹邊轉往西，小心走出石堆範圍後他們才放腿疾奔。

東北邊灌木叢只有一處，在地形低凹的窪地裡，土質鬆軟像沙，等人的尼耶和波阿遠遠看著。

「那是一片沙淖。」尼耶拿石頭丟入灌木叢，石頭竟然沉入地裡。

沙淖嗎？波阿心頭一跳。

他們站在窪地斜坡上等候阿大跟比亞。剛才已經找到一塊樹皮，上面也畫了各種繁複線條，顏色卻是鮮豔的綠。波阿搖頭，這綠色不但刺眼，看久了還會頭暈。會找到這塊樹皮，全靠波阿對色彩的敏感。

他們走過草叢，一路摘草籽、漿果，裝在尼耶用芒草紮綑成的提袋裡。摘了滿袋子黑莓，尼耶正要從草堆抓起噗噗拍翅的小鳥，波阿突然拉住尼耶滾向旁邊：「蛇！」

小鳥的腳爪鉤起一根草莖，露出底下一點怪異的鮮綠，尼耶去翻找，沒有蛇，卻意外發現一片塞擠在糾結草藤裡的樹皮，紅褐表皮上有綠色圖案，藏在草叢就跟泥土和草莖完全一個樣。

「喂，波阿，你眼睛真厲害。。」一邊慢慢掏拉出樹皮，尼耶不忘給波阿稱讚：「要不是你看出來，這東西真難找哩。」找到樹皮比抓到鳥重要多了。

更重要的是等阿大來，把咒語化解掉。波阿很直接的認定：就是這幾塊咒語作怪，比亞才會遇到怪石頭，惹出許多不愉快；尼耶才會懷疑比亞偷他的夢。

「除掉咒語後，一切就沒事了。」波阿這麼想。

即使是手很巧的尼耶，要把樹皮從雜草堆裡取出來，還是花了不少時間。「喂，把這幾根草拉高一點。」他喊波阿來幫忙，仍然有一些草莖卡住樹皮，波阿要扯斷它們時，差點把樹皮也拉破。

「這會是什麼咒語呢？」手指在樹皮上，順著圖案摹畫一陣子，尼耶突然渾身哆嗦，「有人！」他迅速抬眼查看四周，近處景物不可能躲藏，遠處幾棵灌木後面，暗影裡似乎有東西，尼耶把眼睛瞇成縫仍看不真切。「喂，波阿，你看看，那邊有什麼？」

北邊嗎？波阿轉頭看去，「好像是……」

波阿還在張望，突然聽到尖銳急促的鳥叫，咦，尼耶、波阿同時愣一下，又一陣呼嘯傳來，跟著聽見「嗚——嗚——」「吼——吼——」低沉厚重的怪叫，他倆頭皮發麻，這是烏莫族的「危險」警訊！

尼耶和波阿下意識往旁邊閃開。

來不及了。一個黑影跳過來，搶去尼耶手中的樹皮，再迎面一拳打倒波阿，敏捷的往漥地灌木叢跑去，快得波阿沒見到臉孔。

10 • 烏莫雷鷹箭

遇上偷襲，尼耶手中一空，剛找到的樹皮被搶走了。「誰？」「禿卡！」尼耶驚訝憤怒，抓起地上袋子朝那奔跑的背影使勁扔去。

裝滿黑莓的袋子，準準打中那條背影，踉蹌跌趴後，人影滾進灌木叢裡。波阿撫著頭站起身，視線昏花模糊：「好像是莫滋！」他說。匆匆趕到的阿大問：「人呢？」

聽說人已跌進灌木叢，隨後趕來的比亞嗚哇大嚷：「沒攔下來嗎？那一定完蛋！」

阿大帶頭走下窪地：「試試看，也許還能救到。」

袋子落在灌木叢邊緣，黑莓散一地，沒有聲響沒有人，沙淖已經把莫滋吞噬無蹤。

「我只是要阻止他。」直覺反應下造成莫滋埋沉沙土，尼耶垮著臉，悶悶不樂。

「哇呀！」一堆巨大紅螞蟻正在啃咬黑莓，最靠近的比亞嚇得叫嚷跳開：「有毒！」「小心！」

「輕一點！」阿大也吃驚，四個人慢慢挪移腳步。

提袋口上還有四五顆黑莓，卻不見大紅蟻爬過去，尼耶伸手拿起袋子，咦，袋子下一塊樹皮，尼耶趕忙撿起來遞給阿大：「莫滋從我手上搶過去的。」

第四塊咒語！比亞恍然大悟：「莫滋就是為這個才攻擊你們。」

沉默沒答腔，阿大伸出右手食指摸撫圖案。咒語內容相當複雜，他讀了很久，最後移開手指，抬起臉，開口說話的那一刻，肩膀先挺一挺，勉強笑一下：「綠色咒語要找白色東西破解。」

波阿拉起一撮蔓草，挖出白白球莖：「這個行吧？」

飽滿水分流露晶潤光采，阿大接過來，手指捏捏，出自生命體的白色，用來破解邪惡的綠色毒咒再好不過了。

照著烏莫族方法，阿大先描畫圖案。直到丟掉白色草莖，收捲樹皮為止，他一共畫了十次。

比亞很好奇，既然莫滋死了，咒語已經無效，又何必花精神去讀去破解呢？

「這塊咒語很特別。」看蜜蜂正在採蜜，阿大繞過那叢野薊，邊走邊說：「綠色咒語裡，莫滋這樣詛咒」，空曠地面上只聽見阿大的聲音：

「『叫阿大被火燒開每一寸皮膚，被螞蟻吃掉腦袋，被老鷹啄食眼珠。』『阿大的手腳會被岩石砸斷，軀體會插在樹上，做惡魔的肉乾。』『切魯！禿卡！叫阿大遇到所有痛苦，叫他做不成烏莫首領。』『布尬！叫阿大從世界上消失，從此沒有這個人。』」

「是詛咒你的。」波阿想不懂，莫滋為什麼要害阿大？

「不完全是。」綠色咒語還有一堆莫滋用圖案留下的聲明。吞嚥口水後，阿大一條條唸出莫滋的聲明：

「『讓烏莫族永遠仇視森林，永遠和阿貝族為敵，永遠唾棄老惡魔。』『讓黑暗覆蓋世界，沒有森林，沒有植物；讓黑暗保護烏莫族，不要火，不要光。』『凡是跟光明打交道的，跟森林作伴、跟阿貝人友好的，都是烏莫叛徒。』『我用生命詛咒，要讓烏莫叛徒餓死凍死，被毒蟲咬死。』『這世界只能有烏莫族，其他異類都要被黑暗吞噬。』『我的生命獻給這份咒語，一定要讓它實行。』」

隨著話聲收歇，空氣裡一片靜默，四個人不約而同停下腳步。

「他憑什麼這樣說！」比亞從鼻孔哼氣。

這些聲明內容，有條理，口氣威嚴，「不像莫滋的說話。」尼耶歪著頭分析。

波阿覺得難受，為什麼一定要烏莫族跟黑暗在一起？「我要光明！」

抬起頭，太陽光線軟軟的，阿大瞪著亮亮光球，再環視周圍景物，呀，他們已接近烏拉森林。

尼耶突然問阿大：「莫滋可能沒死！」

「我知道。」阿大看著身旁夥伴：「如果莫滋沒死，燃燒樹皮咒語時，他的意志會讓樹皮反抗掙扎；如果莫滋死了，樹皮也會告訴我們這個訊息。」

「動手，動手，趕快把樹皮燒了。」比亞毛躁不耐的皺眉頭，他急著想知道結果：「快呀，用跑的。」

爬上洞窟山頂，阿大把樹皮放入裝水的竹筒，收捲成圓棍狀的樹皮意外浮起來。喔，「莫滋還活著！」阿大沉下臉嘆口氣。

尼耶找來石頭壓住樹皮卷，強迫它泡在水裡。

「點火！」阿大低吼，尼耶很快將草引燃。溼答答的樹皮放進火堆，「嗤」的冒出一陣水氣，不見光燄升起，只有團團煙霧，草很快燒光了，樹枝卻還沒燒紅。

「快去找草來！」不用尼耶喊，比亞、波阿已經跑下山。阿大將三個芒草袋丟入火堆，「轟」，火舌竄出來，光燄左搖右晃，好像在閃躲什麼。

「燒啊，快燒起來！」尼耶焦急大喊，但那張樹皮完好的躺在樹枝上。

阿大盯著樹皮，感覺莫滋正陰陰冷笑。

「沒用的啦，黑暗會包圍這裡，我接受黑暗的保護。」是莫滋的聲音，他在樹皮裡說話！

「不！」眨眨眼皮，阿大提醒自己，這是咒語的一部分，莫滋的意志正用力抵抗。

「莫滋，沒用的，放棄抵抗，你不可能成功。」沉聲低喊，阿大站挺背脊腰桿，張開的手掌迎向天邊夕陽。

一束細細紅光直直射亮阿大手心，暖暖的熱流入手臂、胸膛，心頭突然怦怦有聲：「做你自己。」這是奧瑪的啟示嗎？阿大全身發熱。是的，「我自己！」烏莫族長必須用烏莫族的方式處理這件事。

「來了，哇噢。」比亞背上、肩上、頭頂披掛著草藤。「欸，先給我。」尼耶趕忙將草藤捆繞成束，再一把把丟進去燒。

火很快燒旺了，光亮火焰從火堆裡站起身，樹皮圖案逐漸熔化滴水，每一滴水都引發一陣火焰噴吐，「轟——」空氣飄出噁心氣味，跟著就是一片黑霧遮住火光。

樹皮從黑霧裡飄飛起來，亮熾火光推動氣流，樹皮幾度升高，阿大厲聲斥罵它：「回去！我命令你回去！烏莫族長命令你：回到你原來位置，接受你的命運！」

圓凸大眼、兇霸口氣，阿大神色凝肅，雙手緩慢抬起，右手食指和無名指搭成箭，左手屈指扣出鷹喙鷹爪，對準樹皮，「回去！」雷般暴吼嚇得尼耶心神震晃。

光燄噴冒，無數金點耀閃，箭影射向樹皮，火舌狂舞變成鷹的尖利嘴喙和巨爪，抓啄樹皮。飛飄的樹皮滯留不動，努力升高後又緩緩落下。

「回去！」阿大吼得全身抖顫，火燄中的鷹和箭再度出動，樹皮左搖右晃，終於落到底，躺在燒得熾熱通紅的火塊上。

好像有慘叫、呻吟，從燠熱浮動的空氣裡傳出來，火舌捲動，很快把聲音吞吃了，尼耶不確定自己是真的聽到什麼了嗎？

阿大放下雙手，微微喘氣，頭臉在火光照映下似乎變大了。

波阿跟比亞帶來更多的草莖、樹枝送入火堆。似乎看見自己的結局，樹皮開始冒出黑煙，先是細絲般一縷縷，若有若無，漸漸變濃，聚攏成一條黑蛇遊走。波阿、比亞以為樹皮就要起火燃燒，不料它竟豎立如蛇昂頭搖擺，啊！莫滋的意志還在頑抗，邪惡的力量強烈主導著樹皮！

「我命令你回去！」阿大的怒吼像巨雷轟響，在他們身旁炸開，三個人全身顫抖，心神撼搖，畏懼瞪視阿大。

這是烏莫族傳說裡的「雷鷹箭」！動用神祕的烏莫雷鷹箭，會極度耗損體力精神，用過的烏莫領袖只有傳說中的少數幾人。

光箭和巨鷹出現在跳躍的火舌中，同時穿透樹皮，插刺、撕裂，大量黑煙瞬間漫溢，把火光空氣都染成墨。

「水清洗陰毒，火燒熔邪惡，我命令你……」阿大的烏莫雷吼一字一字震破黑墨煙霧，光亮火焰一片一片燒落樹皮咒語：「消除魔咒，讓一切回復正常！」

高亢威嚴的宣示，在昏暗夜幕裡朗朗傳送，空氣依然燥熱浮動，火光將阿大變裝成壯碩蠻霸的巨人，邪惡的意志在他凌厲眼神下畏縮收斂，任由火舌燒成灰燼，找不到丁點碎片痕跡。

黑煙散開，光箭和巨鷹消失，阿大垂下雙臂，手指尖滴著血。「添火，燒旺些。」平靜的語調下，聲音有些顫動，阿大拿起竹筒放進火堆，「燒乾這些水，一滴也不能留。」

11・能燒的黑石頭

順利燒毀綠色咒語，阿大鬆口氣。剩下那個浸泡樹皮的竹筒，水呈鮮綠色，有一部分咒語溶化在這裡面，不能倒出來，必須將它們也燒乾蒸散。

波阿、比亞盯緊竹筒，不讓它傾倒灑出水來，尼耶監控火勢，避免火星飄飛四散。他們偷眼看阿大，兀立的身形罩著一股尊貴霸氣，銳利眼神好像隨時會從竹筒移開，射向他們。波阿和比亞忙看住竹筒，尼耶假裝撥弄火苗。

等待竹筒著火燒光時，尼耶注意到幾點火塊，從剛才就持續光熱，是什麼東西這麼耐燒？

天色全暗，火已熄滅，波阿去裝水。阿大拿石頭敲砸樹枝成粉末，比亞和尼耶仔細檢查灰燼粉塵，絕對不能留下任何碎片、屑塊。

撥散一堆灰渣時，聽到「喀」「喀」碰撞聲，尼耶挑揀出三塊黑灰色小顆粒，「這是什麼？特別耐燒！」

「會不會是松果？」阿大記得丟了松果進火堆。

拿石頭敲，硬梆梆，不碎，松果被燒過還會這麼硬嗎？尼耶猛搖頭：「不可能。」

比亞對這黑色東西有點懷疑：「阿大，我在兔子洞裡見過黑色石頭，是這東西，應該沒錯。」

能燒的黑石頭嗎？這可沒聽說過。

回洞窟營地，尼耶很快生起火，把黑色顆粒丟入火塘，不久就燒紅了吐出火苗，石頭真的能燒！

「還有更奇妙的事。」比亞告訴尼耶、波阿：「你們絕對想不到，在北方那種荒涼曠野的地方，會有能跟人說話的樹，還有那一個個石頭堆起的小丘，竟然也會搞怪。」比亞嘮叨個沒完：「想想看，人在旁邊卻沒影像，大聲喊叫都聽不見，那真的是魔力。」

波阿聽得入神，抬手瞧自己胳臂、手掌，問比亞：「手伸出去就消失了？」

「對。那棵樹還說，」比亞學大樹粗沉緩慢的語調：「迷失的咒語，捉靈魂。」

聽到這兩句，尼耶忽然想到：「偷夢的石頭也是黑色的。」

喔，阿大坐正身子思考整件事。北方岩丘是黑灰石塊壘堆，能燒的黑色石頭在那些岩丘山洞裡，天神奧瑪處置過的黑色石頭有魔力……黑色石頭是個關鍵，但也許只是巧合。

間。」

尼耶歪著頭想，如果石頭能燒，那麼，去撿回來，「我們可以省去撿拾柴火的時間。」

擺正頭臉，尼耶看大家：「我覺得，該先去北方弄清楚，不要讓烏拉森林藏著危險的謎團。」

「我贊成！」比亞大手一拍。

「樹苗和新芽怎麼辦？」波阿不以為然。去北方探查也許不只一天、兩天，誰要留下來澆灌？

比亞想得簡單：一兩天沒澆水不會有問題的啦。

「我們都去。」尼耶胸有成竹：「一天後，不論有沒有結果都回來，至少可以先帶回黑色石頭，瞭解大概狀況，這樣就不會耽誤我們的工作。」

阿大點點頭：「睡吧，睡醒我們就去北方。」

咦，今晚不工作了嗎？波阿等著分配輪班順序哩。

「今晚的工作就是睡飽覺。」阿大拍拍波阿，哈哈笑，躺下後雙手疊放胸口，立刻合眼閉嘴。

尼耶知道意思，剛才破解第四塊樹皮咒語，每個人精神都很緊繃，唯有放鬆、睡飽，精神回復後，才有辦法應付古怪狀況。

「我要睡了。」添加樹枝、控制火勢後，尼耶跟著躺下。

過去阿大總是用凌厲的口氣說話，只有命令或教訓，來到荒地開墾後，凡事都詳細耐煩的說明、聽取意見。起初比亞很不習慣，現在又覺得，阿大還是聰明有能力的領袖，「改變更顯得阿大能掌握一切。」比亞心裡有了結論。

比亞背靠山壁俯趴膝蓋，「大樹上的房間」很快在他夢裡出現。

坐在大石上，波阿撐著下巴，回憶這一天見過的顏色，閉合的眼皮輕輕眨，有亮光和色彩在他的鼾聲裡閃閃爍爍。

洞窟裡安靜溫暖，四個烏莫人舒服放心的睡著。爐火燒盡，秋夜寒冽透骨，冷空氣鑽入毛孔叫醒他們：「行啦，時候到了，該起身出發嘍。」

趁黑夜趕路，天空亮晶晶的，星光眨眨閃閃，爭問著：「要去哪裡啊？」「別忘了注意腳底下喔。」「這時候出門哪，我陪你們……」

今晚是他們頭一次，在「自己的」土地上，平靜從容的欣賞黑夜星穹和土地。走路讓身體發熱，夜氣冰寒更讓精神抖擻，沉默中，耳朵聽到各種細微聲響：風吹在孔洞裡「咻咻」「唿唿」，蟲子「唧唧」「嘰嘰」嬉笑，藤蔓、草莖「窸窣」舒展，壁虎「啪」跳過葉片，小石子兒因為蜘蛛翻動泥土而「扣咯」滾落，鳥兒驚得拍翅「噗啪」跳開……當然，還有他們踩破地上果實的「啵啵」聲。

黃眼珠時，看什麼都霧朦黯慘，天神解除魔咒後，黑眼珠看見的世界竟是光彩歡鬧，充滿活力，連黑暗中的曠野都趣味無窮。

天空裡的閃耀光點，吸引他們不停仰頭凝望，美好景色觸動心內情思，波阿牢記這黑與光、面與點搭襯出的晶瑩閃爍；比亞用皮膚敷貼寒夜與熱情，載錄這矛盾的極度舒適；尼耶許願，要擁有這一片天空與土地；只有阿大，被稍許感傷挑弄，想要變成空氣，去接近每一種生命和事物。

感動，是今晚夜遊的共同收穫。四個人各自邁步，互相審視彼此的身影，看移動中的腳步，看晃擺的肩膀、胳臂、手掌，看頭臉、背影，卻很有默契的避開視線接觸。沉思中的眼神一定有太多想法和情緒掩藏不住，眼光若相碰撞被對方識破或看穿對方，彼此都會很尷尬，尊重、信任與了解在這種默契中悄悄滋長。

習慣無聲趕夜路的他們，有時一路縱隊，有時兩兩並肩，偶爾不察覺，四個人竟併排走。眼睛、耳朵極盡可能的張望、傾聽，隨時準備做出反應，即將要去探訪的未知世界，並不讓他們害怕憂心，也許是因為：剔除了莫滋留在心中的陰影，再沒什麼要恐懼的，像比亞、尼耶；也許是看見植物萌芽，得到激勵，對什麼都有期待，像波阿；至於阿大輕鬆篤定的神情，肯定是因為，他能運用新的烏莫族方式來處理事情。

稍稍側轉頭看，他們已來到北方岩堆。貝坎星還眨亮著，暗夜裡清楚見到樹的黑影凸起。

從樹上可以看出石堆分布的情形，正好每人檢查三座，阿大提醒重點：「進去後先找黑色石頭，盡量多拿一些。」它們可能在岩堆下的洞裡，或是就在岩堆上。「查探完後，大家在中心點會合。」阿大特別強調：「不管進展如何，太陽落下後，一定要離開岩堆，回我們的營地。回去，不用再等人。」

只要想著那些冒出土的嫩芽，想著未來的希望，「奧瑪會保佑我們，別忘了向奧瑪禮讚，請求天神的光指引出路。」說完後阿大拍拍比亞肩頭三下：「嘿啊，奧瑪保佑你。」

負責兔子洞和另兩座岩堆的比亞，決定留在原地，先和樹說話。

帶著尼耶、波阿，順岩堆外圍走，阿大分配好兩人負責的區域，自己也走向最東最南這一區。

他先吹出一陣悠揚清脆口哨，跟著又發出「嘎嘎」大雁嚎唳的粗厲叫聲，這是「動手」的意思。

12・卡伊契陸

聽到阿大傳訊，探查行動開始了，尼耶先查西邊的岩堆。為了怕迷路，他沿途在地上刻畫記號。貝坎星不見了，滿天繁星也都消失，周圍灰濛濛，日出前的黎明時刻最冷，尼耶抖抖身體。

走了很久，前方還是空蕩蕩，遲遲沒見到岩石堆，南邊卻有一座龐大黑影。心中揪緊疑團，尼耶走向黑影，伸手想碰觸石頭卻摸了個空。拿起小石子朝岩山黑影丟擲，明明見到小石子彈飛，卻聽見石子落地聲，沒打中任何東西。他見到幻影了！

拿石頭時摸到一團軟軟熱熱，他抓起個東西。

一隻肥大的土撥鼠，兩頰鼓塞，尼耶掰牠的嘴，土撥鼠張口掉出一堆黑色碎石粒，就跟比亞說的兔子一樣，尼耶撿起黑石粒後放開土撥鼠。

向左跑，又折回來向右跑，土撥鼠來來回回幾次後，一跳，就在尼耶面前消失影像。

唉！尼耶急忙學土撥鼠，向左向右來回五趟後，也往前跳。哎喲，撞上什麼了，腳下咚咚倒退幾步，眼睛還是沒看到任何東西！

尼耶突來靈感，一把抓住空氣猛力拉扯，「嘿啊，奧瑪保佑你！」一喊完，大把熾亮耀眼的陽光就落下來，黑色岩堆矗立在鼻子前。喔，尼耶倒抽一口氣，全身起雞皮疙瘩。

太陽在頭頂，眼前是黑色石頭山，山頂冒白煙，紅色發光的火焰從山頂洞口慢慢流下來，變成黑色薄膜蓋在石頭上，兔子和土撥鼠正啃咬這層黑色東西。

尼耶下意識伸手去摸，指尖剛碰到石頭，手掌就消失不見，慌忙要收手卻抽不回來，用另一手去拔，竟然兩個手掌都被什麼牢牢吸住，不見了！

強大的吸力迅速將尼耶往石堆拉去，巨大黑影罩落，眼看身體就要被石頭刺穿、撞碎，「奧瑪！」「噢！」驚懼絕望的喊聲淒厲震顫地衝向石壁，黑影瞬間退後，只一個眨眼，所有景物又都失去影像，周圍仍是空蕩蕩。

大口喘氣，尼耶抹去臉上汗水，驚魂未定的翻看兩個手掌，手背完好，但手心卻烙印般留有黑色圖紋，用力搓都擦不掉。

情緒平復後，尼耶面向剛才岩堆所在，雙手用力向左右撐開，霎時，光亮的天空、冒煙噴火的岩堆、啃石頭的兔子土撥鼠又回來了，在他眼前一隻胳臂距離靜靜出現。

撿顆碎石塊丟過去，岩堆竟然搖晃震動，「劈劈啪啪」碎散崩塌，兔子和土撥鼠跌進石塊。喔，喔，原來它有一層外殼呀。

黑色碎石塊閃閃發亮，尼耶彎腰湊近看，想不到一塊塊、一片片、顆顆粒粒全黏上雙手，尼耶嚇一跳，用力甩脫後趕忙手握拳，高舉過頭。

繞過地上碎塊，把岩堆走一圈，看起來密實的石壁暗藏了圖案。尼耶小心打開手掌，核對印在上面的黑色條紋，哎，跟石壁圖案差不多，看來這座石堆的古怪就在石壁和圖紋上。

離開這裡再往南尋找另一座岩堆，走沒多久，前面一棵胖大光禿的樹，晴朗天空下一個人站在樹邊，尼耶眼睛一亮，是波阿！

綁著紅頭巾，身材魁梧，嘴角微微揚起的波阿很興奮：「嘿啊，尼耶。」

等了大半天沒有人來，擔心自己困在幻境裡，敲地傳訊也得不到回應，波阿只能把附近看到的黑色石頭都撿拾一空：「你看，提袋裝滿了。」

尼耶越聽越不對勁，波阿幹嘛在這裡等人？「這裡是中心點嗎？」他問波阿。

「不會錯。」波阿很有把握。聽到阿大哨聲後，他直接走向有樹的岩堆，「我先跟樹擁抱。」波阿微笑說，抱著樹的感覺很好，耳朵貼樹皮，胸膛碰觸樹幹，他聽到水流聲嘩啦嘩啦。

「樹跟你說話了？」尼耶打斷他。

「有。」點頭的波阿，興奮又疑惑。樹先是說：「夢石裡有秘密。」「去找夢石。」波阿問它，夢石是什麼？在哪裡？樹只回答：「夢的石頭，吸住靈魂，深沉無光。」之後，樹對波阿的話就再也沒回應了。

「它好像自言自語或做夢，不是跟我對談。」波阿不明白樹的意思。

樹旁的岩石堆不大，幾乎都是紅色的碎小石粒，看不到特別的，也找不到黑色石頭。另外兩座，較北的那一堆，色彩花斑，整齊方正，「像口箱子。」

「你不覺得奇怪嗎？誰會在這種地方認真堆石頭？」

波阿微笑回答尼耶：「我挑其中一塊最漂亮的石頭，搬開來看。」

嗄，尼耶趕緊問：「結果呢？有什麼？」

沒有什麼，底下還是石頭，「那一堆就只是大石頭，沒別的。」

負責探查的石堆還有一座，再往南走，波阿跌一跤，「地上有很多坑洞。」原本平坦的地方會突然隆起或凹陷，波阿在一個大坑前起腳要跳時，腳下泥土突然往前擠，波阿被拋出去跌在大坑對面。

「把你送過大坑？」尼耶難以置信，這麼巧！

波阿想一下：「那個大坑裡有古怪。」原先那個凹窪，在他摔出去時變大了，像閉合的嘴巴打開來，人掉下去一定會被吞吃。

第三座岩石堆是個白色淺堆，範圍相當大，薄薄圓圓的石片被太陽照得發光刺眼，檢查時，波阿兩眼白花花，茫茫盲盲的完全看不清，「一堆太陽在我眼裡爆炸了！」

「你絕對想不到。」從提袋裡找出一樣東西，遞給尼耶，波阿靜靜等尼耶的意見。

手掌大，長橢圓，薄又輕，光滑，半透明的白色片狀東西，邊緣有幾條細紋。尼耶搧一搧，鼻子聞到的腥羶味有點熟悉；往地上摔，彈跳幾次沒破碎；試著彎折它也不斷裂。這不是石頭，是……

鼻子癢癢給了尼耶提示：這是蛇或魚或什麼動物身上的鱗片。

「應該是魚。」波阿曾看過魚鱗，除了大小不同外，形狀氣味跟這個都像。

「會有這麼大嗎？」一個怪念頭讓尼耶眼睛瞪得圓滾滾，嘴巴「啊」不出聲來：「你……跌一跤……」他努力把聲音擠成清楚的話，卻微微發抖：「你……會不……走在……蛇……身上……」

波阿僵住手腳，眼睛直直看著尼耶，呆了一會兒才回過神：「卡伊契陸？」

「卡伊契陸」是烏莫族的傳說，意思是「像山一樣大，會吃人的蛇。」

烏莫族不知哪一代的祖先，在搬遷流浪中走過一處山谷時，遇到躺在地上曬太陽的大怪蛇。因為蛇不肯讓出路，烏莫祖先們很不滿，直接跳到蛇身上要走過去。大怪蛇鼓動身體，像水起波浪，把十幾個壯漢拋上天再摔落地，又把這些人一口吞吃了。剩下的族人嚇趴在地上，癱軟臥倒，等大怪蛇睡著後他們才偷偷爬離山谷。

傳說裡的大蛇，身體蜷起來剛好把整座山谷填滿了；蛇頭高高昂起就跟山峰同高，像另一座奇巖絕壁；蛇尾巴堵住山谷出口，除非走在蛇的身體上，否則只能攀岩越嶺。

烏莫人相信這件事情真的發生過，但也不相信世界上還有「卡伊契陸」。每次講完這個故事，大家就會嗤嗤作聲：「再怎麼大隻的蛇，總也會死吧。」「那是從前從前、很久很久以前的事啦，現在沒有這東西了。」「走過那麼多地方，也沒碰見、聽見有像山一樣大的蛇。」

吞下口水，波阿定下心大聲說：「不是！」「不是『卡伊契陸』！」一堆鱗片不代表蛇，一片會高低起伏的地面更不可能是蛇，行走攀爬時每個人都難免跌跤摔趴。「卡伊契陸」不會從故事裡爬出來，尼耶想得太荒唐離譜了！

13・和山豬打鬥

負責查探東南方三座石堆的阿大，一開始就遇到阻礙。

第一座石堆圓圓尖尖，約膝蓋高，踩上去翻揀，石礫碎片下竟然是一塊圓圓石柱，乍看像樹墩，暗墨無光，冰冷堅硬，手掌碰觸後沾附了燒焦的煙灰味。

躺在石墩，阿大伸個懶腰，哎，衣服被什麼勾住了，不以為意的提扯衣角，卻掀開一片小石頭，「扣」地出聲。

看出那是個按鈕或開關，阿大坐起身謹慎的伸手去按壓，唔，沒反應。試試往上提掀，也不動，再往左右推，什麼變化也沒有。握住那片「按鈕」，阿大用力轉，嘿，動了。

石墩高高低低的旋轉，速度越來越快，人坐不住了。阿大趴下來，感覺身體往下沉，正嵌進石墩裡，石頭變成黏軟的泥土了。機警的抬動手腳，使勁往外滾轉，他跌落在碎石子上。

哇呀！被碎石的尖突稜角戳插，阿大悶哼一聲，忍痛站起來看。石墩中間凹陷出一個手腳叉開的人形；濃濃焦臭從身上發出來，自己被黑泥塗裹，狼狽得不像個人。阿大心中一凜，剛才如果沒有及時滾翻下來，恐怕就消失在那石墩裡。

腳下感到輕微震動，趴身貼地聽，是四腳動物奔跑，就在他要查的第二座石堆方向。阿大迅速去追趕腳步聲。

奔跑一陣，所有感官知覺都告訴阿大：「有狀況！」「停下來！」腦中聲音更直接叫他趴下！

眼前忽然出現巨大石堆遮擋佔據，每塊都又尖又長，像兀鷹伸出尖嘴利爪，只要再跑出一步就會被巨石插刺挑掛。

仰頭瞇眼看，這是一座山，很高很大的山。隨時可能落下大柱尖石，攻擊進入的訪客，粗大條狀的山壁岩石像是巨人張開五指，要抓拿地面的食物。「我會是它的早餐嗎？」阿大胡亂想。

有條路通向山裡，阿大隨山路彎彎轉轉，走動帶出的風悶悶昏昏，泥灰色石壁和土地幾乎分辨不清；沒有鳥兒或小動物，也不見有樹或小草、苔蘚；天空沒有雲飄過；除了自己的腳步，這山裡找不到動的物象。

雙腳踏出規律的節奏，阿大眼皮漸漸垂下，往兩旁張望的次數少了，眼光只落在地面，又定在自己的腳尖：左腳、右腳、左……眼睛稍稍瞇一下，阿大趕忙甩甩頭、眨眨眼。左邊山上的小洞口很多，右邊山石奇形怪狀，阿大打量幾眼，又繼續看著前方路面，盯著腳，左邊、右邊、左邊、右……

「不！」

張大眼，深呼吸，阿大猛力捶打胸口，讓心跳加快。捶一下就用力眨一次眼，擠壓眼皮，刺激快要睡去的腦筋。

山勢、地形都很真實，並非幻覺，但整座山發出魔力，不知不覺吸走神魂。還好，阿大躲過險境，沒有成為「巨人的早餐」。

天空、山谷、石壁，一切還是原來樣子，它還會繼續迷惑下一個進來的人，或是其他生命！

邁動雙腳之前，阿大伏貼地面偵聽，有模糊不明的聲響在前方左側，狹長山谷的盡頭有一片岩壁，向左斜插出去。

手腳攀抓踩蹬，繞到山後，從山壁跳下來，他楞一下。自己站在草地裡，草葉有些黃了，但枯萎中仍有青翠，葉間尚有蚱蜢跳竄，泥土裡螞蟻進出忙碌。生機盎然的世界，和剛剛的死寂山區截然不同。

抬起頭，金光燦爛的太陽已經在東南方，笑盈盈望著大地。阿大撫摸胸口，真誠做出禮讚：「感謝奧瑪，請祢照護生命，讓大家都有自己安全的住所。」迷失在岩堆裡的靈魂，希望也能回到他們的軀殼，回到他們的世界和居所。

空氣中除了草香、樹木香，隱隱有水的氣息，可是，他也聞到另一種異樣的味道。小心邁步，草葉用傾斜歪軟的姿勢求饒：「我剛剛被踩過！」「別再壓扁我了！」

儘管有心理準備，真正和怪味道的主人迎面相對時，他還是大大吃驚。是一隻山豬！用嘴呶地，啃嚼一堆綠葉，外露的獠牙已相當粗長，身體肥壯碩大，「厚」「厚」出聲，吃得又急又凶。

不允許領域被入侵，尤其討厭進食中被打擾，山豬瞪著阿大發脾氣，口水垂滴出兩條線，「吼！」牠大步猛衝，要撞倒這個不識相的人。

阿大想退後躲藏都來不及，倉卒間側身閃避，被體重遠勝過自己的忿怒傢伙擦身撞倒，滾翻一圈趕忙爬起來。山豬已經又衝過來，阿大咬牙瞪眼，覷準時間，大膽的伸手抓握山豬牙，順勢借力翻到山豬背上。

啊呀，發怒的山豬，背上鬃毛一根根立起來，自己這一翻抛，簡直像把肉插入針板！唉喔喂呀，全身皮肉被火燒灼般，麻辣刺痛。

「吼」「吼」，獠牙被碰觸，山豬更加發狂，鼻頭用力撥挑倒在地上的這塊肉團。眼看長而彎的山豬牙，就要插進腰間去絞碎肚腸，阿大孤注一擲，「霍啊！」猛喝一聲，雙手緊抓獠牙，死命扭摔那龐大軀體。所有力量瞬間爆發，「喔！」「喔！」慘叫，阿大被拋飛跌摔出去，軟軟昏癱在草地上，沒了聲音，沒了動作。

山豬被阿大摔翻，斷了一塊牙齒，「嗚嗚厚厚」低低哼，沒了鬥志。聞聞地上敵人，黑泥煙灰味道讓牠畏縮、退後，蹣跚走入林中。牠要回洞穴躲起來，被打敗、斷了牙齒的山豬，除非敵人死亡，否則，不能再在陽光下露臉現身！

空氣中漸漸有血的腥銹味，幾隻蒼蠅飛過來，在阿大身邊盤繞。

「嗡嗡……」「嗡嗡……」阿大聽見這種聲音……

「走開！」「走開！」細悄的人聲在說話……

有東西在手上繞捆，輕輕穩穩的。阿大想翻身，「唔！噢！」全身痛又重，眼皮打不開。

「好渴……」喉嚨裡有火在燒，痛啊，又乾……

「水……」阿大呻吟著。有涼涼濕濕的碰觸，啊，是水，清涼的水！嘴唇貪婪的張開，吸吮，睜開眼，模模糊糊沒看清什麼就又睡去。

「淅瀝……」「淅瀝……」，是水滴落下嗎？

清涼的感覺又一次叫醒阿大。

從臉、脖子、胸口、手臂、腿腳、都有涼涼濕潤的水擦抹過，阿大「嗯」出長長聲息，安安靜靜，呼吸平穩，在清涼舒適的感覺中重新睡著。

「奧瑪保佑。」「請讓他平安甦醒。」「可敬的奧瑪，請祢照護這個生命。」響亮清脆的聲音，簡潔誠懇的祈禱，阿大聽見了。

勉強睜開眼，最先進入腦海的影像，是一個紅紅圓點。太陽嗎？阿大等著意識慢慢回復，這是哪裡？誰在說話？我怎麼了？他閉起眼，一樣樣回憶發生過的事：探查岩堆、走入山裡、進到草地、遇見山豬、打鬥、山豬牙彎又長……

靜靜又躺了一陣，挪抬屁股、膝蓋，舉手動腳，左右側翻，阿大小心坐起來，喔，一陣昏沉暈眩，閉眼喘息後沒事了。身上黑泥已被擦乾淨，左臂貼著厚厚綠葉，被草藤綁繞固定。喔，傷口真長，但，是誰幫他包紮？人呢？

右手撐著地準備站起來時，摸到一節硬硬尖利的東西，是山豬牙！阿大默默收放口袋。烏莫族把山豬看作力量的象徵，摸到山豬牙的人會有一整年的好運氣，也許在這一年只剩的秋末和冬季裡，烏拉森林會有大進展，那才真是好運哪。

習慣性的抬頭往天空尋找太陽，嗯，偏斜了，圓亮金紅的在西邊軟暖照著。阿大移動腳步，天黑前都仍有機會再找到第三座石堆，一定要試試看。

14・看見希望

任何機會都不放過，一定要試試看！

揹著一袋子榛果、松果、板栗，德妮奔跑在林木落葉上，閃過飄飛的蝴蝶，避開爬行的螞蟻，袋子裡的果實讓她心情愉快，唷，一隻蚱蜢跳起來，她擰個腰側身讓開，繼續往前跑。

要不是秋天陽光從掉了葉子的枝條空隙投照，林中金亮的空氣因為人影閃過暗一下，這條輕巧的人影實在很難被發現。打瞌睡的林鼠沒看見，還跟竹雞鬥嘴：「你被風騙了。」風搖動樹葉，光線忽而亮起忽而暗下，這種事在森林中、樹木下，隨時都在發生，何必大驚小怪呢？

「別說我大驚小怪。」竹雞堅持自己看到的：「一個人慌慌張張跑過去了。」那種跑步中捏住拳頭，腳趾彎起勾抓落葉的樣子，「他一定有什麼事。」

「我只想弄清楚這一點。」嘮叨的竹雞，在林鼠受不了聒噪、甩尾巴溜走之前，又補上一句：「如果有機會，我一定要試試看。」

林鼠盯上一隻蚱蜢，追入陰暗的草堆裡。竹雞噗噗啪啪，想追的人已經跑遠去，「我沒機會啦。」

牠四處踱步，最後伏窩在陽光照亮的一叢毛根草邊，紅色、黃色的落葉，把這兒鋪成軟軟厚實的美麗毯墊。「也許，我是看錯了。」竹雞自言自語。風吹動樹皮、落葉被自己當作人影晃過，「沒關係，昨天斑鳩也弄錯一回。」竹雞安慰自己，至少，沒像斑鳩嚇飛到樹上還拉一灘屎，「我比牠好多了。」

實在不能怪竹雞和斑鳩，阿貝人的衣服的確跟森林搭配得巧妙極了。夏天，他們穿綠色、白色，甚至大花大綠的衣褲；入秋後，大家又換穿褐色、深色的帶帽連身服。在森林裏活動時，他們和周圍的景物融合成一幅圖畫般，蜜蜂、蝴蝶會停在歐茉、娜娃、德妮這些女人身上；當費瓦、伯耶守望河道時，鳥兒也曾啣來草莖，想在他們的頭上做窩。更別說小孩兒曼娃、克吉、東可他們，蹲在草叢揀草籽時，老是有兔子、青蛙、林鼠以為那是草呀、樹枝呀、石頭呀，在他們腳邊身上跳蹦鑽跑，逗得小小孩尖叫笑鬧。

只要不出聲音，安靜不動，多數時候動物們看不出眼前有阿貝人，連阿貝人自己有時也看走眼，難怪他們會要求族人主動出聲招呼：「不論多遠或多近，先發現對方的要先開口，大聲報出自己的名字。」這是禮貌也是保護，不嚇到人也避免被誤認，每個脫離爸媽手臂彎呵護的阿貝小孩，一定都被再三叮嚀、提醒這件事。

聽到兩歲的恩特奶聲說：「悠意，因得。」時，媽媽吉努笑出了眼淚。抹去淚，憋住笑，抓住小手摸她的喉嚨，吉努伸出舌尖給小孩兒看，「恩——」「特——」這兩個字要說對唷。「ㄊ、ㄊ、ㄊ、ㄊ、ㄊ」她的舌尖用力打，恩特圓圓眼珠看著，小手伸出要抓媽媽的舌頭。

「哈哈」，爸爸費瓦握住兒子白嫩小手，開心的說：「恩特啊，加油喔，說對了，你就又長大一些囉。」

明年春天，小傢伙就可以跟著伊恩、曼娃在森林裡遊玩，那時他該會正確說出名字了，「沒問題吧？」費瓦問吉努。

重新將孩子放入背簍扛起來，吉努笑得很燦爛：「他很快就會了，放心吧。只要營養夠，阿貝森林的孩子都會健康聰明，我們要煩惱的是食物。」吉努吹掉費瓦肩上的小蜘蛛，溫柔的眼光迎著費瓦注視，她又微笑：「不會有問題的，放心吧。」

阿貝森林元氣還沒恢復，春夏兩季樹木的生長都不理想，不著花、結的果實少，阿貝人只能更認真種麥子、玉米、豆子，努力澆水，巡視除蟲。為了增加冬糧的存量，除了晒乾或生食，女人們絞盡腦汁，研究各種花朵嫩莖的醃泡醬漬，有些以前沒吃過的東西，也都依著鳥兒的鑑定，摘取來加工煮食，甚至，她們把蟲蛀的爛果也設法調製成乾糧。

大家自動延長每天工作的時間，不停檢查果實的熟度。同一顆果實，可能昨天還綠澀澀，今天就飄出香氣；同一棵植物，也許昨天還沒動靜，今天就看見小小果子，黃黃白白在葉芽裡探頭。

傍晚，茲瓦爬在一棵山茱萸上，惹得麻雀啾啾嚷叫：你不是早上才來過，這時候又來做什麼？「欸呀」，茲瓦笑嘻嘻，探手拔下一顆暗紅色、長橢圓形的果實，早上來看，它還嫌生硬，現在最好啦。

他們不厭其煩的爬上爬下，天天重複做著檢查、找尋和採摘的事情。冬雪降臨前，任何一棵小草、大樹，都仍有結果的可能，阿貝人把握機會，穿梭在森林田野間，靠著一點一點累積，把簍子罐子一個個慢慢裝滿，雖然只有往年的一半數量，阿貝人絲毫不擔心。「我們還有機會。」「不會有問題的。」「盡量做就對了。」互相提醒打氣的話語，隨時隨地都聽得到。

森林東邊草原，大火之後留下黑色灰燼，殘存的焦乾草梗在幾場大雨沖洗下，已經冒出點點綠芽，潮濕的土壤最適合草類生長，地裡埋藏的根和莖，風帶來的種子，蓬勃茂盛長了一大片，遮蓋住驚心觸目的枯黑。不論從地面或樹上看，視野裡景象都讓阿貝人感到希望和歡喜。

今年收成的豆子多了些新品種，那是鳥兒們到處啄食，把種子帶過來撒播的。一種圓圓大大心形葉片，跟龍葵、咸豐草、昭和草長在一塊兒，巴納的老婆雷妮起初以為是雜草，等到摘草籽、嫩芽和果實時，才發現它扁平寬大的果莢，喔唷，是豆子呀。雷妮摘了些讓娜娃和歐茉去調理，也拿一些給以曼和塔伊、胡娃，她們各自試過不同的烤、煮、炒等方法，味道都不錯，於是女人們都跟著留意雜草裡的新面孔。

德妮很會做果醬，帶著孩子們在森林的灌木叢、草叢裡，採摘各種野莓、漿果，代替橘、橙、蘋果、檸檬這類大型果實，做成的黏稠果醬，香氣和口味讓孩子們忍不住伸手要挖些來「咂咂」過癮一下。德妮好脾氣，總是笑著喊：「嘿，嘿，不要變成螞蟻了喲。」她又喜歡到處找釀造飲酒、醃漬蜜餞的材料，輕快的腳步踏遍森林每個角落。

森林裡各種動物也忙著找吃的，「咦，你也在這裡呀。」「我去那邊，你慢慢吃。」看到山羌嚼食嫩葉，德妮輕手輕腳退開。

動物們也要找食物，阿貝人總是習慣留一些吃的給其他生命。

15・想念姆姆和老哈

受到神醫歐哈兒菊花咒語保護，進入「太古亞旺」狀態的姆姆，正在向森林樹木祈求分享能量。老爹很樂觀，姆姆一向從樹木那裡獲得力量，她的說話帶有樹的沙沙低語聲，她哼起阿貝祈禱文時，森林的樹木也會跟著嗡嗡低吟，姆姆幾乎就是樹了！

「放心，她休息夠了就會醒來。」老爹安慰莎兒跟東可。

沒有睡前床邊故事可聽，頭幾個夜晚，姊弟倆翻來覆去睡不好，少了姆姆的聲音，兩個小孩耳朵裡空蕩蕩，心裡也缺了一塊什麼，雖然懂事不吵鬧，可是白天頻頻打哈欠，明顯沒精神，爸爸也伯全心忙族裡大小事，看不出來孩子眼光裡有依戀。

西曼疼愛莎兒和東可，從姆姆開始「太古亞旺」，她就常邀孩子們來聽故事：「把你們的吊床拿過來吧。」睡前聽點愉快溫暖的故事，可以讓小孩兒們安穩睡好覺，長得健康快樂唷。雖然自己和法特還沒有生育，可是西曼太了解小孩啦，已經準備好要做個媽媽的她，很願意跟小孩兒談天，聽他們說心裡的話。

「姆姆，她……」莎兒有些迷惑，說不清自己的意思：「奧瑪要姆姆一直睡嗎？」

擔心姆姆會就這麼睡，不起來說話，不睜開眼睛看人，這孩子聲音悶悶，快要哭了。摟摟莎兒，替她鬆開髮辮，西曼清脆的嗓音像草叢中嘰瀝瀝的叫鳴：「姆姆會醒來，奧瑪知道我們需要姆姆。」

已經躺好的東可又坐起來：「姆姆明天會醒嗎？我要把芒花鼠送給姆姆。」他從口袋摸出一隻草編老鼠，沒什麼形狀，是白天撿起鳥兒咬落的芒花胡亂折捲幾下。平日姆姆會拿草莖編結蚱蜢、螞蟻給東可，現在他自己做了隻老鼠，「姆姆沒做過花老鼠。」在他大大圓圓的眼睛裡，一點睡意都沒有。

「明天嗎？應該不會，姆姆年紀很大了，要休息很多天才夠。」西曼用小孩子能懂的話安慰東可：「你喜歡姆姆，姆姆也喜歡你，芒花鼠能陪你睡覺，姆姆會稱讚芒花鼠。」摸摸東可黑柔頭髮，西曼示意他躺下：「睡覺嘍，睡得飽，睡得好，阿貝小孩長得快，長得壯唷。」

輕細亮脆的聲音，和姆姆的樹歌多麼不同呀！莎兒、東可眨著眼胡亂想，如果是姆姆，這時候會說什麼故事來聽呢？

「我要說故事給姆姆聽。」東可想著。故事裡，花老鼠咬了一個大故事來，姆姆打開後笑呵呵，森林裡的樹葉都跟著嘩嘩、沙沙笑起來……

莎兒看著弟弟，喔，他不眨眼睛了，眼皮慢慢合起來，花老鼠滾到肚子邊，東可要睡了嗎？說故事的西曼聲音也變得呢喃不清，夢來找她了嗎？眨一下眼，莎兒覺得孤單極了，好想摸摸姆姆的手！粗粗厚厚的手，很溫暖，把臉貼上去，像枕著柔軟的被子……莎兒不自覺摩摩臉頰，垂下眼皮。「唔，好孩子，阿貝保護你……」耳朵裡恍惚聽到姆姆這樣說，莎兒偎緊姆姆的手，悄悄睡去。

已經長牙的小納可，除了喝母奶，也要學習咀嚼東西，吃點不同的營養食物啦。媽媽斯妮因此多了一樣工作，剁碎玉米骨、玉米莖，磨成粉，越細越好，再拌入各種堅果粉末，加水調成泥，做成餅塊，蒸或烤熟，讓娃兒自己抓著啃。

這是神醫歐哈兒的配方，「對牙齒、骨頭都好。」老哈告訴斯妮。他的話很少，但接觸到他溫和的眼光時，斯妮發覺他其實親切隨和，容易接近。教斯妮製作這道營養餅乾的過程中，老哈幾乎沒說到話，只用淺笑、點頭和「好」「嗯」「對」來鼓勵斯妮。有幾次，老哈「哎」「唔」或搖手，把磨得不夠細的小塊小粒挑出來放一堆。

剛開始，斯妮以為他會瞪眼，用銳利眼神代替責備，想不到老哈面無表情也不看人，只做手勢催促她繼續研磨，讓斯妮低頭忐忑不安，覺得自己很愚笨。等餅團做好，準備蒸烤了，老哈把那堆沒磨細的小顆粒，全黏在一塊較小的餅團上面，排成漂亮的麥穗圖案，「媽媽也要嚐嚐。」

他這麼做又這麼說，斯妮一下子間沒弄懂，看著老哈。視線相接時，老哈明顯揚起嘴角，又瞇一下眼，「辛苦了！」簡單三個字讓斯妮感動，帶著淚笑出來，連聲的「謝謝」還是說不完心裡的感激。

慈祥的老人哈吉，不愛說話卻很有耐心，願意鼓勵、指導年輕媽媽。

想念哈吉的還有卡里。愛動手實驗，研究植物蟲害已經很有心得的卡里，這陣子對那個盛裝「麻煩」的蝸牛殼著迷了，白天要巡視森林、採收糧食，他用傍晚到夜深的時間，一個人獨自摸索，進行提煉樹木汁液的計畫。這樣做雖然有趣，卻總是沒有把握，「如果老哈在……」無法下判斷時，他腦海裡就跳出這句話。

晚上常有不識趣的訪客來打擾，出來覓食遊玩的鼠啊、蟲啊，好幾次跳進他辛苦做成的樹汁黏液裡，毀掉快要有結果的實驗，卡里只能揪著頭髮，「呃」「啊」悶叫幾聲。雖然有帳篷有桌子，還是免不了干擾，如果換個隱蔽安全的處所，實驗研究的進展會更快更多。

「小屯岩工作室」這個地名吸引著卡里，他只聽老哈說過秋天要在那裡研製藥物，是什麼樣的地方呢？能提供老哈安心研究工作的，一定是很理想，不會有動物來攪局，不怕颳風下雨、不會太熱太冷的環境吧！

對啦，卡里已經把「紅蟲培養」的實驗結果寫滿兩大張柚木葉，託野鴿傳送給老哈。能跟鳥類說話的哈吉，曾經耐心教卡里學讀鳥兒的眼神，但試了很多次，卡里只能勉強讓一隻棗紅色藍頸圈紅嘴喙的野鴿阿派停下來，安靜和他交流眼神中的訊息。

「行！」哈吉欣慰的點頭，卡里更就此認定自己是哈吉的學生，就像哈吉是歐哈兒的學生一樣。

紅嘴喙的野鴿到現在還沒飛回到阿貝森林。牠和老哈「說」過話，一串「咕咕，咕嚕，嚕咕咕」的聲音後，「阿派會找到我。」老哈口氣肯定自信，說已經告訴鴿子阿派聯絡的方法。卡里很興奮，有專屬的聯絡信差，讓他做實驗特別起勁，現在就等著阿派帶回老哈的回覆訊息。

期待，也是一種想念的方式，卡里盼望老哈能有什麼指點或建議，「他應該還記得我對蝸牛殼的推測……」即使躺平身體，不再思考實驗細節，閉上眼睛前卡里仍然想著老哈。

16・吹木笛的孩子

杜吉在夏天裡結束流浪，回到森林接替比羅的工作和住處。也伯擔心比羅留下的地道小屋太簡陋，早早就邀請杜吉來跟他們一塊兒過冬，杜吉倒是想幫好友整理房屋：「我跟比羅一樣，都只一個人，住他那裡就行啦。」

第一次進入地道清掃房間，杜吉邊推門邊喊比羅的名字。做什麼事他習慣先這麼喊一聲，彷彿比羅就在眼前、隔壁或後面，正在跟著他一起忙碌聊天。

空空的房間沒有任何東西，杜吉撣去蜘蛛網，請蜘蛛住到外面去；修理好歪一邊，卡卡不順的門板；牆腳有個小洞，可能是蚯蚓或鍬形蟲這類房客來寄宿。

「比羅，你會留牠們住吧！」杜吉笑嘻嘻，任那個洞留著不堵封起來。

搬柴火、蓆子、草墊是第二趟的事。鋪上草墊、蓆子，房間有窩的感覺了。延續好友的習慣，杜吉不打算做櫥櫃、桌椅、箱籠這些東西，「越簡單越好，對吧，比羅。」衣服、食物用背袋和竹簍盛放，吊掛起來，柴火堆置角落疊整齊，規劃完畢，仔細看看房裡，還缺什麼呢？

「比羅，好朋友，我們放個火爐吧。」杜吉喃喃自語。回到地面，他笑亮著眼，接下來去麥田工作會更有趣，暫時先休息一下，聽聽笛聲吧。旁邊龍眼樹上頭，有個孩子正在學吹木笛。「他一定嚐了不少苦頭。」杜吉笑嘻嘻想。

「忽──」「忽」，「梳──」「梳」，「粗──」「粗────」，「逼！」笛聲沙啞粗糙，氣不夠強，每次吹了長音後就變成短促單音；氣勁也散亂不集中，沒吹進木笛小孔，只變成一堆模糊的聲音，而且變來變去；最後勉強吹出連續兩次長音，卻立刻斷氣，唉出可怕尖叫！

「可怕喔！可怕喔！」一隻白頭翁衝出龍眼樹，在空中拍翅膀，不知要停歇在哪裡才好，牠被最後那「逼」聲給嚇一跳咧。

「可憐的孩子！」杜吉搖搖頭。樹上這孩子現在一定憋紅了頭臉，鼓脹著脖子和眼睛，嘴唇也一定噴出不少口水，肩膀僵硬，一邊揉著腮幫子，一邊洩氣沮喪的甩動手中木笛。

想起自己剛學吹木笛的狼狽模樣，杜吉的臉發光：「嗯，我看看……」依著腦中畫面，他聳起肩，睜大眼，鼓出膨大臉頰。唉，他清楚記得：自己那時頭發暈，胸口悶，差點跌倒，還好有楠樹歐拉做依靠，樹杈窩穩穩架住杜吉身體，「要不，我早摔短一截脖子啦。」

喔，杜吉連忙把屁股移往龍眼樹下。得幫忙注意才好，萬一樹上那孩子跌下來，起碼還有我在這兒抱住。

吹木笛是件困難的技巧。小小木笛只有一個吹孔，全靠吹笛人控制吹氣的勁道，想要變化出笛音的高低和旋律，絕不能猛用力，那準定頭昏腦脹，無濟於事。

為了怕丟臉，學吹木笛的孩子都會躲到樹上，樹不但贈送枝條，供這孩子製作木笛，也會呵護他，用樹葉沙沙嘩嘩聲，幫忙遮蓋一下青澀尷尬的笛音。連杜吉這麼喜歡表演，不怕人看或揶揄，也還是待在歐拉身上，先吹到有穩定音色後，才敢離開歐拉隨處找時間練習。

「就跟生命的成長一樣。」杜吉是過來人，完全了解學吹木笛的意義：靠自己努力，學會後就像通過考驗，脫離「孩童」階段，是個準大人了！在這之前，誰也不要去驚動這孩子：別打探是哪個人在吹，別詢問他有什麼進展；不必稱讚他吹得如何，也毋須提供意見。只要在孩子開口述說時，認真傾聽、誠懇注視，消除他們的忸怩不安，解答他們提出的問題，每一個孩子都會有辦法度過的。

所以啦，杜吉體貼的不出聲打招呼，也只在龍眼樹下坐一會兒，確定沒有誰會發暈摔跌下來後，立刻又回到他的麥田繼續忙碌。

每個人都有工作，除了田裡糧食的栽種、收成要忙，男人還有巡視的任務。再看一次陽光曬烤下的麥田，杜吉收拾好用具。

「我該去接替法特了。」森林外圍要查看的地方很大，不分日夜都得有人負責巡邏，輪班的時間是不能延誤遲到的。

開步走時，杜吉大聲哼著歌：「麥田曬太陽，烤焦了嗎？不會，不會。我的喉嚨在長大，裂開了嗎？不會，不會。我的朋友忙工作，分開了嗎？不會，不會。我的森林在休息，衰老了嗎？不會，不會……」

喔，杜吉唱的歌跟姆姆完全不同，也跟阿貝族人平常哼唱的聚會歡樂歌聲不一樣。新鮮有趣的歌詞，活潑熱情的旋律，杜吉把唱歌變成一種特殊技藝了。

躲在樹上的孩子等他走遠才撥開枝葉露出臉，手掌粗大但臉龐還有一點點稚氣，瞧見陽光下的背影，這孩子搖搖頭：「這樣不行的！」老氣橫秋的口吻和粗啞的聲音，喔，是巴姆呀。

從樹上跳下來，耳朵裡還聽到杜吉唱歌，能夠唱出像杜吉那樣迷人的歌聲，讓身邊的人隨時都開心歡笑，任何場合都受到歡迎期待，多好啊！

笑容停在嘴角，巴姆愣愣站了一會兒。

要控制聲音可沒想像中容易，最近他說話的聲音變了，好像從鴨子或樹鵲喉嚨發出來，弟弟東可笑到打嗝，問巴姆：「你為什麼要學那隻魯兒說話？」魯兒是阿卡邦灣的一隻貢德氏赤蛙，說話像人矇住鼻子和嘴巴出聲，又好像掐著喉嚨喊，難聽死了。妹妹莎兒還建議巴姆，改學白頭翁比較好：「白頭翁的聲音響亮清脆，而且比魯兒神氣多了。」

噢，天哪！「如果姆姆醒著就可以幫我了……」東可、莎兒根本不知道變聲的時候多可怕。

「誰要學蛙和鳥啊。」巴姆喃喃自語，又試著說一遍：「誰要學貢德氏蛙和白頭翁啊！」先吸口氣，慢慢輕輕說，聲音也還不太糟糕。

說到白頭翁，巴姆垮下嘴角。這傢伙剛才聽了木笛聲，竟然嚇到慌張逃跑，木笛聲比說話聲還可怕嗎？

太陽撫摸巴姆臉頰，好像鼓勵他：「只要多練習就會有進步。」

巴姆挺起胸，決定再試試，就算白頭翁嚇跑了，也還有龍眼樹做聽眾。

「伊拉，我會吹得像爸爸那麼好，對不對？」爬上龍眼樹坐進枝椏，巴姆撫著龍眼樹伊拉的樹枝小聲說。

「吹吧，孩子，我幫你伴奏，大膽吹吧。」伊拉搖動葉子，先唱出一樹嘩嘩：阿貝的孩子長大了，放膽追求夢想吧，只要有機會，一定要試試喲。

17・杜吉和巴姆

坐在照顧的麥田旁邊，杜吉雙手沾滿溼爛的泥巴，只能抬起胳臂抹掉汗水。田裡工作做得差不多了，他又來捏抹泥土，快樂審視眼前的東西。

「唷哩，莫娃。」嬌脆的聲音打斷杜吉的工作：「你在做什麼呀？」大女孩莫娃在杜吉背後問。烏亮頭髮用草和竹子編結的髮箍圈住，臉上紅撲撲，莫娃快跟媽媽雷妮一樣高了，最近都跟在媽媽身邊，幫著磨麥粉，今天怎麼自己來田裡呢？

「我要拿它當火爐用。」杜吉停下手。

莫娃眨眨眼睛：「可是，它比較像個桶子，而且我家的爐子是在牆上，德妮的爐子是圓的，你這個火爐很不一樣！」

那當然啦，「我特別設計的，就是要不一樣嘛。」杜吉笑嘻嘻，繼續忙他的工作。

莫娃急忙告辭：「唷哩，我去幫忙磨麥子了，媽媽等我抱一堆麥稈回去。」

「我走了。」莫娃提起裙襬，併著兩腳尖輕輕跳三下後，微微蹲個身。

喔，杜吉慈愛的伸手在莫娃髮箍上按三下：「好孩子，慢慢走，快快到。」輕盈轉身，裙襬飛成個圓，莫娃往自家麥田跑去，髮絲微微飄起。杜吉看她進了麥田，又來調整火爐的位置：「好心的比羅，這個爐子做得不錯吧。」

「好爐子，你在這兒休息休息，等風來為你按摩透了，你會乾爽牢靠些；等太陽把你曬出漂亮膚色，你會強壯耐用些。」他小心把爐子移出樹影下，讓陽光照曬。

等它晒乾後搬進地道的家，今年冬天會過得很愉快喔……

杜吉的嘮嘮叨叨又被招呼聲打斷了：「唷哩，巴姆。」聲音粗啞，少年巴姆從樹上跳下來。

杜吉有點詫異：「巴姆！你好。」剛才莫娃在這裡時，巴姆怎麼沒下來招呼呢？

「啊，我……」巴姆不自然的紅著臉。從樹上要下來時，正好莫娃來了，他趕忙縮回去，聽著莫娃嬌嬌亮亮的聲音，心裡砰砰跳，忍不住透過枝葉縫隙看莫娃。她的髮箍在頭頂繞了蝴蝶結，她的褐斑裙很特別，是連身服上加縫一件裙子。莫娃看著火爐時，左手撩了兩次頭髮，她拉裙襬告辭的動作特別輕巧漂亮……哎呀，莫娃吸引他的眼光，直到莫娃跑開了，巴姆才想到自己還沒出聲招呼，這麼躲起來偷看偷聽，是很不應該的！

「啊，啊，我，沒偷聽……」巴姆不只臉紅，還紅到脖子啦。「我沒聽到……」這是真的，他從頭到尾都只看著莫娃，杜吉和她說了些什麼完全沒聽到，「我就只是……看莫娃……」低下頭，巴姆不安羞愧的認錯：「對不起。」

「好吧，好吧。」嘿呀，小伙子，別這麼說，事情沒那麼嚴重。這孩子最近常臉紅！杜吉注視巴姆握緊的手，那雙手掌已有大人樣了。

「莫娃很可愛，以後記得大聲跟她招呼。」了解的拍拍巴姆，杜吉問他：「你覺得這東西能用嗎？我打算做個火爐。」咦，這種口氣好像跟成年人說話喲。

話題轉移，氣氛也變了，巴姆鬆開抓衣服的手指，很快抬起頭，眼神發亮，誠懇的看著杜吉：「謝謝你。」停一下後，巴姆老實說：「它應該會很合用，只是，我想建議你，別讓它曬太陽。」聽著自己怪怪嗓音，巴姆又脹紅了臉，悄悄轉一下脖子。

「不要曬太陽嗎？」杜吉拍拍腦袋。

「它可能會曬裂開。」努力提高音調，卻發出像在刮什麼東西的粗劣音色，巴姆只好簡單說。

「沒關係，就試驗一次吧。」杜吉像個頑皮少年，邀巴姆打賭：「如果它裂開、壞了，我就幫你修理這裡。」他摸摸自己喉嚨，稍稍捏住，接連模仿出比羅、歐哈兒、老哈、納伯亞的聲音：「回阿貝森林。」「這年輕人是也伯的好助手喔。」「行了，就這樣。」「你見到的不是你見到的。」

聲嗓是有辦法改變的。杜吉攤開雙手，朝巴姆擠眼聳肩：「我可以為你服務。」咦，如果火爐沒裂開，杜吉就不會把他的聲音技巧教給巴姆嗎？哈，巴姆笑起來：「謝謝你。」

成長期變聲是早晚會有的事，姆姆常說：「要順應自然。」變化中的嗓子常惹來關心，增添開口說話的尷尬，巴姆很困擾，但不想刻意去控制。東可和莎兒已經習慣他現在的聲音，自己也漸漸知道要領：喉嚨放鬆，慢慢輕輕發出聲，聽起來就沒問題，若急著大聲吼，那就比鴨雁還糟糕。

他朝杜吉搖搖頭：「我想跟你學唱歌。」

喔，這是個稱讚嗎？「你是說，我的歌聲？好聽？」

阿貝族人沒有誰誇獎過杜吉唱的歌，大家喜歡圍著他聽故事，又說又唱加上表情動作的表演，總是逗得大家開心鼓掌。這樣做，目的單純為了娛樂大家，杜吉不在意族人的評價，現在聽到巴姆想跟他學唱歌，這真是個大意外。

「你的歌很特別，跟族裡唱的唷哩唷哩歌完全不一樣。我覺得，你把唱歌當成一種技術，呃，是一種……」巴姆認真思索更恰當的說法：「像美麗的秋天，或是香甜的果醬，還是清涼的風……很迷人的……」哎呀，實在不知該怎麼形容，巴姆紅著臉拍拍腦袋：「你能懂我的意思嗎？」

越是說得老氣橫秋，越顯出巴姆純真稚氣，杜吉笑哈哈，連連點頭：「懂，懂，懂。」讚美的話怎會聽不懂？他感謝得鞠躬：「謝謝你，好心的巴姆。」誠懇的好話對杜吉是肯定也是鼓勵，來自稚氣少年口中，比大人喝采更難得哪。

善意體貼的杜吉不但完全明白巴姆的心思和窘境，更巧妙表達出理解和關心；和杜吉風趣對話，巴姆有被尊重包容的輕鬆自在。他甚至決定把杜吉當做老師，準備找機會將心事全盤說出。

18・茲曼姑娘

秋天的阿貝森林，色彩繽紛，氣味芳香，像極了優雅溫柔的美麗女子。

傾倒的樹木很多，加上葉子凋落露出空隙，這使得森林內部像打開門窗般，迎接大量陽光進入森林裡層，整棵、整簇紅色、黃色、斑褐的樹葉，把森林換成了明亮暖豔的色調。

高大蒼勁的樹木們還在調養復原當中，生長較快的低矮灌木、草本蕨類植物，已經擺脫病態，健康活潑的現身各處，它們熱情提供動物們吃食跟居住的種種必需品。

裁縫布耶忙得不可開交，帶著幾個婦女，先把斷裂傾倒的樹木剝下樹皮，小心的刨成薄片。每年秋天，他總要利用這種「布」，做幾件美麗的披風或背心送給族人。

阿貝人不隨便砍樹，除非是照顧樹木必要斷枝，或是像今年有狀況，樹木自然枯倒，能取得的樹皮布料不多，他要事先想好，哪些人已經得過？今年該送給什麼人？送婦女們的要有美麗的彩結衣帶，送男人的那要有夠多夠深的口袋，方便放工具。

布耶會裁剪、縫綴，手藝很好，讓他苦惱的是要構想圖案和造型，又要找到鮮豔染料，搭配出色的描繪到布料上，「這種傷腦筋的事情最麻煩啦。」布耶趴在工作台上嘮叨。

還好，他有茲曼、亞妮做助手。兩個女孩跟密瓦、利斯差不多年紀，手很巧又很耐煩，聽著布耶的說明，一次一次調顏色。茲曼搭配的顏色看起來柔和溫暖，亞妮偏愛鮮明對比、強烈亮眼的顏色。這一來，布耶又得考慮：什麼人的個性適合柔和色調，什麼人穿起性格的衣服更恰當。

為了找到鮮豔的紅色，茲曼往北邊山上去找一種「拿該」草。布耶告訴茲曼：拿該草長在山地，莖上有倒刺，花不惹眼，但心型葉子四片輪生是個特色。葉卷書上記載：「把拿該的根挖出來，晒乾後用熱水浸泡熬煮。」煮出來的紅色汁液，可以給族人染布，添加了黏劑後，就可以做顏料畫到布上。

「拿該，拿該，你在哪裡？」茲曼從北邊山腳往上爬，仔細看著每一棵草，像呼喚跑出去玩的弟弟妹妹，她輕聲喊著。

知道是找拿該，草兒們倒的倒、歪的歪：「這裡，這裡。」「別躲了，快出來！」它們嘻嘻鬧鬧推擠著。茲曼終於看見一棵，「哇，你是拿該嗎？」四片葉子在一個節點上撐出一圈綠，草莖上好多節點，應該就是了。

伸手握住草葉，小心連根挖起，她也不忘記說：「謝謝拿該，要用你做染料喔。」

可是，這兒只有一棵嗎？茲曼往旁邊找過去，草叢裡忽然窸窸窣窣響，她警覺的收手跳開，一隻怪蟲麻虻蜥從草堆探出頭，張著尖利毒牙，沒咬到人不甘心的又竄爬過來。

「走開！不要過來！」「救命啊！」嚇壞了的茲曼哇哇叫，轉身衝下山。猛然間、近距離看到流著臭涎、全身墨綠的毒蟲，讓她一向接觸美麗事物的心神震驚慌亂，世界上竟然有這麼醜陋邪惡的東西！

年輕的姑娘覺得邪惡傢伙緊追在後面，那尖尖的牙就要戳進自己腳跟，恐懼促使她沒命的跑，經過什麼地方，旁邊有什麼聲音，她完全不知道，跑到臉色發白、呼吸急促，甚至手腳都僵硬了，哎呀，糟糕透頂。

就在附近巡邏的波里，聽到叫聲第一個趕來，茲瓦跟著也到了。麻虻蜥追在茲曼後頭的凶狠樣子，讓他們又氣又急，毒蟲一定餓壞了，才不怕人的窮追。搬石頭把蟲砸昏後，茲瓦處理蟲，波里趕忙去追茲曼。她被咬了嗎？

「唷哩，波里。」「你被咬了嗎？」

逃命中的茲曼沒聽到問話，她跑得快虛脫了，後面好像有「劈劈拍拍」的腳步聲，醜陋的毒蟲還是緊緊跟隨，「跑啊，不跑就會被咬，快跑啊！」她的意識裡只有這個念頭。

說實在，波里沒料到茲曼這麼會跑！

年輕力壯的他向來跑得快，以為兩三步就能把人追上，誰知才靠近些，茲曼就又加快速度。她個子小巧，跑起來像兔子跳，看她跑這麼快，「絕對是被毒蛇咬到！」波里很確定。他自己就有經驗：清理火災後的草原時，被毒蟲咬到右手，立刻就全身發冷變硬，他也是一直跑回森林找歐哈兒，而且跑越快越不會僵麻，難怪茲曼不肯停下來。

想到這裡，波里更急了，「唷哩，波里，我有解藥啊！」他拼盡全力追上去，朝茲曼耳邊大吼，趁著茲曼嚇一跳，略略停住，趕忙伸手拉人。

「哇嗚！」茲曼以為毒蟲跳起來咬她的肩，渾身顫抖，不敢看又甩不掉，絕望的叫一聲就癱倒地上，跑不動了。

「唷哩，波里，你被咬了嗎？來，吃解藥。」扶起茲曼，看見她臉色青白，手腳顫抖說不出話，年輕小伙子趕快掏出身上帶的跌跤果，塞進她嘴裡。

喔，什麼？茲曼嚥下口水後才聽清楚人家在跟她說話，眼睛裡有兩道特別濃特別黑的眉毛，有時靠攏有時分開。認出是波里後，她才慢慢回過神，迎著波里著急關心的眼光，茲曼感激又害羞，啊，有波里在旁邊，可怕的蟲一定解決了。知道自己安全沒問題，她嘴巴打開想說話，卻先眨巴眼睛：「有……」

淚珠比話還多還快，話堵在喉嚨，更把哭聲堵住，她就只是掉眼淚。

了解她驚嚇的心情，波里學歐哈兒的動作，拍拍茲曼的手，摸摸茲曼的頭，親切安慰她：「沒事了，睡一覺妳就完全好了。」按照經驗，吃了跌跤果會立刻睡著，可是年輕女孩怎麼還有精神哭呢？「妳被咬到哪裡了？」他忍不住問茲曼。

「我……」抽噎著抹去淚珠，茲曼仔細回想：「那隻蟲……」她渾身抖一下，「又醜又兇，突然從草堆裡張口咬過來！」茲曼的手用力一收。

「啊，手被咬了？」波里連忙問。

「唷哩，茲瓦，嘿，你沒事嗎？」把痲蛀蜥五花大綁舉在頭上跑來，茲瓦打斷他們的談話。

才要回答，茲曼又看見那隻邪惡毒蟲，開敞大口露出尖牙，「唉呀！」她嚇壞了，不自覺往後退，人跟著軟軟倒下，被波里穩穩從背後扶抱住。

「終於睡了。」波里搖搖頭，這姑娘真勇敢。

19・歐茱的承諾

秋天，釀熟了森林田野間的果實穀物，釀熟了大地的風華美景。祂釀熟的，還有貯放在鍋碗裡的蜜漬，封存在瓶罐內的飲酒果汁，連潛藏在幽微心底的情愛，也被秋天幸福氣氛醞出了嫩苗，一點一分的要探臉向眾人展示了唷。

背著重重一簍果實的吉旺，用手掌拍出敲門訊號，重複三次後，他報上自己名字：「吉旺」。

爐子前的歐茱有點兒慌，該先把柴火熄滅，或是先拿開鍋子呢？還沒聽見敲門聲，她就已經微轉過肩頭，先瞄到吉旺站在那裡，英挺有神的姿態讓她心中砰砰響：「他來找我了！」驚喜失神的歐茱忽然想到，啊，我還沒回應人家呢。

「唷哩。」「歡迎。」抬起眼走向前，歐茱抿著嘴，眼裏笑得亮晶晶，白皙皮膚讓她的臉更顯得秀氣。迎著吉旺的注視，她被看得垂下眼皮，眨眨眼又鼓起勇氣直視吉旺。呀，他正放下背著的簍子。「這是什麼？」月桃黃綠葉片精巧包裝下，飄出香甜的蜂蜜味。皺起小巧鼻頭嗅一嗅，歐茉笑出酡紅的玫瑰臉頰：「跌跤果。」

清亮悅耳的聲音令人陶醉，吉旺巴不得她多說些話來聽聽。「是，你打算把它們放在哪裡？」

啊呀，「放哪裡好呢？」歐茉轉身看一遍，左邊爐子正在熬楓糖，右邊爐子上煮桑椹汁，都還得一段時間，中間這口鍋，移開來可以放工作板……她晃著髮辮掀蓋子攪拌，舀起來查看，端走鍋子放架上，連串動作俐落輕巧，像變魔法一樣玩耍這堆鍋爐食物。

吉旺盯著她，喃喃自語的聲音很自信，拿勺子的手細白靈活，低頭彎腰的動作俏皮極了，被她調理照顧的這些東西多幸福啊！

「來，這裡。」歐茉放好工作板，回頭喊吉旺。視線碰個正著，歐茉又臉紅了，「他一直看著我嗎？」這英挺男子笑呵呵，是笑我拿不定主意吧，哼，才不，人家我已經都想好了！

眨眨眼，歐茉也笑：「就放這裡，我可以立刻動手。」摸摸工作板，她大方問吉旺：「你願意幫忙抬上來嗎？」

笑容始終沒收起的吉旺，眼裡光芒閃動，熱情在他眉眼間跳躍。啊呀，可愛聰慧的女孩，你這是在試探我嗎？當然願意啦，我很期待這種機會喲。

深深看進歐茉水亮大眼，吉旺點點頭，笑聲爽朗的回答：「沒問題。」

站穩腳步，蹲身抱起簍子，沉甸甸重量壓在腰肚臂膀上，想起魯旺交代：「一個也不能掉！」吉旺調整呼吸，定住腳步重心，緩慢從容的邁步，像抱住珍貴重要的心愛寶貝，穩穩妥貼又極盡呵護的，把那簍跌跤果輕輕放下。

一個都沒掉落。

呵呵，感謝魯旺的提醒，也幸好有月桃葉包裹，吉旺才能在歐茉注視下做完美的演出。

當綠葉掀開，見到鮮紅渾圓的果實堆起一座尖尖小山，歐茉感動得合掌輕喊：「謝謝你！」亮艷色彩是這麼美麗動人，堆高凝定的姿態是這麼豐足圓滿，這英挺男子為我做的，是多麼美好的一件事啊！

「謝謝你！」端視這些果實，她在心中說了一遍又一遍。

「真希望我是一顆跌跤果。」吉旺突然冒出這句話。

這是為什麼？歐茉很詫異，轉臉問。

「跌跤果能得到你的注視，每一顆都受到你的撫摸，你會細心照顧、調理它們。」吉旺半嫉妒半打趣的說：「它們太幸運啦，我還比不上跌跤果哩。」

「啊，不，不要這麼說！」大膽誠實的話聽得歐茉羞紅臉頰。

看她連連搖頭，辮子甩得吉旺一陣緊張：「你不喜歡我這麼說？」

「你不會是跌跤果。」歐茉誠懇告訴吉旺：「你應該站在高高的歐拉上面，看著森林，看著天空，你的世界不會只是幾個爐子鍋子……」她出自內心仰慕的話，如同樹梢宛轉鳥鳴，在吉旺耳裡繚繞迴旋。

姑娘的眼光熾亮，閃爍著真摯祝福：「你不會是任何一顆躺在鍋裡的果實，我要你是阿貝森林優秀的守護者；我會在樹下仰頭看，歐拉頂梢的你是多麼高不可攀，啊，我……」歐茉的聲音突然輕到耳語一般：英挺的男子眼光如此高遠，看得到地上樹腳邊小小的我嗎？

原本發光發亮的白細臉龐，眉頭微微堆蹙，眼裡飄起迷霧，嘴角笑容悄悄褪去，歐茉低下眼簾，輕輕嘆了嘆息，只讓烏黑髮辮幫忙打散空氣裡的靜肅。

吉旺收起笑容沒說話。歐茉背轉身是拒絕嗎？可是她的話句句有情意，真心誠懇的祝福分明對著我說；她的心思難捉摸，我若不夠聰明，必然辜負了這位好姑娘！不論如何，只要有機會，我一定要努力試試。

站到歐茉面前，摸摸她的髮辮，吉旺蹲下身，尋找姑娘藏在眼簾下的光點。心裡千百種意思，全化做一道清徹純淨的眼神：好姑娘，請你看著我！

「你願意跟我一起種下一棵樹嗎？」吉旺仰頭對著歐茉眼光，很輕，很慢，很莊重的，說清楚每一個字。

視線相接，熱切期待的吉旺迎住了退怯羞赧的歐茉，「請不要閃躲！」澄澈的眼神閃出誠懇呼喚。

歐茉全身細微震顫，沒辦法移開視線，連眨眼都不能！定定看著吉旺，她伶俐的口舌忽然遲鈍了，只有慧黠的心思依然靈活，應該如何回答呢？答案不是早都想好了嘛，那麼，就別用話語回應吧！

於是，這聰慧的姑娘任由玫瑰粉彩暈紅臉頰，水亮亮大眼勇敢接住吉旺的呼喚，她沒眨眼，只讓一朵小小笑容留在嘴邊，又伸出雙手交給吉旺握住。說話，太多餘了，只要一個優雅、真誠的點頭，就是她的答案！手稍稍用力，拉起吉旺，她淺笑嫣唇沒開啟半句一字，柔美的頸肩托承下頷，很明確的應允吉旺的邀請。

「謝謝你。」彎腰向歐茉深深鞠躬，眼光還眷戀在那玫瑰嫩頰，吉旺握緊手中柔暖的小手。聰慧的姑娘嫌說話太多餘，他也找不到合適的言語能傳達情思，風趣有時應該留點安靜空白。

爽朗笑容牽住歐茉的心，她水亮眼睛閃閃眨眨，嫣紅的唇笑了，搖搖吉旺，示意他放開手：「我要工作啦。」下巴俏皮的歪一下下，靈動的眼珠轉一圈，悄悄說著話：你是不是該回歐拉上頭瞭望了呢？

瞧吧，不用魯旺、德吉來找人，歐茉先催著吉旺快走啦！完成告辭的儀式，吉旺飛奔的姿態讓歐茉抿嘴笑：英挺的男子呀，世界都在你腳下；你的眼光，在一切之上唷！

20・幸運的吉旺

茲曼去採染料卻遇到毒蟲，為此，阿貝族壯丁把北邊山地的草叢石塊都仔細搜查一遍，在岩石下發現又一窩五隻成蟲，還有幾個蛋。

布耶在毒窩附近找到一大簇聚生的拿該草，他挖起四五棵，其餘留著：「讓它繼續長，要用再來挖。」一向大地索取要有節制，不能貪心。

山腳下有整排跌跤果樹，結出不少香甜鮮紅的果子，全都摘下了。矮胖身材、聲音宏亮的魯旺，吆喝壯丁們：「還有跌跤果嗎？」「來來，都放進簍子裡。」

裝跌跤果的簍子在壯丁們手中傳遞，掏出口袋裡摘到的紅甜果實放進去，簍子很快就要滿了。

「喂唷，魯旺，你別嘴饞吃了欸。」「喔，那會要睡到明年這時候吧。」「不會啦，伊恩的哭聲會把魯旺叫起來。」壯丁們七嘴八舌說笑。伊恩是魯旺的小兒子，會咿呀嗚哇叫爸爸了，每天晚上都要跟魯旺抱抱，哩哩囉囉胡說一陣才笑呵呵睡去。

「不是我想要。」魯旺故意裝出委屈的表情：「我又不會釀酒，也不會做藥。」看巴納掏果子時掉了一顆，他幫忙撿起來：「這些要給歐茉去處理。」

啊哈，「那通通交給吉旺就對啦。」不知誰喊一句，幾個人全笑開，魯旺忙搖手：噓，別笑別笑，別把好事笑跑了。

「很重咧，抬一下吧。」吉旺接到簍子時已經滿成一座山，他喊旁邊的納古和帕里幫忙。帕里說不行，已經輪到去守望邦卡河道的時間。納古跟吉旺抬起一簍紅果子，走沒兩步，魯旺來叫納古：「先把毒蟲送到卡里那兒。」

眉毛向外斜下，長成八字眉的納古，感到莫名奇妙：裝毒蟲的籠子都有人拿著，魯旺怎麼還要我送毒蟲呢？

「欸，那個簍子讓吉旺自己送去就行啦。」德吉拉著納古，爬上鐵刀木央拉樹幹去採莢果。

「吉旺不是也得去歐拉上頭瞭望嗎？」

「吉旺見了歐茉後，自然會回樹上瞭望。」德吉抓起前面一條飽滿果莢。

沒什麼奇怪呀，他們倆一個在樹上，一個在地上，平常要說話聊天多不容易啊，「讓他們有機會講講話不是很好嗎？」德吉說。

八字眉拉成「一」字，納古眼睛發亮，笑呵呵：「感謝奧瑪。」

歡欣期待的壯丁們帶著收穫走在森林裡，美麗景色吸引大家的視線，口鼻也忙著。

這時節，空氣乾燥，白天還有點熱，鼻子裏可以聞到豐富混雜的氣味，每一種植物都有自己的香氣，從花、葉、果實、莖條、枝幹，散發出自己的體味。阿貝人靈敏的嗅覺，把這麼多味道組合成各種不同口味的綜合果汁般，每天聞著就飽了，何況還有婦女們釀造、醃漬、浸泡、燒烤、研磨、烹煮，用各種方法保存食物，空氣中因此隨時加入不同的新奇香味。風也會嘴饞哩，把這麼多好味道帶著四處跑。

散佈在森林周邊工作的阿貝人，聞著空氣中馥郁的味道，看著森林紅黃豔麗，啊，感謝奧瑪！眼前美好的一切鼓勵他們，就算很辛苦，森林的生活還是可愛溫馨，充滿樂趣和享受，值得去期待去守護；就算沒有豐收，依舊能平安過日子，只要減少食量、改變習慣、開發食材，團聚圍坐時，誰都不會覺得欠缺不足啦。

仰頭、俯身，天空裡、地面上，屬於秋天的乾爽溫和氣氛撫觸皮膚，層次繁複的氣味挑逗鼻孔和喉舌，幸福的感覺跟隨空氣滲入身體的血液、思維。他們欣賞每一抹色彩，品味每一種氣息，每一片擦拂過頭肩身軀的落葉，都引發讚嘆感謝：「唷哩，唷哩。」「謝謝你，辛苦了。」軟綿厚實的腳下葉毯，故意和著腳步沙沙作聲：「輕些，輕些。」「巧點，巧點。」阿貝壯丁笑了，喜悅喔，滿足喔，哪裡還有像阿貝森林這麼迷人，適合居住成長的處所呢？阿貝人太幸運啦。

整簍堆得高高尖尖的跌跤果，要不是魯旺幫忙，只怕吉旺會在歐茉面前鬧笑話哩。

「加油，無論如何都要小心，一個也不能掉下來。」魯旺拿月桃葉圍框在簍子內側，仔細包覆好，確定沒問題，不會滑落崩散了，才把簍子移上背架固定住。看吉旺扛起背架，又一次給他打氣。

「慢慢走，快快回，祝好運。」笑嘻嘻的伸出手拍拍吉旺頭頂，大嗓門魯旺壓低聲音說。

早早以前，吉旺喜歡歐茉，有機會就要找她說話；歐茉也欣賞吉旺，見著了就笑出玫瑰臉頰，他們都察覺內心微妙的翻攪，有什麼在神魂裡醞釀著，這已經很久啦。美麗迷人的秋天，醺挑溫暖的秋天，把他們翻攪已久、醞釀發酵的情愫，催化成愛苗，等著要一起種下地了。

幸運男子吉旺順利得到了歐茉的慎重承諾，開心高興的還有阿貝族人。

阿貝族未婚的男女，心中愛慕的情愫在兩個人默契中滋長，當他們彼此答應交往，選擇對方做自己的終生伴侶，這對有情人必須共同種下一棵樹，而且是能開花結果的高大樹木。一起將這棵小樹苗照顧到開花，甚至結出果實了，他們才能在族人見證祝福下，到這棵樹上結合成為夫妻。阿貝族相信，只有這樣，才證明他們有能力照顧彼此，可以組成一個家庭，而且會快樂幸福。

一年到頭和樹木在一起，種樹，是阿貝人生活的一部分。但是，答應跟自己欣賞的人一起種下一棵樹，對未婚的成年婦女來說，另有不同的意義。

歐茉點頭決定的，其實是一輩子的大事，既不能反悔，自然就不可輕忽。而得到她的允諾，吉旺感激與高興之外，也有更多責任，不容許他鬆懈、得意，除了族人會關心提醒，還有一個人更會督促他，隨時要他努力，讓他想偷懶都不敢。

也許有人偷偷擔心，萬一出現意外，同時有別的人喜歡歐茉，或是另外有人仰慕吉旺呢？嗯，確實可能，還好阿貝族的長者對孩子們觀察深刻，了解他們眉眼裡的心事，嘴巴沒多說，卻巧妙製造機會，讓年輕男女有足夠時間，看清彼此的處境，想明白自己的抉擇。當然囉，其他旁觀者清的成年人，不免要提點一下，熱心撮合或幫忙開導，總要讓情愛這件事以甜蜜喜劇收場才好。

21・波里魯莽喔

秋天的阿貝森林，勤奮的阿貝小矮人，活出快樂歡喜的每一天。積極和諧的生命偶爾會出些小差錯，但那有什麼關係呢？誰會在意一陣突來的風把鼻尖香氣吹散了？風會停歇，香氣會再飄聚，要不，就當作是風的知己，體諒它的魯莽吧。

波里魯莽嗎？阿貝人笑呵呵，對這問題有不同答案。

裁縫布耶搖手，「嘖嘖嘖」，他說：「粗魯喔，這個波里。」

得力乖巧的好幫手茲曼，說話輕細，動作柔緩，這麼好性情的姑娘，誰見了都會心頭舒爽，疼惜珍愛。哪曉得波里一把扛起茲曼，劈劈啪啪衝回阿貝森林，他抓著茲曼兩隻腳，肩膀頂起茲曼肚子，任由女孩的頭手和上身在他背後碰碰甩。

哎呀，「他以為在扛樹枝還是田麻捲啊？」

田麻砍下來，剝了皮，曬過夏日陽光後，再用冬天壁爐裡的灰燼泡過煮過，拿石頭敲砸，那柔韌的田麻纖維就是阿貝人做衣服的好材料：把纖維剝細了，捻串成線、成紗，再紡再織，那就是布啦。

波里不會裁剪縫製，不會紡紗織布，可是他砍過田麻，剝過皮，還扛運過硬卷的田麻皮交給族人，這種工作，波里做得很勤勞又認真。可是可是，他怎麼把茲曼當做田麻皮呢？裁縫布耶想起來就心疼：「我看到那樣子，眼珠跟心臟都要跳出來了。」

感謝奧瑪，這個波里停下腳後，沒有將茲曼摔摜在地上！布耶拍拍胸口，好氣又好笑。

利斯跟茲瓦卻稱讚波里很細心。

舉著毒蟲跑在波里後頭的茲瓦，看得很清楚，一路上沒有枝葉藤蔓打在茲曼身上，「他太靈活啦，跑那麼快，該蹲、該閃、該側身的時候都沒停腳慢下來。」好像樹啊草啊都知道要讓路，「我跟著他跑就行了。」

利斯在挖野薯，附近有夜鷹的窩，他特意讓到另一頭，怕打擾小雛鳥。「波里也注意到那個窩。」踩出去的腳臨時加大一倍跨距，「咻！」利斯比個手勢：「他跳過去，像松鼠。」

把波里比成松鼠，利斯覺得這種讚美很實在：「噯欸，反正他很小心，沒嚇著誰，連小雛鳥都好好的。」

旁邊聽他說話的茲瓦頻頻點頭：「沒錯沒錯，茲曼也好好的，不是嗎？」

幫忙把茲曼放入吊床的亞妮，只能說波里是「冒失的好心人」。

「怎麼可以直接闖進茲曼的家呢？」亞妮梳理手中一綹棉線，它們剛吃飽綠色染料，準備要去日光浴，好把色料固定住。

一邊忙著手上的事，嘴裡啪啦啪啦也沒空著，亞妮這麼說：「那天，波里扛了茲曼，先是衝進布耶家裡，嚇了布耶一大跳。」

從工作檯翻下來，布耶帶著波里來找亞妮。「我正在畫圖案，波里差點就踩到放在地上的布料。」亞妮手忙腳亂收拾好，帶路來到茲曼家。

「我進去把吊床掛好，波里就直接把人扛到床邊。」亞妮瞪大眼，一綹棉線舉在她面前，好像那就是波里，被亞妮碎碎叨唠：「欸，你別這樣好不好？」

阿貝族的孩子一旦會吹木笛，就被許可離家獨住，一個人獨立生活，少男少女都一樣。男子可以把吊床隨處鋪掛，露天睡，但未婚的婦女都得有個「家」。樹洞是最理想的住所，也有像德妮、歐茉、亞妮這樣，在工作的鍋灶或台子旁，用姑婆芋或草藤遮蓋出一個睡覺休息的空間，茲曼用山蘇葉布置一個小小天地，那也是「家」。重點是要有圍蔽，能界隔，可以遮擋好奇窺視，避免無心撞見才算。

進別人的家要先徵求主人的歡迎，通常男人不進入未婚婦女的家，可是茲曼昏睡著，「沒辦法呀」，亞妮放下手中棉線嘆口氣：「我來不及找德妮，自己又抬不動，就只好讓波里進去啦。」說了半天，還是得承認波里幫了大忙，他是好心人，「別那麼急慌慌的就好。」

睡一整天後醒來，茲曼愣愣發呆。身上濃濃的跌跤果香甜氣味，讓她想起兩道黑黑粗粗的眉毛，是波里！他說了些話：「沒事，睡一覺就好了。」「來，吃解藥。」「被咬到哪裡了？」

嗄，她腦子閃過毒蟲衝出來張口的畫面，急忙檢查自己手和腳：沒有啊，我根本沒有被咬，波里為什麼讓我吃跌跤果？

「一看就知道她被咬了。」波里說得很激動，濃眉在他臉上跳：「奇怪呀，怎麼不知道吃藥呢？」

大家身上都帶著一兩顆專治冰毒的解藥，那是歐哈兒和老哈教歐茉跟德妮，把跌跤果晒乾後，加工做成的。族長也伯發給大家隨身帶著：「總還會有沒抓到的毒蟲，萬一被咬了，就立刻吞一顆，抓到了蟲也記得餵牠吃藥。」也伯轉述歐哈兒的話，那時大家都聽得清清楚楚。

姑娘茲曼很委屈，輕輕慢慢說：「人家沒被蟲咬，何必吃藥哇？」

她的話讓波里跳起來，隨即抓起茲曼雙手細細看。蟲咬了會留下咬痕，他自己右手食指被咬的地方，到現在都仍看到一個小點，可是茲曼的手心手背找不到傷口，放下右手再抓左手檢查，就是沒有。

真的沒有被咬！奇怪，「你手腳涼涼冰冰，又臉色發青說不出話，怎麼不是被咬了？」波里大聲問。

哎，「我拼命跑，哪有力氣說話。」茲曼抽回自己的左手揉一揉，波里捏得太用力啦。發現自己弄錯，波里也好笑，又想到一件事：「你真會跑！」既然沒被咬到，幹嘛跑那麼快，停下來說清楚不就行了？「喔，跟你大吼大叫都沒在聽，就是跑。」

他說得連好脾氣的姑娘都「哼」一聲：「那隻蟲追著我，當然要跑哇。」不跑，等蟲咬著了再吃藥嗎？那不行的吧？

聽這兩個人鬥嘴，阿貝人恍然大悟：原來波里搞錯了，茲曼也太膽小啦。

「好事，好事。」老爹的煙桿敲兩下，笑呵呵。

膽小的茲曼和搞錯了的波里，會成為阿貝森林許多故事裡的一段主角，他們無意間鬧出一場喜劇，讓阿貝人抓到毒蟲，摘了果實，吉旺和歐茉也跟著登場，將要種下愛苗。

波里是魯莽的風嗎？就算「是」也沒關係，樹木植物要靠風把花粉種子傳播出去，偶爾風魯莽一下，造成的差錯還可能有驚奇的發展，說不定，「茲曼吃跌跤果」這笑話，會成為甜蜜蜜的秋天裡，阿貝族人必然要提起的趣事哩。

22 • 茲曼和波里的惡夢

愛情是一種奇妙的事情，像空氣裡的味道，成年男女嚐出好味道，喜歡的笑出朵朵心花。青年男女則是懵懵懂懂，即使好味道在他們心思間穿梭，也渾然不覺，只一個勁兒傻呆呆東張西望，有時又失魂落魄，忙著找人詢問，想弄清楚為什麼心中不安渾噩。

意外當了笑話的主角，茲曼很多天睡不好覺，姆姆在休息中，她少了能夠傾聽請問的依靠。「親愛的奧瑪，誰能聽我說說話？」醜惡的麻蛀蜥經常跑來她夢裡，驚嚇恐懼讓這姑娘神魂不定，肉體雖然沒受傷，毒蟲的利牙卻緊緊咬在腦子裡。

「誰能替我趕走牠？」雙手貼胸，泫然欲泣的姑娘，閉眼跟奧瑪一次又一次請示。

這一晚，茲曼央求德妮留下來：「你能陪我嗎？」

老是做惡夢的茲曼，很多天沒好好睡了。膽小又害羞，對族人善意關懷很感激，卻被大家的七嘴八舌困擾著，茲曼憋出一肚子話，好想有個人訴訴喔。

「是怕毒蟲再來咬你嗎？」德妮抱抱茲曼。

靜靜聽完後，德妮了解的嘆口氣：「毒蟲真的醜惡可怕，誰都不想碰到，就算那只是惡夢，也還是讓人受不了。」

「嗯」，茲曼仍然苦惱，「還有」，讓波里鬧出笑話真是糟糕，「都怪我太膽小。」

欸，膽量不是每個人天生就有，勇氣也不是別人鼓勵幾句就會生出來，大家都有害怕的事，就像每個人都會鬧點兒笑話、出點兒差錯，不必太在意嘛。德妮安慰她：「這不丟臉啊。」

蓆子上的茲曼沒再說話，夜晚風涼，德妮替她蓋好毯子，咦，兩顆烏亮眼睛閃著光，茲曼還沒睡！「在想什麼？」

「我的惡夢，」茲曼輕輕慢慢的說：「都是毒蟲在咬波里，好可怕！」

啊，德妮愣一下，聽起來，茲曼是擔心波里，不是氣惱他魯莽鬧笑話。「你應該告訴波里，請他多小心。」

德妮躺下時，忍不住又看看茲曼，那姑娘還眨著眼睛沒睡。「嘿，你只要夢見波里就好，把麻蚌蜥踢出夢去吧！」德妮抬腳做樣子，逗笑了茲曼，連日來沉重的心頭輕鬆許多。

「親愛的夜神，請照護茲曼，賜給她一個只有波里，沒有毒蟲的好夢。」德妮閉上眼睛，很虔誠的說出睡前禱告。

聽到這段話，茲曼恍然大悟，心中甜甜臉頰發熱，合掌貼胸，她向夜神禱告，也向天神奧瑪請求：「請照護我茲曼，讓我的夢中有波里，沒有毒蟲；有歡樂，沒有邪惡。」

一定要明確說出自己的需求，要不，天神也會有弄錯意思的時候喔。也許，天神給波里的回應也是這樣有了小差錯吧！

見到熱情招呼的杜吉，波里忍不住抱怨：「你知道嗎？那種感覺太糟糕了。」因為魯莽鬧出笑話的他，神情沮喪。自己並不急躁粗心，可是，被麻虻蜥咬的驚嚇和冰冷凍僵的恐慌，始終沉壓在心底，儘管傷好了人也復原，他還是忘不掉。那天看到麻虻蜥追咬茲曼，封存的記憶全都掀開了：「跑的那個人是我！」

於是，他認定茲曼被咬了，急慌慌的追趕茲曼，想安慰她、照顧她。救人的事當然要越快越好，波里依照歐哈兒和老哈的方法去協助茲曼，連歐哈兒說的話都學了，「我希望能幫助她。」

「我也不想弄錯、鬧笑話。」垮肩、垂頭，洩氣的波里越說聲音越低沉。

杜吉看不到他臉上濃黑眉毛，只能撫著他的亂髮嘆氣：「我了解。」

是啊，被麻虻蜥咬的經驗太可怕了！

烏莫地道的密室裡，杜吉被毒蟲咬過四次，全身冰凍，連呼吸心跳都困難，不停發抖，牙齒喀喀喀說不出話，有一次還僵麻到眼皮眼珠全不會動！那時只聽到尖頭和駝背喊：「布尬，看看，他死了嗎？」「切魯，呸，這傢伙硬掉了，快點塞一顆……」

波里聽得頭皮發麻，想不到杜吉的遭遇更慘，他是怎麼挺過來的？「你都不會做惡夢嗎？」

為什麼看到杜吉的時候，他總是笑哈哈，說故事逗大家開心，一派輕鬆愉快沒煩惱。「真羨慕你。」波里說。

波里的話讓杜吉哈哈笑，故意裝傻，問這無精打采的小伙子：「你羨慕我被毒蟲咬四次？」

「嗄，不，當然不是。」波里臉紅了，說話不經大腦，真是魯莽喔。

杜吉點點頭，收起笑容正經說：「我沒忘記那些事。」發生在自己身上的痛苦，不需要刻意忘記，但也不必時時回想。「做惡夢嗎?有，通常醒來後我會高興。」在夢裡能夠看清楚自己的害怕，每看一次，就把陰影夢魘推散一些，這是好現象。

「說出來也是種好方法。」杜吉又回復笑容。

例如跟比羅說話，自言自語也罷，藉著表演中的對話也罷，杜吉經常跟心中的好朋友比羅聊天、訴苦或問問題。「說一說，這裡就舒服多了。」杜吉拍拍腦袋又摸摸胸口，眼裡光點亮著笑意，每次提到比羅，杜吉總是開心歡喜，一肚子感激。

「小夥子，比羅說，光和熱最能治冰毒，你還是多跟奧瑪說說話吧！我猜，你一定慌到忘了向奧瑪請教。」杜吉提醒這年輕人。

「啊，是的。」波里仔細想，那天在山上禮讚時，自己才跟奧瑪訴說恐懼，就立刻聽見叫喊。「奧瑪要我去幫助茲曼。」他想。

可是，「我有幫到茲曼嗎？」喃喃自問，波里搖搖頭。

可敬的奧瑪，為什麼用茲曼遇到麻蛀蜥的事回應波里的請求呢？祂也知道波里心中其實很害怕，不敢留下來處理那隻蟲，天神的旨意究竟是什麼？

幸好波里只想談被麻蛀蜥咬的恐懼和痛苦，這些在說給杜吉聽了之後，他確實感到好過了點，「謝謝你。」波里彎腰道謝，濃眉平靜的躺在臉上。

杜吉很詫異：和比羅差不多年紀的波里，被什麼煩悶困擾著呢？臉上竟然找不到自信和沉穩，他的生命裡有什麼事要發生變化了嗎？

啊哈，秋天的歡喜應該要延續，別被魯莽的小伙子傻呼呼中斷了。「挺起來，照奧瑪的指引去做，祝好運。」杜吉似乎看出什麼，笑嘻嘻揉弄波里那已經散亂的頭髮，捶一下小伙子垮著的背：「喂，要像比羅那樣開朗樂觀，光和熱才會落到你頭上。」

被杜吉輕快語調感染，波里挺直腰，雖然不知道自己會有什麼好運，他還是順著杜吉的催促向前邁步。

23・和姆姆說話

「奧瑪請保佑，讓姆姆平安甦醒。」攪著鍋裡野桔醬，德妮專注唸著。

她的聲音很特殊，響亮又脆，像咬著酥脆的炸餅那「喀嘣」的聲響般，即使壓低了聲量，仍舊有著力道。不是茲曼說話的那種柔軟感覺，也不是歐茉那種甜美嗓音；若要和斯妮、娜娃、西曼、亞妮她們那種輕快委婉相比，德妮的聲音多出冷靜和爽直；當然就更不適合用莫娃那種嬌嫩的氣嗓來形容了。早已擺脫少女心境，能獨當一面的德妮，說話就如她勇敢果斷的個性，音色乾淨明亮，語氣簡潔有力。

仗著體力好，德妮常到邊界偏遠地方採野果。「太危險了！」老爹叮囑她別跑那麼遠，又特意把照顧姆姆的工作交給德妮，她是個好姑娘，什麼事都認真用心。

「要陪姆姆啊！」聽到老爹給這樣的工作，德妮很詫異。酸甜誘人的果醬味道，不會太刺激姆姆嗎？會不會吵到姆姆呢？

「你作果醬會影響樹木嗎？」老爹笑起來。姆姆這時候，正由樹木們把各種聲音、味道、氣息傳輸到她皮膚下的生命管道；生活的氣味不都是跟著聲音的嗎？

「多跟姆姆說話。」老爹鄭重其事的交代德妮，聲音是一種能量，藉著說話聲音把訊息傳入姆姆的神識中，「她會知道阿貝森林的情況。」

聽起來，這是個重要任務，可不只是邊攪果醬桶，邊看幾眼躺椅上的老人，打發無聊、消磨時間的輕鬆事喔。

虔誠向奧瑪祈求後，德妮跪在躺椅邊和姆姆說話：「姆姆，你知道嗎？巴姆開始學吹木笛了。伊拉送了一段最好的枝條給他，質地好，顏色漂亮，當然啦，音色也會是最棒的，只要巴姆認真練習，我們就能確定這一點了。咳，吹木笛很辛苦，不過巴姆沒問題，他一定會是吹木笛的好手，對吧？」

毛毯下的姆姆皺縮在躺椅內，灰白凌亂的頭髮有幾根落在椅背上，德妮伸手輕輕撥開那幾根髮絲。姆姆滿是皺紋的臉和脖子，多像樹的皮膚啊！德妮看得發呆，啊，活得這麼長久，姆姆會覺得辛苦疲累嗎？

看起來沒有呼吸，很安詳的姆姆，睡著時仍舊像平日沉思的模樣，德妮忍不住想撫摸姆姆的膝蓋。小時候，她喜歡抱著姆姆膝蓋爬上躺椅，窩入姆姆懷裡，「姆姆」「姆姆」的喊。

伸出的手才碰到毛毯，立刻有菊花香飄揚，德妮的手被看不見的力量推開，再不能靠近。

「啊，對不起！」德妮趕忙合掌貼胸，低頭道歉。歐哈兒保護姆姆，不讓任何力量碰觸到她很脆弱，需要長時間靜養修復的肉體，德妮一時竟忘了，「請原諒我！」

夜晚，也伯和老爹回到姆姆旁邊後，德妮總是去找好姐妹聊天，聽聽森林各處發生的事，這裡坐坐那家聊聊，德妮跟她們說說笑笑。

米努告訴她：茲曼被毒蟲攻擊，吃跌跤果睡一整天；歐茉已經答應吉旺，一起種下一棵樹；亞妮正在嘗試新的綠色染料。

西曼說，東可編了蚱蜢要給姆姆，斯妮已經做好一桶給納可吃的餅。

娜娃告訴德妮，她擔心自己準備的皮線、毛線，不夠一個冬天編織的量。

「麥子和豆子收成還好，大約去年的一半多些。」吉夏和塔伊負責點算糧食，她們口氣輕鬆，因為陸續還在收割，「應該會再增加。」

跟姆姆說話時，德妮盡量講有趣的事：

「麥子和豆子還陸續收割，貝兒、莎兒跟東可，很認真敲打曬乾的豆莢。莫娃跟著媽媽雷妮磨麥子，跑來跑去幫忙抱麥稈。」

「敲打豆莢的木塊被棍子舉高時，好幾次甩向後，打中割麥稈的茲瓦和納古，他們故意哇哇叫，把小孩子捉弄得吱吱咯咯笑，尤其東可年紀小，手握的力量控制不好，經常打到自己。」

「不過，東可撿豆子和麥穗很有辦法，他喜歡說：『我比螞蟻還厲害！』老是帶著克吉鑽進豆藤裡摘豆莢。」

德妮起身往鍋子裡加糖時，不自覺嘆氣：今年豆子收成不錯，可是做果醬的漿果沒有以往多，夏天時，桃子、李子、梅子結果情況就不好，現在想多做些果醬，卻不知道哪裡還有得採？

「姆姆，再等一會兒，我忙完就來陪你。」德妮站到石板前，第一批煮好的果醬已經溫溫涼涼，她拿出貯放蜂蜜的竹筒，往鍋裡果醬慢慢加入蜂蜜，馥郁濃稠的香甜味道撲鼻而來。

收妥蜂蜜和糖膏，小心壓緊果醬鍋蓋。好吃美味不僅族人喜愛，小動物們更會嘴饞，聞香來分享，德妮很抱歉，無法讓牠們滿意。

加了糖、攪拌好的桑葚檸檬醬，得在爐子上先「睡」一陣子，德妮又回到姆姆躺椅邊，接著說：「別擔心啊，姆姆，總會有辦法的，可敬的奧瑪會指點我，只要有果子，就算夜晚我也會去摘。」任何機會都要試一試。最近常夢到比羅，會是來夢中傳遞訊息嗎？「我應該直接問比羅。」

沉睡的姆姆沒回應，風沒來，搖椅沒晃動，有隻蜘蛛垂降下來，就在老人鼻頭正上方，德妮忙捧住牠：「嘿，不行，請你別打擾姆姆。」煩惱、疑問、病痛、災難，這些事情不適合讓休息調養的姆姆聽聞，自己的問題還是自己想辦法吧。

「姆姆呀，等你醒了，請記得教我做南瓜乾豆。」聽說這樣食物可以在冬天烤著爐火吃，味道很香，口感鬆綿，是姆姆年輕時學到的，德妮還沒嚐過。

「我們有這麼多美味可口的食物，應該把作法都記下來，像葉卷書那樣。」例如古沙家特製的仙丹花米粥，斯妮的火焰花醬，還有姆姆的南瓜乾豆，德妮的各種果醬，歐茱的蜜漬醃泡和釀造方法，娜娃研磨穀粉的步驟，甚至是老哈教導斯妮做的營養餅乾……

哇，德妮興奮得提高聲音：「姆姆，這樣做，不錯吧！」阿貝人的工作是照顧樹木、森林，吃，只是生活的一小部份，但是來自森林的可口創意美味，會讓阿貝族生活內容更豐富有趣，讓族人更熱愛森林。

德妮起身去攪拌另一個鍋裡的紅莓，咦，她好像瞥到躺椅搖晃，回身去看，是風，推著搖椅輕輕晃。

「啊，姆姆，你聽到了，是吧？」德妮開心的扶住搖椅，姆姆就跟平日那樣，閉著眼安靜的聽，陪自己在做果醬呢。

24・夢見比羅

聽到阿貝人禱告的夜神，多半會準確如願的送上一兩個夢，只要這個人說得夠清楚，睡前想得很殷切，通常都不會失望。但是，就像德妮說的，總不免有差錯，別太在意吧，有時，夢鄉裡有著奇妙的境遇，反而是另一種指引。

德妮夢見比羅，笑嘻嘻摸著頭上那撮金髮，坐在桑葚果醬桶上。德妮嚇一跳：「嘿，下來！」

「給我果醬吃，好嗎?」比羅跳下桶子，卻還是雙手抱住那桶果醬，笑哈哈望著德妮。

舀了一碗酸甜香濃的桑葚醬給比羅，德妮看著他嚼紫黑果粒，吞下黏稠甜醬，最後又伸長舌頭，把碗舔了又舔。

「好吃，太好吃了。」比羅拍拍肚皮拍拍臉頰，笑出一臉燦爛陽光。

醒來後，德妮還清楚記得比羅開心的笑聲，「他的舌頭真長呀。」一個碗舔得乾乾淨淨。

做這個夢，是要德妮多熬煮些果醬嗎？那得採更多野漿果才夠。只是德妮要照看姆姆，沒辦法到遠一點的地方；附近能採得到的果子，每天都會由莎兒、貝兒、哈兒這幾個女孩子送來，但數量漸漸少了。

德妮很早以前就擔心，到秋深分配果醬給各家時，每人恐怕不到半桶的量，「大家臉上的笑容，也會消褪一半吧！」說不定就是因為這種擔心，德妮才會夢到比羅來討果醬吃。

茲曼沒再說做惡夢的事，或許她們的睡前禱告如願了。德妮因此把「去哪兒採漿果」，和「如何能得到許可去採漿果」的事放在心裡，每天都跟親愛可敬的奧瑪說上好幾遍，她等著奧瑪的指示。

幾天之後的夢裡，比羅閃著一身金光出現了。

「唷哩，比羅。」紅紅的嘴唇、清亮的嗓音，從阿卡邦灣一路跑來，額上的金髮飄呀飄。

「你的工作還順利嗎？」德妮記得比羅有水晶兒的任務，他已經很久沒回阿貝森林。

坐到德妮身邊，比羅像沒聽到問話，自顧說著：「你會做歐哈兒的三色塔嗎？那真是美味，哈！」

是很簡單卻又特別的食物喔，松鼠跟猴子帶來冬青果和椰子，老哈先剖開椰子，把椰子水倒出來。「歐哈兒教我，用鮮嫩的茄苳新葉，裹了豔紅的冬青漿果，加上清香乳白的椰肉，捲成翠綠、鮮紅、雪白的三色塔。」

嗯，嚼起來滋味好極了，阿貝森林沒有人這樣吃過，「我一連吃了五個。」比羅瞇著眼睛，嘴裡咂咂嘖嘖，還張開手，伸直五根手指頭。

「那是一種單純知足的幸福！」德妮盯著比羅的笑容，心裡很感動，但是這個夢有什麼涵義呢？

醒來後請松鼠去找冬青果實，央求猴子摘來椰子，德妮自己爬到茄苳樹西拉的枝頭尋找嫩葉。

「我這身衣服要穿到明年春天，你忘了嗎？」西拉低下枝梢給德妮看。秋天了，哪還有鮮嫩新葉呢？

另外想別的材料吧！她試著用肉桂葉子捲起紅冬青果和白椰肉，顏色還是漂亮，德妮嚐了一個，味道清甜爽口，透出肉桂特有的香氣。

找來娜娃、吉夏跟塔伊試吃，又做了好幾個，分送給就在附近工作的歐茉、米努、茲曼、亞妮、西曼品嚐。

好吃的食物讓人心情歡樂，她們很高興：「真的做出來了喲！」「多美麗的食物啊！」「秋天聚會時，也把三色塔端上桌吧！」雖然不適合當作各家的冬季存糧，但在紀念阿貝森林這一年生活的聚會中，請族人享用這道美食，確實很華麗應景也很有意義。

「可敬的奧瑪，請聽我說！」

每一個阿貝人遇到內心迷惑不安時，會雙手疊放胸口，仰頭注視天上，或低頭合眼，虔誠的向光明之神奧瑪訴說心事。他們隨時隨地的默念，或乾脆大聲說，把請求或是疑問、委屈、懺悔，毫不保留的說出來。奧瑪總會給出回應，有時是鳥兒一句歌唱，小動物一個竄跳，或是星星一個眨眼，風一陣吹撫，花葉一串飄落……大自然中處處藏著微妙的答案，讓不安的心靈得到安慰，回復開朗快樂。

夜晚睡前，德妮躺進吊床又一次禱告：「可敬的奧瑪，這是祢的旨意，我照著做出三色塔了，謝謝奧瑪。能告訴我如何找到更多做果醬的材料嗎？寒冷冰凍的冬天，甜蜜的果醬最能提振精神，補充體力和水分，大家都需要份量足夠的果醬……」

哎，女人總能想出這麼多話來向天神報告，即使像德妮冷靜果斷的個性，禱告詞也這麼一大段。換做阿貝族男人，他們只簡單說：「感謝奧瑪！」「阿貝人也伯向奧瑪致敬。」這樣的話，就算感情豐富的杜吉，也從不會長篇演說的唸一大堆。

女人們，想得太多啦，當心奧瑪只會記住「果醬」，沒在意「找材料」這回事喔！

持續向奧瑪請求指引的德妮，很快又夢到比羅。

披著一身光亮耀眼的綠衫褲，比羅雙手枕在腦後，躺臥在大樹板根下，半瞇起眼，哈口氣，大聲說話：「那座樹樓太完美了！」

還繼續往上長的粗大樹幹，被火燒蟲蛀形成樹洞，中空的部份很多，洞很寬，分做三層，樹身被啄木鳥敲打出許多小窗口，光線亮、空氣好，樹洞上面又有不少洞口，五色鳥、小啄木、松鼠、猴子，都住在那裡，「整棵樹住戶多嘍。」

身旁沒有人，他是跟誰說話呢？德妮看著夢中的比羅，現在他靠坐在板根懷裡，手支著臉腮，翹二郎腿。

「一樓是工作室，二樓是儲藏室，三樓做臥房。」比羅的聲音像流水，像鳥叫：「吊床的影子在地板上悠哉搖晃，陽光撒進很多明亮金點，跟著吊床飛飛跳跳。」

「你說的樹樓在哪裡？」德妮問。

喔，似乎有股力量吹拉，比羅的金頭髮直直立起來。

「晚上了，月光從窗口照進來，洞裡銀白的光和空氣，清柔的飄蕩，像邦卡……」比羅笑呵呵，熱情的聲音忽然跑得遙遙遠遠，進了德妮心中：樹樓，ㄡ，樹……

完全沒有對話，和之前的夢不一樣，這次好像德妮是闖入者，跑到比羅的身旁偷聽偷看。為什麼這樣呢？連開口問的機會都沒有，比羅就倏地不見了，雖然夢境多半如此，德妮依舊困惑，想不出比羅的話中有什麼訊息，更猜不透的是，做果醬、找漿果怎麼會和樹樓有牽連！

問了布耶、杜吉、魯旺、費瓦、伯耶，這些經常外出，在森林外走動的人，沒有誰能告訴德妮，哪兒有樹樓？大家想到的都是「歐哈兒的銀杏樹樓」。

啊，難道是要我爬上歐哈兒的樹樓摘果子嗎？銀杏果實能做果醬嗎？呆坐在鍋爐前，德妮胡亂猜。

25・秋天最好的消息

阿貝森林平和美麗的秋天，出現不友善的陌生人和可疑東西，從密瓦、波里和巴勇的描述，也伯跟杜吉都認為是烏莫族的莫滋。

莫滋的形蹤有必要通知阿大，又考慮到四位烏莫朋友，剛開墾缺少糧食的窘境，也伯請杜吉和布耶去尋訪探視，邀請他們來阿貝森林過冬。烏莫朋友拒絕邀請並不意外，只是沒想到，杜吉、布耶發現了第三塊樹皮，而且得到阿大確認，畫有圖案色彩的樹皮竟然是古老失傳的烏莫咒語。

匆匆趕回阿貝森林，杜吉和布耶一五一十轉述阿大的鄭重交代。布耶詳細說明破解咒語的重點和步驟，杜吉將阿大的厲聲訓斥、亢奮語調和嚴肅面容，精準的演示一遍，好像阿大本人正在現場，喝斥邪惡力量。

「水清洗陰毒，火燒熔邪惡，我命令你轉反方向，讓死的活、傷的平安；我命令你，消除魔咒，讓一切回復正常。」莊重冷靜的聲音，出自也伯口中。不同於阿大提高嗓門大聲怒吼，阿貝族長也伯渾厚共鳴從沉穩語調中自然流露，不怒而威的氣勢讓杜吉欣慰佩服：也伯比阿大更具寬厚睿智的領袖氣質！

順利處理完樹皮，威脅解除了，大家這才有空打聽烏莫朋友的狀況。

「他們真有一套！」布耶由衷稱讚。種的樹苗八九成都活了，種子也順利破土萌芽，荒地整理得相當有規模。「除了挖地道，也開始找食物儲存。」留在荒地過冬，生活資源的準備要充分，烏莫朋友太了解啦。

「他們還挖了水道！」提起這工程，布耶格外看重：石頭堆砌的內牆，不但堅固，還美得像一塊布料，實在了不起。「才多久時間呀？做出這種成績，他們真不得了。」雖然有點兒滅自己威風，布耶還是得承認：烏莫人的能力比阿貝人強！

「他們的改變確實令人意外。」杜吉印象很深刻：烏莫朋友有了更多笑容，會熱情打招呼，話說得多又快，還互相打趣說笑。阿大不再陰沉嚴厲，四個人之間沒有緊繃的氣氛，沒有誰畏縮猶豫。

「只要看臉上露出的光采和笑容，就知道他們變化有多大！才多久時間呀！」杜吉忍不住學烏莫朋友見面時的招呼：「遠遠就揮手，衝過來後，拍背、摸頭、拉手，又笑又叫。」模仿完後他跟著想到：「烏莫朋友連送客告辭的儀式都有了。」雖然簡單卻很有誠意，「嘿啊，嘿啊」的語句聽起來和諧響亮，「很特別，也很『烏莫』！」

有趣、親切、熱情，這些字眼過去根本不可能落在烏莫人身上，但杜吉和布耶這一趟親眼見到的情況，卻就是如此，「他們是全新的烏莫人！」

感謝奧瑪！

也伯微笑告訴阿貝族人：「祝福烏莫朋友，這是秋天最好的消息，感謝奧瑪！」能夠得到烏莫人友善積極的協助，共同種樹、照顧森林土地，當真是秋天裡最美好的收穫。

樂觀知足，遇到困境總會集體面對，所有物質資源共同分享，全部族人形同大家族的親子手足，阿貝森林這支小矮人族，擁有豐富的生活內涵和強大的心智能量，真正融入環境與其他生命和諧共處，他們尊重土地上原有一切形貌，不隨意改造，不以自己意思為中心去看待身旁事物。為了照顧樹木，德吉會挑出危害樹木的蟲子，但森林樹木需要有些蟲，所以卡里做實驗，讓蟲害減少繁殖。麻蚟蜥這種毒蟲是烏莫人引進的外來生命，啃蝕樹木花草也咬噬人和禽畜，為了保護動植物，歐哈兒餵牠們吃趺跤果，意外改變毒蟲習性。做這些事，阿貝人都經過慎重考慮，畢竟，人為力量侵擾其他自然界的生命、事物，都是違反天神奧瑪「尊重生命，互相開創」訓令的行為，除非極度迫切，他們通常只是觀察注意，不隨便干涉介入。

森林裡，動物有自己生存之道，照顧自己防禦敵人，一切自己做主。阿貝人熟悉動物們，像松鼠、竹雞、鴿子、山羌、猴子、夜鷹、野貓、田鼠、青蛙、臭鼬、樹鵲、五色鳥、貓頭鷹……等等，他們跟動物們打招呼，借重動物們的長處，可是阿貝人不豢養任何動物，連歐哈兒的大森林和銀杏樹樓也如此。老哈和北山救活老鷹阿皮後，訓練牠幫忙採集樹種，人鷹之間純粹是一種朋友關係。

成熟的尊重與和諧觀念，也展現在物質生活上，阿貝族人分配糧食的作法是很有智慧的：大家先有一定數額的量後，再依照各家或個人實際需要加發多給。例如，姆姆沉睡中，可以不分給糧食，老爹對食物需求也少，但像納可、恩特、伊恩等小娃兒，成長要有足夠營養，就多分一些。

所有種作的麥、豆、玉米和採集到的乾果，婦女們加工醃漬、浸泡、釀造、研磨、熬煮的菜蔬、果品、酒汁、果醬等，全都統一分配，這不是均分的公平，阿貝人講求務實的社會照顧。

每個人都對自己能提供勞力付出感到安慰，沒有誰對於「我種的」麥子分給其他人有抱怨不悅或忿憤計較。不藏私又互相體諒，使阿貝族能和諧團結，照顧到每一個族人。像納伯亞、老哈、杜吉，還有其他離開阿貝森林的族人，因為行蹤不定沒有得到分配。今年杜吉回來了，他分得糧食資源，卡里要去小屯岩，就也讓卡里帶上老哈的一份。較例外的是，每年都會有一份留給歐哈兒的果醬，這是阿貝人對神醫的尊敬感謝。

也伯想起奧蒙皮書的神諭：「生命要互相尊重，互相開創。」族人的奉獻和烏莫朋友的轉變恰好證明這道理。

「祝福烏莫！」也伯再一次說。

春天之後，烏莫朋友的樹苗培育還有另一階段的工作，「到時，我們再去拜訪。」說協助教導都太傲慢，依照烏莫朋友的能力，說不定阿貝人還得向他們學習、請教！

可不是，開墾的工作極其辛苦卻又充滿驚奇，預期中的改變令人憧憬，而當期待成為真實，也必定得到鼓勵讚賞；成功，是因為意志和智慧，絕不是靠神助。

聽聞烏莫朋友的改變和進展，讓阿貝人無比振奮。秋天的森林中，人影穿梭，快樂、忙碌，先前緊張氣氛解除了，大家趕緊加快工作進度，為嚴冬的糧食、柴火、衣著等分頭準備。

26 • 鴿子來得正是時候

秋天已進入尾聲，地面上偶爾見到霜露，生命靈敏的知覺發出催促，阿貝人加緊儲備冬季資糧的進度。

動物們有的已早早躲進洞穴窩巢，盤捲身體，閉起眼睛，不再管外頭的世界啦。更多小生命也像阿貝人，陸陸續續把東西往地道住家裡搬，這當中難免有粗心的傢伙，丟三落四，掉了的食物很快就被撿拾。

卡里看到野貓叼著一隻鴿子，急忙衝過去搶救。他跑得快，貓更快，跳上樹回頭睨他。

「唷哩，卡里，能幫我捉貓嗎？」不知樹上有誰，卡里大聲喊，找人幫忙抓那隻貓。

「唷哩，羅浪。」一聲音跟動作同時，羅浪的手穿過樹葉抓向貓脖子。機警的貓縱身，再跳，很快下了樹，溜啦。

「你抓貓做什麼？」阿貝人一向不為難動物們，羅浪想不出原因，是要叫貓吃蟲嗎？

身材壯碩的卡里，嗓音低沉有磁性，就算心急，聲音還是穩當沉著：「嘿，兄弟，貓不吃我的蟲，我是要救那隻鴿子。」卡里託野鴿子阿派送信給老哈，已經好多天了，阿派還沒回來，就怕是像剛剛的情況，被其他動物咬去做食物。

「咦」，羅浪露出兔子樣的大門牙，很驚訝：「我看到貓，沒看到鴿子。」

卡里的擔心不是沒道理，今早在阿卡邦灣就發現斑鳩被蛇吞吃，巡守河道的伯耶從樹上見到了，只能「唷哩喔哇，唷哩喔哇。」為斑鳩憐哀送行。「尊重生命」的深層意涵，是不干涉任何生命的行為和發展，阿貝人有時只能遺憾。

大家都知道卡里等阿派帶信來，紅嘴喙的野鴿去找老哈傳訊息，結果如何呢？阿貝人都想知道。羅浪了解卡里的心情，不過，貓也有找食物的權利，除非，「被咬的鴿子是阿派嗎？」如果是，那得趕快去追，跟貓說對不起啦。

卡里搓弄頭髮，羅浪的話讓他輕鬆些：「那不是阿派，我弄錯了。」朝野貓溜跑的方向鞠躬，「唷哩喔哇」，卡里向野貓嘴裡那隻花斑鴿子送上祝福。

回到樹梢前，羅浪的兔子門牙笑呵呵：「兄弟，別擔心，往好處想，森林的香甜和美麗，會把阿派引回來，老哈也會叮嚀牠，一路小心別逗留。」

喔，想像老哈「咕咕，咕嚕」和阿派說話，卡里又多出一個煩惱：牠究竟見到老哈了沒？

聽杜吉和布耶說起，烏莫人那兒還有野花野果，草莖也仍青綠，而且粗大肥美，可以採摘、醃漬。德妮恍然大悟，沒有錯，森林外的西邊一帶荒地，野生花果應該長很多，不去採擷實在可惜。

她好幾次跟老爹提起這件事：「果醬不夠吃，我會很難過。」「那麼冷的冰雪天，烤著火，吃些果醬，大家的精神就來了。」「怎麼能讓大家失望呢？」「放著那些花朵、果實凋萎枯爛，只在這裡喊收成太少，奧瑪會說我們懶、傻、不努力，祂會生氣的！」一見到老爹她就說，老爹走到哪，她追到哪。舉著煙桿又放下，老爹耳朵癢，覺得蚊子、螞蟻在裡頭嗡嗡搔搔。

「不讓我自己去，可以找別人跟我一同去摘。姆姆需要我陪伴，就另外找人去，趕快把那邊的好東西帶回來。」德妮說得認真，話也有道理，口氣又直率，老爹雙手背在腰後，煙桿捶著背，一步一步踱，德妮跟在他腳後頭，等老爹開口。誰要看見這景象，準定都要笑出聲：老爹拿德妮沒辦法喔。

「啪啪啪」「啪啪啪」，響亮拍翅聲音讓這一老一小停住腳。笑出聲的是鴿子：「咕——咕」「咕咕」「咕——咕」「咕咕」，停在果醬爐子前的地上走來走去轉圈圈。德妮趕快站到姆姆搖椅旁，「唷哩，德妮，你好。」

鴿子歪著頭，腳爪按按地面，身子矮一下，想飛，又停住了，靜靜窩伏在地上。全身棗紅羽毛，只有頸子閃亮一圈藍黑光澤，紅色嘴喙和紅色腳爪，樣子很特別。牠是因為聽懂或看懂，這裏有兩個人意見不同，特別停下來關心嗎？

看見鴿子亮亮黑黑眼睛正瞧過來，德妮緊緊盯視，覺得牠是喊口渴、肚子餓。「啊，你辛苦了，等一下，我去拿吃的。」德妮跑去找卡里，他有鴿子愛吃的蟲，而且，卡里正在尋找一隻鴿子。

看鴿子吃完蟲，喉嚨又「咕咕、咕嚕」出聲音，卡里集中精神，眼光緊盯牠的眼珠。看一陣子後，鴿子安靜踱到卡里腳邊，等卡里蹲坐好，牠跳上卡里伸出的手掌。

是阿派嗎？德妮看看卡里又看看鴿子，期待卡里開口說「是」或點頭、微笑。

老爹耳朵輕鬆了，煙桿重新咬在嘴裡。唔，聽小姑娘嘮叨要很有耐心，幸好有鴿子轉移注意力，否則，德妮還會一直說下去，鴿子來得正是時候啊。

眼睛對視，說無聲的「話」，卡里和鴿子交談很久，最後，他抱起鴿子站直身體：「是阿派，牠帶來老哈的信。」

信？在哪裡？

「老哈交代牠，把信放在別處，先來找我。」卡里很興奮：「老哈想得真周到。」

老哈的回信藏放在大斑葉莿桐基拉的樹洞，內容簡單扼要：「小屯岩對紅蟲的實驗有不同結果，請小心攜帶實驗樣品，到小屯岩工作室。」這個回覆讓卡里喜出望外，能有不受干擾的研究環境，又有專精多聞的老師指導，對喜歡做實驗、研究蟲害的卡里來說，簡直是美夢成真。

休息一天後，阿派再度出發，這次牠很快帶來回信，老哈明確告知：吃跌跤果後的毒蟲，生下硬殼蛋，無毒性。

要不是鴿子阿派，德妮恐怕都還跟住老爹，踱步、嘮叨哩。

燒毀樹皮咒語，捕捉到毒蟲和蛋，趕走可疑的陌生人，確定森林目前的安全沒有問題，烏莫人莫滋也沒能力再危害阿貝族人，連毒蟲蛋也證實不帶毒性，老爹沒什麼好擔心的啦，笑呵呵告訴德妮：「明天就去採摘野果吧。」姆姆有老爹守護，她只要把自己照顧好就行。

「把好東西帶回來，免得奧瑪說我們不努力。」咬著煙桿，老爹學德妮的話，又掏掏耳朵：「去吧，我的耳朵癢，要休息休息。」

德妮跳起來，哈哈，感謝奧瑪，感謝阿派，牠來得正是時候啊。

27・德妮去摘野果

老哈回信中請卡里在深秋入冬前到小屯岩，停留一個冬季，春天時再回阿貝森林。對毒蟲蛋的疑慮終於可以放下，不必再為森林的安全問題傷腦筋。也伯心裡真正輕鬆了，接下來的工作即使忙累繁瑣，卻都單純而且能跟族人一同面對生活，啊，秋天，涼爽舒適極了。

得到老爹准許去邊界摘採野果，德妮睡前禱告是這樣說的：「感謝奧瑪，我會努力，請照護我，順利採集足夠的果實。」「可敬的奧瑪，請指引我夜裡的路。」「親愛的夜神，貝坎星最亮時，請讓貓頭鷹叫醒我。」只要有果子，就算夜晚也要去摘，德妮合起眼微微笑。

感覺才睡一下子，比羅又出現夢裡。綠衫褲，全身有層柔和的光暈，臉上笑容依舊開朗親切，招呼聲很熱情：「你好，德妮。」

「跟我去摘野果吧。」愛吃果醬的比羅，只要有空都會幫德妮摘回整袋的酸李、櫻桃或野桔，經常是德妮剛把材料下鍋煮，他就等著聞香甜酸溜的氣味。

可是這回，比羅搖搖頭：「德妮，去西北邊，靠近大山那裡，現在就出發。」沒有其他說明，伸手在德妮頭上按三下，比羅隨即消失，把德妮留在黑暗中。

「戶——戶——」「兀——兀——」，厚沉共鳴的貓頭鷹叫聲同時響起來，在德妮耳朵裡催促。睜開眼，周圍黑漆漆，頭頂上有比羅按碰的溫暖，他真的來過嗎？

靜巧的收摺好吊床，德妮離開家。貝坎星幫她點亮東北方，找對方向後，德妮輕捷無聲的跑向另一邊。

秋夜寒涼，落葉枯脆，稍微風吹或碰觸、踩踏，都會發出「窸窣」「唰啦」聲，德妮很小心，盡量用腳尖點地。如果在夏夜，阿貝人睡在森林各處，她可能會遇到許多詢問：「誰？」「去哪裡？」「早點回去吧。」還好秋天了，族人多集中在一起，有些甚至天才黑下來就回地道去，德妮走外圍還不會被發現。夜裡做實驗的卡里已經睡下，不然一定會聽見她像松鼠跑過枯葉的腳步聲。

是奧瑪要比羅來指點嗎？西北方森林邊緣果然有許多小樹矮叢。穿過桉樹搭拉這阿貝森林的西北地標，德妮在天色灰濛、星星合眼時來到這裡，高興的發現樹叢枝條挑掛著不少漿果和核果，果實鮮紅、豔紫、亮橙、明黃、暗褐、斑綠、潔白、墨黑的各種各樣，渾圓、橢圓、扁圓，一顆顆或一串串，長形、球形、袋形，光滑的、毛絨的、扎刺的，皮薄軟的、殼硬厚的……她先仔細看了一遍，迅速想好怎麼分類盛裝，這才動手去摘採。

想靠自己一個人摘完眼前看到的這麼多好東西，德妮未免太貪心也太心急了。她動作俐落、工作認真，很快就裝滿帶來的兩個揹袋，隨手拔採草藤編織，又做好兩個袋子後，太陽已來詢問成果。德妮臉紅了，一天的開始，還沒禮敬奧瑪哪。她忙停下來，雙手貼胸，向著天上金輪虔誠祝告：「啊，可敬的奧瑪，阿貝人德妮向奧瑪致敬，感謝奧瑪指引，我會努力。」

「咻咻」、「啁啁」、「就古力，就古力」，麻雀、鷦鶯、白頭翁也來啄果子，叫鬧一陣飛走了，幾顆鮮紅的忍冬果實掉在地上。德妮拾起來，渾圓飽滿的很誘人，放入袋中時才看見，被咬出缺口了！鳥兒吃東西總是這樣，從嘴裡掉落的食物，牠們很少再飛下地繼續啄食。

「真可惜！」德妮把這樣有缺損的果實另外放一袋。

有種金黃色的臭橘，陽光底下美極了，每顆都完好，沒被咬啄，德妮歡喜的把這數量最多的果實全摘下。臭橘的果肉酸苦，不被動物們欣賞，反而是德妮做果醬的好配角：把它們和甜柿一同熬煉，要不，跟杏乾、李子一起也行，最後再加入蜂蜜，那就像把檸檬切碎拌入桑葚煮醬，味道相提襯，舌尖味蕾都會跳舞來感謝奧瑪哩。

腦中翻著食譜，德妮想得笑瞇眼。這一趟光是有這整袋金黃寶貝就夠豐富了，何況還有其他能蜜漬、醃泡的各色果實，歐茉會忙得連髮辮都沒空甩動了呵。

意外驚喜躲在臭橘的後面，哈，居然還有一大片野生的棉花，白白團團的掛在莖頭。

阿貝婦女也種棉花，只是夏天的那場火，燒光一大半棉花株，媽媽們談到了就發愁。要紡織、編結，只用麻是不夠的，混了棉的布才保暖舒服，尤其孩子小，皮膚嫩，不像大人或巴姆、莫娃這些大孩子，樹皮麻布都能穿，幾個小小孩得穿柔軟些，棉花不夠多，讓米努、塔伊很傷腦筋。

「這些拿回去，她們會笑得很開心。」德妮發現袋子又裝不下了，趕忙再編結提袋。

拉取草藤時，唷，德妮眼角瞥見野山藥，拿回去讓娜娃研磨成粉，納可、伊恩和恩特這些不到三歲的小娃兒，就多一樣點心可以補充營養。「冬天吃得好，他們會長得更快更健康。」好像跟草藤說話，又好像對山藥解釋，工作中的德妮主動聊天，大自然的草木都成了家人。太陽撫摩德妮的手臂、臉頰：「很好，很好。」

已經裝滿七個袋子，自己背一個，雙手各提一個，也還是拿不完，究竟該先提回去，多找人來幫忙摘，或是一口氣多摘些，再吹木笛請人來幫忙拿呢？德妮還沒想清楚，耳朵裡聽到了低吼聲，警覺前方有打鬥，而且有人的聲響，她稍稍猶豫後，放好七個袋子往聲音來源靠近。

地面的震動接二連三，是怎樣劇烈的打鬥呢？德妮從沒見過族人爭吵打架，比羅曾在聚會裡提到黃眼人搶葉卷書，「就是摔、推和撞吧！」當時她這樣想。腦海裡有動作、畫面，但沒意會到還有聲音跟力量，而且是讓耳朵發聾的大聲音，樹木、人體都震動的重力道。

「厚」，動物的怪叫聲把心驚膽戰的德妮嚇到腿軟走不動，緊跟著「霍啊」大喊更像巨雷，震得她神魂四散，趴臥倒地。捂嘴悶住驚叫，德妮看著山豬牙正插向地上躺著的男子，那是誰？「奧瑪，救他！」害怕讓她忘了閉眼，直直瞪視悲劇發生。

「救他，德妮，去救他！」耳朵裡有聲音，是比羅在催促。比羅？心頭浮現光暈人形，德妮確定自己真的聽到比羅說：「別怕，去救他。」

28・傷者消失了

到阿貝森林西北方邊界，德妮忙著翻摘擷採時，突然聽到驚人的吼叫，附近有人和山豬打鬥！

男人的慘叫大喊聽得德妮全身發抖，大山豬跟人同時摔翻地面，強大劇烈的震晃令她覺得自己跳起又摔下，「救他，奧瑪，救他！」沒法眨眼也沒法出聲，德妮肢體僵硬冰冷，眼看山豬的長嘴伸向那個人，是要吃他嗎？

「走開！走開！」德妮沒聽到自己的喊叫，但是山豬真的走開了，一步一步，往北邊的小樹叢走進去。

腦筋混亂驚慌，過好一會兒，德妮才鼓足勇氣爬起來。

被山豬咬的那個人全身髒兮兮，又是泥土、草屑又是血，狼狽昏死了，蒼蠅開始聚集。德妮被血的腥味和蠅的嗡嗡叫醒神智，喔，救人！要快！

揮手趕走蒼蠅後，德妮從附近水塘取來清水，拿團棉花先清理傷口。一條長長割裂的傷口讓她心驚肉跳，用姆姆教過的配方，找了藥草，拿石頭砸磨後敷上，摘月桃葉包住，再拔草藤紮綁。處理這個大傷口花了不少時間，昏睡的傷者眼皮輕微顫動，痛苦不堪的抽搐手腳。德妮聽見呻吟：「水……」「水……」「渴……」拿水一次又一次沾濕他的嘴唇，也把他臉上污穢擦乾淨，手腳脖子能清洗的都擦洗一遍。這個人終於安靜了，不再眨眼皮、呻吟或躁動，呼吸平穩的睡著。

「感謝奧瑪！」德妮鬆口氣，只要能安穩睡上一覺，身體復原就沒問題了。在所有流血破皮的地方都細心敷上藥草泥，洗去汗漬後的傷口，很快止住滲血，藥草應該會讓這個人清涼舒服些。蒼蠅還捨不得離開，德妮注意到草地泥土上的腥暗血漬，「他流很多血！」

這個人為什麼跟山豬打鬥呢？胸口突然揪緊，一個可怕的想法提醒德妮，瞪大眼細細打量傷者。寬寬額頭、方方下顎，眉毛粗黑但不如波里那麼濃，鼻子倒是少見的直挺，特別的還有嘴唇上下各有一道凹陷。

這張臉自己看過，應該不是那個誘拐比羅，騙取葉卷書，仇恨阿貝森林，讓族人不得安寧的烏莫族「莫滋」。

到底是在哪裡見過這個人呢？

又一次把昏睡的臉仔細看，德妮想起四個烏莫朋友，是了，他們幫忙誘捕毒蟲時，自己曾經遠遠見到臉孔，這人是其中一個。

「奧瑪保佑，請讓這個人平安甦醒。」跪坐在傷者頭臉邊，德妮閉眼合掌，虔誠為這個烏莫朋友祈禱：「可敬的奧瑪，請照護這個人。」

自己還有工作，不能一直留在這裡，烏莫朋友可能還要睡一會兒，看他呼吸平勻，眉頭不再蹙結，應該是好多了。「可敬的奧瑪，請保護他，別讓這個人再受到傷害，感謝奧瑪。」

她站起身回到棉花叢，吹木笛時，德妮往森林邊緣更靠近些，要盡量把音吹長，否則氣勁不足，會使笛音模糊四散又傳不遠：「德妮，西北邊緣，要人協助。」

估計時間還夠，吹完木笛傳訊，她先多摘了一袋漿果再回去探視受傷的烏莫朋友，「這些漿果可以讓他醒來後補充水分和體力。」德妮這麼想。

拿著袋子，穿過摘採果實的矮樹草叢後，竟然是乾裂枯黃的泥土，完全見不到青綠草葉。德妮以為自己走錯方向，往另一邊找去，還是枯乾的泥土，折回來再看，荒涼景色依舊。目瞪口呆的她難以置信，剛才不久前，明明就在這一帶，自己還取水摘藥草，有個人跟山豬扭摔，受傷昏睡，一身泥土草屑……種種情景都真實清晰，怎麼會完全找不到痕跡呢？

乾枯的黃土沒有踩踏碰撞的痕跡，德妮看著手上塵土，轉頭極盡眼力四處找，沒有水塘綠草，也沒有山豬躲進去的小樹叢，當然也沒有受傷昏睡的人了！

呆呆愣愣，想不明白這整件事，德妮回頭望，自己摘果子拔草莖的矮叢還在，她趕快跑回去檢查那幾個袋子。

棉花、臭橘、山藥、忍冬，各式各樣果子，裝了滿滿八個袋子。拉起一根蔓莖，斷裂處還有細細纖維，德妮記得：「我要做袋子，拔下它時聽到有聲音……」除了打鬥聲，連比羅的聲音也都聽到了！

「是我做夢嗎？」胡思亂想中，她開始有一些奇怪可怕的猜測：難怪老爹叫我別亂跑，這裡有惡魔，有邪惡的咒語！這塊土地的主人下了咒語，不准任何生命侵入……

「不，不會的，奧瑪指引我來，比羅也是，這裡不會有惡魔！」大聲斥責腦子裡想法，德妮兩手不停採果子，藉忙碌工作強迫自己冷靜。

天色有些灰濛，太陽已經偏斜，光線軟弱了，好像有霧，正從西邊大山飄移過來。啊呀，得想辦法回去才行，再等下去，霧嵐擋路更難走動。

匆忙收拾間，她的耳朵察覺到訊息：「沙耶，搭拉腳下。」「馬里，到了。」哈，感謝奧瑪，接應的沙耶和馬里來得正是時候！

十個大袋子裝得滿滿，被沙耶和馬里、德妮三人用兩根竹竿挑著，天黑之後才回到阿貝森林，立刻掀起一片騷動。

「嘿，這能做出不少好吃的果醬喔。」「小娃兒有好吃的啦。」「這下子糧食較沒問題了。」

老爹「咳」「咳」清喉嚨，德妮這姑娘說得沒錯，這麼多好東西，不採太可惜。也伯提醒大家，該休息了，明天再去西邊森林外摘野果，「睡飽才有精神工作。」

女孩兒吃吃輕笑，眼中亮晶晶光點跳躍閃爍，想著：「明天，我也要跟大家走一趟！」像是要去遊玩般。

德妮很煩惱，從一放下東西就被大家圍著說話，到族人回去歇息了，才有機會向老爹、也伯說起見到山豬和烏莫朋友受傷的事。不論那是幻覺或什麼，顯然那個地區暗藏危險，野果固然多，不採可惜，卻更該注意安全。

「請像捕捉北方山上的毒蟲那樣，讓壯丁們跟著去吧！」雖然自己沒有受到攻擊傷害，可是森林邊界出現奇怪的事情，總該提高警覺，婦女們要去外圍邊境採集糧食物資，能有隊伍保護會更妥當些。

「傷者消失了！」也伯很意外，決定親自去西北邊走一趟。

29・去北方採集

天亮後，阿貝人留一半人手在森林繼續平日的工作，一半的人往西方邊界採集花果食物。

隊伍走出阿貝森林後，眼前見到稀疏幾棵大樹，葉子掉得差不多了，露出的光禿枝條，把天空舉得更高，襯得更藍，陽光照得樹幹反白發亮。在那底下，灌木欣欣向榮，葉片笑嘻嘻跟陽光擊掌，蔓藤、荊棘、禾草牽牽拖拖圍出一片陰暗。漿果掛在陽光下，引誘艷羨的眼光，那是多汁飽滿、芳香酸甜的美味食物哩。

地面上有乾枯斷裂的樹枝莖藤，落葉厚實，底下必定住了許多蟲子、動物，再更往西，漸漸就開闊廣大，不見樹木只有草了。

白色、紅色的芒花開展成一大片，搖曳晃動時，像是柔軟的墊被蓆褥，「翻滾在那上面一定很舒服。」樹上的巴姆想著。

冬天時，巴姆常和弟弟東可在火爐前的蓆子上玩摔角，他會故意讓手，趁跌跤順勢打滾，那時玩得笑哈哈，現在想，還不如到外頭，像遠處那種大草原玩起來才痛快。

「唷哩，謝謝啦。」「感謝你，唷哩，唷哩。」爬下樹的阿貝人，一個個站在樹腳根，向大樹們鞠躬道謝。

發現衣裙褲管附著一個個綠球，是「眨信」的種子，用柔毛軟刺鉤住衣服，莫娃笑出聲：「唷哩，莫娃，你們好。」她看到一種髮辮形狀的綠葉攤鋪在地面，摸摸弄弄時沾到這棵眨信，覺得它們正在好奇打招呼。

莫娃又來看那棵深綠葉片、長得像髮辮的植物，想拔起來帶回去，哎呀，竟然拔不動！雙手握緊再努力使勁，連把它搖鬆都沒有。

接連試了幾次，也許有一小撮土被鬆動了，可是想拔的植物還定著在土裡。「啊，唉！」失望的放開手，莫娃看著它發呆，這是什麼呢？

「唷哩，巴姆。」頭上傳出粗粗嘎嘎的嗓音，少年巴姆從枝葉間跳下來：「我來幫你。」

咦，巴姆也在附近嗎？真巧。

兩個人抓住伏趴地面的葉柄，莫娃的手只握得住右邊四五根葉柄，巴姆雙手一握，左邊大半葉柄十幾根都進了他手裡。莫娃瞧著巴姆的手掌，說不出心裡是羨慕還是佩服。

腳叉開站穩，用力往上提，喔，有東西在泥土裡跟他們拉扯！巴姆試著左右搖，讓那棵植物在泥土間鬆動了，又一次來拔提。掙紅了臉，巴姆這一邊有東西露出土，白白的。整棵植物往莫娃那邊倒過去。

「你到這邊。」巴姆招呼莫娃換位置，神情像極了大人，很有把握，一定沒問題的口氣。他盡量輕輕慢慢、說短一點，免得粗嗓子難聽惹莫娃笑。

莫娃聽話的站到左邊，抓握葉柄時，她偷偷看一眼巴姆。

「來，用力！」被莫娃看，巴姆臉紅了，趕忙低頭，嘴裡喊完，不知哪來的神力，竟然一鼓作氣將那棵奇怪的髮辮綠葉拔出土。他煞不住向後仰的力道，莫娃這邊又撐不住，一下子鬆了手，只見巴姆整個人跌躺在地上，莫娃急忙來看他：「對不起，你沒事吧？」

推開壓在身上的綠葉，爬起來，巴姆剛為自己的狼狽模樣感到懊惱，眼睛看向拔起來的那棵植物，哇呀，「這是什麼？」有人頭那麼大的白色圓球，拖著一條尖尖粗粗的主根和幾條細根，這是樹嗎？

「這麼大喔！」莫娃也吃驚，難怪自己拔不動，巴姆居然能三兩下就把它硬拔出來。

有點得意又有點兒窘，巴姆假裝沒什麼，「還好啦。」現在要想的是如何把它帶回去！

「大蘿蔔。」隊伍中只有西曼說得出這沾附泥土的白色圓球是什麼。

她揉搓髮辮綠葉，仔細嗅聞，折下一段粗大葉柄嚼嚐，指甲摳掐白色圓球，飽滿的肉質鮮脆多汁，用舌頭舔後，哈哈，西曼眉開眼笑。那張笑臉讓莫娃放心了，跟著歡喜：一定是好東西！

看莫娃漾出光彩的臉龐和上揚嘴角，巴姆覺得自己做對事情了，也跟著興奮，掩不住笑容。

野生大蘿蔔看得阿貝人哇哇驚喊，附近又找到幾棵，拔蘿蔔時大家喘噓噓，懷疑巴姆和莫娃哪來大力氣。

莫娃心頭甜甜，嘴裡嬌脆響亮的說：「是巴姆啦，他拔兩三下就起來了，人還倒在地上。」眼尾瞄向巴姆，呵，他正摘著大黃葉片的植物，應該請他再來拔蘿蔔，讓大家看看他的厲害。

雖然背著身，巴姆依舊聽見大家說的話，尤其當莫娃說到他時，巴姆耳朵更是豎直了，手抓著草根沒有動作，直到莫娃說完，他才聽見旁邊費瓦的話：「年輕人，注意你的腳。」

唷，心不在焉的巴姆，差點兒就踩在煙草葉上。

回過神後臉紅到脖子，巴姆不敢再分神，忙著拔摘煙葉。

將最後一棵煙草葉拔起來，巴姆轉頭看，三顆野生大蘿蔔躺在地上，另一顆正要離開土。莫娃呢？視線在附近尋找，他有點著急，莫娃離開了嗎？

忍冬藤蔓下，摘黑色漿果的斑褐衣褲，那是米努。圓滾滾大紅色的刺茄草莖裡，小心扭轉果實的，那是茲曼。左前方有一棵趴在地上的茅莓，淡紫色的花和紅球果實不停晃動著，一個女孩盯著果實，兩手同時摘下多汁的漿果，才放入腰間袋子立刻又伸手來，眼睛都不看一下，視線一直停在枝葉間。這又是誰？

認出那草葉竹片編的髮箍，和頂上一個蝴蝶結，巴姆看著莫娃背影。她摘了半個袋子了，應該是要交給歐茉去釀酒。嗯，甜酒，莫娃摘的一定很甜……巴姆笑起來。

摘果子的女孩忽然轉過臉，眼睛望向他這邊，視線對個正著。巴姆嚇一跳，來不及把笑臉轉開或低下，窘窘傻看著莫娃。

發現巴姆笑嘻嘻盯視自己，莫娃先是愣住跟著臉紅，裝作沒在意，忙回頭繼續摘果實。「欸，他看人家做什麼？還微微笑哩！我有什麼好看的……」感覺背後眼光，莫娃拿右眼角偷偷瞄，巴姆的腳還在那裡！她有些得意，摘了兩三顆果實後，忍不住又用左眼角睨一下，啊，巴姆不在了！莫娃有點兒失望，手摸著枝葉，好久才摘一顆。

30 • 果醬好滋味

族人大規模去採集的那天，德妮沒有跟去，她在爐灶前忙碌的熬煮果醬，一邊也守護姆姆。

臭橘洗乾淨，劃開皮，挑出籽兒另外放，果肉先放入鍋裡煮。三個大火爐同時出動，這三鍋臭橘打算分別加入甜柿、杏乾和李子，但是臭橘得先煮，去掉苦汁後才能加入配料。小心看著爐火，秋天乾燥的葉呀、草呀，燒得又猛又快，要不時添加，維持一定溫度，還須提防聞香而來的風吹散火燼，那可是會釀成火災的。

冒熱氣的鍋蓋「噗哧」「噗哧」唱歌，手腳俐落的德妮倒去苦汁，重新加水再煮，接著捆紮乾草葉把，丟入爐灶，確定可以燒一陣子後，她坐到姆姆搖椅邊，說自己昨天去西北方的事情：

「還好我去一趟，那裡真美呀，許許多多的果子，顏色鮮豔極了，盡量摘也比不上眼睛看到的多。」

起身添入草葉，注視一會兒，看火苗從白煙裡轟出了，她繼續說：「姆姆呀，我真的是夜晚跑去的唷，比羅到夢裡來叫醒我，還告訴我去西北邊，果然採集到許多好東西。」

沉睡的姆姆沒回應，搖椅卻咿呀有聲。德妮跳起來，先去查看爐火，它們乖乖靜靜亮著火光，沒有風來，這是姆姆在答腔！就像大樹輕晃一下細枝嫩葉，跟鳥兒逗弄招呼那樣。

鍋裡橘香飄出來了，德妮停下說話的事，拿出早先做好的甜柿餅、李乾、杏乾，各放一半的量到鍋裡。現在起只能用溫慢小火，長時間熬燜，要讓果肉煮到化成泥，攪散不見才可再放入蜂蜜或糖。

接下來要隔段時間掀蓋攪拌，以免黏鍋燒焦，或果肉成團不散。德妮就在鍋爐和搖椅間來來回回，說給姆姆聽的話也斷斷續續，聽起來像她平日抱著樹幹說的心裡悄悄話。

如果我們也跟姆姆一樣，變成動也不動的樹，那麼就會聽到德妮喃喃自語：「那個人，我一直記著他的臉，他是真實的被我擦過藥嗎？」「怎樣知道真或假？可敬的奧瑪不會戲耍我，祂要考驗我的智慧還是勇氣？」

攪著鍋裡的果肉，德妮也攪著腦中的疑惑。果肉越攪越糊爛，漸漸化成透明；她的移惑同樣攪得糊爛，卻渾沌一團，看不見光亮。

「可敬的奧瑪，我需要祢的光幫我照清謎團。為什麼我救了一個人，那個人卻消失了？」

姆姆如果清醒著，會牽起德妮的手，耐心聽這姑娘娓娓述說。像大樹一樣的姆姆，在生命長河中儲積智慧，足夠解開姑娘胸口的疑悶，但此刻姆姆沉睡著，德妮只能抱住老哈拉，讓大樹聽她砰砰心跳。

去探查西北方邊境的也伯沒有任何發現，德妮應該是見到了不真實的影像。

「老哈拉，遇到這種奇怪的事，我該怎麼辦？」德妮愣愣地想。

「好孩子，這不奇怪，那個人在你心裡，沒消失呀！」沙沙啞啞的聲音響在德妮腦子裡，是老哈拉笑呵呵，又像姆姆的回答。

說得也是！德妮舒口氣，暫時丟開「那個人」，站到鍋爐前仔細攪拌。

杏乾、李乾都還有碎塊，柿餅化得差不多了，空氣裡的味道香濃得口水不斷湧出，這種時候最難受，德妮嚥著口水。杏子氣味最強烈，壓過李子、柿子，但三種果醬各有特色。

冬天裡，大家舀一點果醬放進嘴裡含著，所有春夏間和秋天的美麗歡樂，通通會在舌尖活醒來，從舌根鼻孔到腦海，從嘴巴喉嚨到肚子，全都是幸福滿足的感覺。

密瓦、利斯、納古、羅浪他們，多半會咬著木湯匙，捨不得放下；而魯旺和以曼，伯耶和塔伊，巴納和雷妮，這些爸爸媽媽們，通常是邊餵小娃兒，邊自己挖一口放嘴裡，仰起臉閉著眼，跟娃兒一起說：「好吃！」至於東可、莎兒、巴勇、貝兒這些大孩子，更會嘖嘖咂咂舔手指頭，把最後一點氣味都收進口中。

當然啦，躺在舌頭上的果醬，一定先被大家含住，讓它慢慢溶出甜酸芳香，在喉頭停擱一陣才嚥下肚，然後，每個人都會開心微笑說：「嗯，感謝奧瑪！」

想像族人嚐果醬的模樣，德妮輕輕嘆口氣，笑了。今年櫻桃又少又小，做出來的櫻桃醬味道不像往年，德妮覺得可惜，如果留著那些櫻桃，現在有臭橘可以搭配提味，櫻桃醬絕對比桑葚檸檬醬更挑逗口舌。

再度去掀蓋，所有果肉已經都化成透明果泥，輪流把三鍋果醬又細細輕輕攪一陣子後，端下鍋子，小心用石板圍好，免得有誰不小心碰著、燙傷了。爐灶添火，架上空鍋子煮臭橘，第二批果醬依著同樣程序要再做一次。這些事讓德妮沒空來姆姆身邊，只能轉頭看視。

鍋蓋又「噗哧」「噗哧」大聲說好，她趕忙把鍋裡苦汁倒掉，加水加柴草，讓三鍋臭橘重新再煮。

杏乾、李乾和在酸橘裡，加了蜂蜜攪勻後，顏色晶亮，紅澄中有點深褐，大樹周圍頓時瀰漫香甜誘人的果醬味，東西還沒入口，喉嚨舌頭已經嚐出那甜酸黏滑。

德妮微微笑，她最喜歡這變魔術的一刻，看吧，從一顆顆完整果實，到一鍋芬郁華麗的濃醬，多麼神奇呀！

另一鍋甜柿子醬要加糖。德妮找出甜菜根熬煮的糖膏，它沒有蜂蜜的濃烈香味，但配上柿子剛好。這鍋黏稠金黃的柿子醬是今年新產品，德妮用手指蘸一點來嚐，哈，她眼睛閃動的光，連大樹老哈拉都看得懂：絕對好吃！

草把、葉束燒得快，她連忙加入一大堆，臭橘還得一段時間才會滾，德妮坐到搖椅旁。

「即便是大樹，也會有辦法去旅遊冒險。」開口說這話時，她撿起老哈拉的一片落葉，「葉子、種子、花片，飛散到各處，帶著大樹的生命去看世界。」姆姆就是大樹，她的智慧見聞也從葉片、花果得到嗎？

德妮轉轉落葉，「姆姆呀，我猜，可敬的奧瑪也鼓勵我，像這片葉子去遊玩，看世界，學習比羅冒險闖蕩。」冒險的滋味也像果醬酸甜誘人的吧？

隨口閒聊，德妮說到爐火快熄了才驚覺，起身先加入乾草葉，撥旺火勢。手中那片老哈拉的落葉原本要丟進爐灶，忽然改變念頭，她留下了這片葉子。

「它會為我冒險的熱情添加溫度。」德妮笑嘻嘻。

31・杜吉的表演

阿貝族一年一度的秋日盛會，選在霜降後的第二天舉行。

阿卡邦灣的岸邊，平坦地面聚滿了人聲，所有住在森林裡的阿貝小矮人，帶著笑容圍坐成密匝匝的多重圓圈。姆姆連同搖椅被小心抬放在圓圈外圍，由德妮和茲曼陪伴。

嬰兒納可被媽媽斯妮放在簍中背著，小手抓住一塊餅，啃幾口就停下來，轉著脖子左右看，蹬腳亂動，斯妮乾脆站到最外圈，免得擋住後面的人。

同樣在媽媽背簍裡不安分，剛會走路的小娃兒恩特，兩個小腳丫踩到地，顛撅屁股開步走，身體重心歪向哪兒，他的路線就畫到哪兒，還朝著人大喊：「唷哩，恩特。」清楚的發音聽得爸爸費瓦心花怒放，告訴杜吉：「我兒子，厲害吧！」前不久兒子還只會含糊說：「悠意，因德。」現在字正腔圓了，摟著妻子吉努肩頭，費瓦話聲裡得意極了。

向來會逗孩子開心的杜吉，彎腰朝恩特扮猴子臉：「唷哩，杜吉。你好，恩特。」

小傢伙愣愣的，這句話太長了，他只記得頭和尾，中間是什麼呢？「杜吉，你好。」嘿，居然答得有模有樣。

幾個小孩子也來逗恩特：「唷哩，東可。」「唷哩，莎兒。」連巴納和雷妮的三歲女兒瑞滋都來摸恩特：「唷哩，瑞滋。」小傢伙跟這個喊，跟那個喊，又拍手又跺腳，忙得「咯咯」「呵呵」笑。

奶聲細嗓的叫鬧嘻笑，飄飛入耳朵裡搔癢，趴在工作檯上，釘縫最後一條花邊的裁縫布耶，正用他獨創的縫衣針，將亞妮染畫上色的布條，細細縫到背心下襬。

「別急別急，還有點時間，我得好好做活。」嘴巴碎碎嘮叨，布耶沉住氣，拿起布條花邊再三審視。

「這麼鮮豔搶眼啊，穿的人得要有強烈個性才搭襯。」他嘴裡咕噥，心中快速想：誰適合呢？

工作檯已經收拾得乾乾淨淨，茲曼把裁縫用具全打包放進簍子，布耶只留要用的線軸在口袋裡。樹皮做的布，質地不像麻棉輕軟，縫綴時格外費事，一針穿下，線拉到緊了，才可以再穿下一針。他偶爾停下手，檢查布邊和下襬，扯扯壓壓，既要平整又不能歪斜、緊皺，接合處的圖紋更要對齊才行。

今年樹皮布料多些，他一共裁製四件男披風，三件女背心，又剩了一小塊布。布耶想破了頭，花盡心思才將所有布料全用完，「剛剛好，真不容易。」他笑咪咪想。

阿卡邦灣的天籟傳進布耶耳朵時，最後一針正好結束，他不慌不忙打個線結，藏進針腳裡。「唷哩嘛，唷……」一邊跟著大聲唱，一邊摺好背心，他跳下工作檯，把針線收進簍子，抱起整堆樹皮衣，將工作檯的板子拆卸下來，今年工作到此，裁縫布耶收工了。

「唷哩啦，唷哩哇……」匆匆跑來阿卡邦灣，歡樂歌已經唱完三遍，布耶的歌聲遠遠就加入這大合唱。他不是最後一個，吉旺正從楠樹歐拉爬下來，風把吉旺的歌聲先送來了，歐茉聽見風裡吉旺的歌聲，微笑著。

「唷哩，比羅。」樹梢傳來熟悉清亮的熱情嗓音，大家抬頭四處望，是比羅！他回來參加阿貝人的深秋聚會了！

風颯颯吹過桃花心木烏拉頂梢，一聲聲「唷哩，比羅。」飄蕩，可愛的孩子，他真的趕回來參加深秋的歡聚了。

「唷哩，恩特。」聽到嬌囡奶嗓大聲回答，阿貝人紅了眼眶，含淚帶笑的齊聲高喊自己名字，好孩子比羅，歡迎你回來！

「所有阿貝人都來迎接你了，好孩子，比羅，這個聚會不能沒有你。」老爹大聲說，舉起煙桿指向天空，一縷煙直直升上，凝聚成線，進入耀眼陽光裡。老爹欣慰的點頭，不錯，比羅回來了。

「感謝奧瑪，感謝比羅。」烏拉頂層裡，杜吉低著頭，慢慢爬下樹，悲傷的淚水藏不住，卻不適合眼前的聚會。「好心的比羅，你會再一次幫助我嗎？」勸我回家的好朋友，為什麼你讓我獨自面對大家企盼的眼神？不如你來陪我表演一場吧！

周圍響起歡呼，德妮眨眨眼看去，杜吉站在圓圈裡，陽光照著他。咦，那是陽光嗎？

「好心的比羅跌一跤」，杜吉趴到地上「砰」一聲，喔喔唉唉爬起來，全身髒兮兮，他拍肚子，拍屁股，拍肩膀，拍頭，接著突然跳起來，像根木頭釘在地上。

小小孩「哈哈」「呵呵」笑得很開心：「大人走路也會跌跤，笨笨的喔。」

「你吃了跌跤果」，杜吉學眼鏡蛇說話，手高舉成蛇頭，伸直，前後左右擺，眼光凶凶冷冷的。

站在最前面看表演的克吉、瑞滋、曼娃這幾個小小孩，嚇得回頭找爸媽；東可、莎兒、貝兒，瞪大眼、捏拳頭、抓衣襬，挨擠成一堆問：「牠要做什麼？」

一團光暈把杜吉圈罩住，清楚照亮他每一個表情動作，大家的視線盯著光，盯著杜吉。此刻，杜吉是主角，阿貝人透過他，重新聽見比羅，看見比羅。

好心熱情的比羅呀，多謝你為我們找回杜吉，瞧，他是多麼出色的演員，把你留在我們的耳裡、眼裡、心裡！

阿貝人笑出眼淚，為杜吉拍手：「杜吉，演得太好了！」「杜吉，了不起。」「感謝你，杜吉；感謝你，比羅。」「回阿貝森林，比羅。」

聽到忘情的族人喊出心聲，圓圈裡的杜吉哽咽低語：「好心的比羅，去跟大家擁抱吧！」

柔和光暈離開杜吉，循著圓圈逐一停在每個人身上。很有默契的，大家背過身，彎腰翹起屁股扭三下，「唷哩唷哩……」唱一句扭一遍。

看著光暈來到面前，卡里低沉磁性的嗓音先朝光團「哈」「哈」「哈」吼完三聲，才背轉身大力扭三下屁股，轉回來時，咦，光團在他左右邊輪流跳動，似乎也扭屁股回禮呢。

歡樂氣氛頓時掀揚起來。小納可拍手，恩特朝光暈踏腳呵呵笑，克吉伸手摸那一團光亮。扭屁股時，東可覺得額頭被碰了一下，暖暖的。

利斯、密瓦看著光暈擠入他倆中間，哈哈，「兄弟」「夥伴」，「春天時別忘了來嚐仙丹花米粥！」兩人笑嘻嘻喊。

別忘了還有大河邦卡的邀約喔，光暈移向阿卡邦灣，「ㄅㄨㄛㄅㄇㄣㄅㄑㄩㄅㄔㄨㄙㄅㄉㄤ」，「ㄅㄏㄠㄅㄆㄙㄅㄧㄡ」，「ㄅㄔㄨㄙㄅㄉㄤㄅㄑㄩ」，河面水花跳動，光暈碎散成無數光點，幻入水花裡，「唷哩，比羅。」「回阿貝森林。」邦卡河嘩嘩水聲中，大家熟悉的宏亮嗓音漸漸遠去。

杜吉雙手貼胸，虔誠祝禱：「天神奧瑪，感謝祢照看比羅，請讓他永遠陪伴阿貝森林。」微笑望著河水，杜吉知道比羅在那裡，姆姆說得對，生命用各種方式存在，好心的比羅也用許多方式出現！

32・阿貝族的聚會

嬌聲嫩嗓的「唷哩」「唷哩」喊得大人興致高昂，站起身牽手踏跳，孩子們為深秋時的小矮人聚會做了最好的開幕式，該大人們上場了。

「唷哩唷，唷哩唷……」雄渾低沉的男聲加入柔美清亮的女聲，音節簡單、旋律輕快的阿貝歡樂歌，唱得阿卡邦灣的水面漾起細碎粼光，唱得桃花心木烏拉枝條震顫，樹木們一齊嘩嘩沙沙加入合唱。

來吧，森林裡的生命，請都來加入我們：「唷哩呀，唷哩喔，唷哩嘿……」歡迎的歌聲持續，美妙的和聲裡，有阿貝人的低吟，有樹木的葉濤，有邦卡的潺湲，還有鳥禽的鳴啼。阿貝森林的歌，需要各種生命共同發聲，來豐富它的共鳴；阿貝森林的歌，不必繁複的歌詞，不必華麗的唱腔，生命內心的感動，會讓聲音自然和諧，融成天籟。

婦女們合力準備的豐盛餐點擺在圓圈裡。新發現的豆子成為主角，烤的、煮的、漬的、煎的、磨的、搾的；帶莢的、成顆的、切塊的、壓成泥的、成漿汁的；甜的、鹹的、辣的、酸的……嚐在嘴裡，大家找著驚奇，每一個恍然大悟都讓口中食物多添一份好滋味，心情更高亢歡悅。

佩服大家能挖空心思，想出這麼多不同吃法，德妮眼中晶光閃爍，腦袋再度跳出：「寫一本書，記下阿貝美味。」這個念頭。

漂亮的「三色塔」，是歐哈兒招待比羅的點心，經過德妮改造，綠肉桂葉裹住紅漿果、白椰乳，清甜有汁，特別是肉桂香混了椰香，完全自然沒加工的食材，在每個人口舌齒牙咀嚼時，緊緊抓住味蕾嗅聞，挑動族人對森林大自然的美好印象：生活周遭擷取的原味，不必烹煮也能如此甜美，只要森林活得健康，任何時候都不用擔心食物匱乏。

「來吧，杜吉，穿上它，這是偉大的演員必要的配備。」布耶把一件披風圍到杜吉身上，長度蓋到小腿，帥氣又神祕的黑色，內面卻是鮮豔熱情的紅。杜吉受寵若驚：「偉大演員向一流裁縫致敬。」他彎腰鞠躬，感動的收下禮物。

得到披風的還有吉旺、密瓦和老哈。「我的目測很準，一定合身。」把披風托卡里轉交給老哈，布耶認真的叮嚀：披風可以折疊成提袋，方便盛裝東西，「我特別為他設計的。」

做好的三件背心要送給斯妮、茲曼和德妮。「這件最適合你了。」鮮豔花邊、色彩搶眼的最後一件，布耶交給德妮，這冷靜的姑娘其實很有想法，有機會就想試試，絕不放棄，這種個性就跟衣服的風格一樣。

卡里收到一個樹皮背袋。「應該夠裝你的糧食。」布耶說。明天就要往小屯岩找老哈，要帶的東西不少，卡里很高興有這個背袋。

為這個聚會早早備妥的梅子甜酒抬進來了，特製的松果殼酒杯盛入褐亮香醇的汁液，大人小孩都能嚐。少年巴姆聞著酒香，想起摘漿果的莫娃，立刻抬眼去找。戴竹編髮箍的身影正在幫忙舀盛甜酒，巴姆的視線跟著她背影移動，明天搬入地底下後，一整個冬天要見不到她了。

「各位，敬奧瑪，敬阿貝森林。」族長也伯朗聲帶領大家舉杯，每個人把想得到的感謝都說出來：「敬歐哈兒」「敬比羅」「敬老哈」「敬邦卡」「敬納伯亞」「敬烏莫朋友」「敬姆姆」……

「敬大家！」也伯最後說。

喝下梅子甜酒，歡聚也到尾聲，「感謝大家！」也伯穩重沉著的聲音，讓歡快語喧安靜下來。魯旺舉杯向也伯點頭，古沙朝也伯雙手貼胸，米亞挺直腰桿，正在舀梅子酒的法特放下勺子，目光一直跟著莫娃背影的巴姆轉眼看向爸爸。

松果殼酒杯還握在手裡，阿貝人停止口中的說笑吃喝，視線落向也伯。

「感謝大家！」也伯又一次誠摯道謝，和諧歡樂的阿貝森林能平安度過一年，全靠族人無私的盡心合作。「感謝奧瑪賜給我們森林，感謝阿貝森林賜給我們豐富的生活。」也伯說得簡單明快。

「唷——」也伯領唱起阿貝聖歌，雄渾的嗓音綿長厚實，阿貝人一手搭肩一手貼胸，跟著哼吟出和諧單音。

空氣在圓圈裡震盪，閉起眼感受聲音裡匯聚的能量，變成「有——」的吟誦後，共鳴從圈裡直衝空中，向外擴散傳揚。樹葉沙沙震顫，姆姆的搖椅前後擺晃，壯闊的聲波不斷迴盪，極其協調乾淨的聲音，完全融合不分彼此，每個心靈跟隨氣場引導，沉靜安定下來。

杜吉遏止不住淚水。離開阿貝這麼久，再一次聽到莊嚴聖歌，他抖著嘴唇，羞澀畏怯的開口，歌聲很快化沒在共鳴中，杜吉全身舒暢放鬆，忘情的吟誦。

「哩——」聖歌的後半段，更低沉更輕靈的單音，似有若無的歌聲，收起共鳴、迴聲、震顫，一切平靜安詳，喉頭鬆了，腦腔空了，胸口平息，只有腹部熱氣源源湧現。此刻，聲音被意念引領，沉浸在和諧融合的心靈交會；涵容天地所有生命的能量，在阿貝人神識意念間流動，進出他們的毛孔呼吸。

阿貝聖歌最後無聲的止歇，大家靜靜站立，等著空氣中的共鳴自然定止。打開眼睛時，每個人心靈清醒，力量飽滿，這是阿貝族和天地草木互相吸納、交換能量，生命因此更新不老、得到重生。

聖歌簡單的「唷」「哩」歌詞，是真誠深摯的禮讚，杜吉靜靜回味，感覺意猶未盡。如果還有歌詞詩句來搭配唱和，聖歌會更加神聖感人，但是，什麼樣的詞句才能顯現聖歌的莊嚴，傳達族人虔誠禮敬的心意呢？要有深遠內涵，更要優美雅麗，能豐富聖歌意境的唱詞，姆姆也許能想得出來。

杜吉清空的腦袋隱隱跳著一些音節字句，可是他不敢開口哼唱，怕褻瀆了聖靈和諧的氛圍，「這絕不可以是自己平日編唱的那種遊戲作品。」

德妮喉頭鬆開，把「哩」聲化成長長淡淡的「ㄧ」，覺得聲音進入土地，進入空氣，把心思也帶進去了。每次聚會，最後的聖歌吟誦都引起姆姆感嘆，姆姆曾說聖歌有一部份已失傳，阿貝祖先努力尋找記憶，卻想不起來那些美好旋律！

「會是什麼樣的歌曲呢？」眼光望向姆姆，德妮忍不住有些失落。

33・美妙的祝福

聚會結束後，大家就遷入地底，「把地面收拾乾淨，留給冬神。」也伯提醒族人。深秋的森林，罩著寒涼冷清，阿貝小矮人忙著搬家，地道內、地道外，祝福的話語不時傳出來，大家都為地底生活互相打氣加油。

巴納抱著女兒瑞滋，彎進地道巷子時，斯妮正背著小納可要走向下一條通道。

「納可，加油喔，多長幾顆牙。」巴納逗弄小娃兒。

納可咧嘴呵呵笑，他的上下門牙長出來了，旁邊牙床看得出白白小點，「他呀，磨牙餅啃得很快，春天時說不定會咬人了。」斯妮笑咪咪。

裁縫布耶背著全部的裁縫用具，在地道口遇見杜吉，「多想幾個新故事，我幫你做道具。」他興沖沖說。

杜吉大聲笑：「我會邀請你一起演出。」

這主意很不錯，布耶立刻點頭：「很樂意為你服務。」走在杜吉前面，他又轉身說：「希望你的火爐好用。」

哈，杜吉笑得眉毛高高揚起：「我今天會用它煮蘿蔔，應該沒問題。」好心的比羅將會聞到香甜蘿蔔味。

法特和西曼夫妻的家，在地道直下第二條岔路右轉進去。西曼特地來找莎兒、東可，抱抱兩個孩子，「好孩子，多跟姆姆說說話，想聽故事時歡迎來我家。」

莎兒喜歡西曼編的髮辮，東可會淘氣的拿芒花鼠撓西曼的臉頰，兩個孩子笑嘻嘻。從自己家走到西曼家，很近，有了邀請，爸爸一定會答應，「謝謝你。」他們說。

亞妮祝福吉努能織出美麗的花布：「把花朵、蝴蝶織進布裡去。」

抱著兒子恩特，吉努開心的笑：「我會想點新奇的花樣來試試。」嗯，就把小娃兒的玩耍織進布裡頭，讓花布來說故事，這會很有意思。

扛著家當走下地道，分開前，納古祝福沙耶，趁著冬天修好手指、腳趾和頭髮：「春天見面時別變成猴子啦。」

沙耶頭髮長到脖子，手指甲裡有黑垢，腳趾指甲長長，再不清理修剪，大家會看見阿貝族出現一個長毛人。

沙耶不好意思的點頭：「會的，會的，也祝福你，眉毛變長變平。」

納古有雙八字眉，別人都覺得逗趣可愛，他自己卻認為眉毛要平齊才好看，每年一到冬天，納古總說要修眉毛，希望新長出的眉型能換個樣。沙耶的祝福，納古欣然收下。

德妮祝福好姐妹歐茉，和吉旺一同種下的歐拉種子，能夠捱過寒冬考驗，順利在來春發芽，長成幼苗。

所有的祝福中，最美好的莫過於茲曼送給波里的啦。

田鼠被貓追得慌慌張張往茲曼提袋裡躲，把這姑娘嚇一跳。

「喔唷！」放在地上的袋子忽然窸窣響，是什麼東西在裡面呢？茲曼立刻想到毒蟲麻蛀蜥，臉一下子慘白。

翻倒袋子的動作被波里看見，「你在做什麼？」還沒到地底的家，怎麼就把東西倒出來呢？

怕怕的茲曼神情緊張，聲音有點發抖，伸手攔住波里：「別過去，我怕是毒蟲。」

嗄！「我也怕毒蟲！」波里老實說。

自從跟杜吉談過後，波里不再壓抑自己對麻蛀蜥的恐懼，但是大家忙著準備過冬，他找不到機會向族人訴說心情。在樹上瞭望、巡視森林時，他經常被輕微聲響驚跳起來，擔心枝條間、落葉下、泥土中，有可怕尖利的毒牙。這種緊繃的情緒很折騰人，

「說出來，一定要說出來！」他不斷告訴自己。

現在聽到茲曼的話，波里認真嚴肅的說：「我也很怕很怕麻蛀蜥。」

盯著袋子，波里找來枯枝，把袋子迅速撥開，田鼠沒處好躲了，想要鑽入地洞，卻被袋裡的線團纏裹住，掙脫不了。

「歐」，茲曼鬆口氣。

波里撥散地面物品，確定就是田鼠作怪後，濃黑粗眉跳出他嘴角微笑：「你跑錯地方了。」按住田鼠，把牠腳趾上的線團解開：「去吧。」手一放，闖禍的小傢伙溜得飛快。

承認害怕要有勇氣，波里趁自己退縮前，一股腦兒把害怕都掏挖出來：「你知道嗎？我被毒蟲咬過後，一直怕到現在！」對著茲曼背影，波里滔滔不絕：「那種痛苦實在難受。」

雖然冰毒很快治好了，可是全身冰冷，從骨頭冷到肌肉，僵硬的感覺都還留在記憶裡，「跟冬天冰雪凍人不一樣的。」由身體內滲出來的酷寒，會讓人絕望；強烈的酸麻，比皮破肉綻的痛還難忍受。

茲曼腦子裡轟轟響，著急的祈禱請求：「奧瑪，請幫幫波里，他嚇壞了。」「奧瑪，我要怎麼幫他？」「奧瑪，請把這些壞事趕出波里的記憶，讓他忘記吧。」「奧瑪，請把他說出來的痛苦全都收走，讓他心裡不再有害怕。」

提起袋子來到波里面前，茲曼輕輕點頭：「那隻蟲很醜陋，牠的毒牙充滿邪惡。」誰碰到了都會害怕，何況是被咬過！

「你真勇敢。」看著波里眼睛，茲曼又一次點頭：「我一直睡不好，夢見毒蟲丟下我去咬你。還好，奧瑪幫我，讓我做的夢中只有你，沒有毒蟲，這樣好睡多了。」

「你如果也向奧瑪祈禱，把毒蟲趕出記憶，這些害怕就不會讓你痛苦了。」茲曼看著波里，眼睛亮眨，話語輕細，誠懇的提醒。

啊，「你不笑我嗎？」波里一口氣說完心中的重擔，人好像掙脫束縛，光采煥發、眼睛有神。

茲曼搖頭：「我知道害怕的痛苦。」讓害怕躲在心裡，只會啃蝕笑容和勇氣，「害怕像一隻毒蟲，越養越大，分裂出許多隻，把腦袋塞滿了。」聲音慢慢細細，茲曼想著自己前一段日子的體會：「說出來才好！我跟德妮說，也向奧瑪祈禱。」

認真處理「害怕」這隻毒蟲是對的，「我會祝福你，幫你向奧瑪祈禱，把被毒蟲咬這件事丟出你的記憶。」這好心的姑娘說到眼光熱情閃耀。

「不用不用。」波里急忙打斷她的話：「只要請奧瑪讓我記得你就好了。」能了解我的心情，可以跟我討論害怕，同樣被毒蟲困擾過，肯停下忙碌的手腳腦袋來聽我說話，「我只要記得你就不會再害怕了。」波里雙手貼胸口大聲說：「天神奧瑪，請把茲曼留在我的記憶，她太好了。」

麻蛀蜥的醜惡，被茲曼美好聲音趕跑啦；冰毒的冷凍僵硬，被茲曼熱情眼光銷融了；害怕的夢魘，經過茲曼傾聽安慰後，也不再是心頭陰影。天神奧瑪的旨意太奇妙，派了茲曼來傳送光和熱，要驅除自己沒法對付的恐懼，「我怎麼到現在才明白呢！」波里笑哈哈，大聲感謝奧瑪。

咳呀，魯莽、冒失，都不夠形容波里現在的樣子。好性情的姑娘羞紅了臉，聽波里大喇喇讚美，濃黑眉毛下雙眼直勾勾看過來，欸，完全不考慮人家姑娘的感受！

茲曼提起袋子為難得很，是要掉頭走開不理他呢？還是暫且等他安靜下來才告辭呢？不過，看這個人興奮的樣子，他心裡應該就和臉上的神采一般光亮開朗。

嗯，真誠笑容會傳染，茲曼嘴角彎出一朵微笑：「感謝奧瑪，很高興他不再害怕。」想想看，冬天地道裡的安眠，沒有噩夢驚嚇，能夠舒坦享受爐火溫暖，多幸福呀！

34・地道裡生活多溫馨

「請隨時用木笛連絡訊息，互相照顧。」也伯再次叮嚀提醒，歡聚的結束並不是撤散的開始，習慣在地底生活的阿貝人，冬天可不只是用來睡覺冬眠的唷。

地底通道像迷宮，阿貝人的住家分散各處，生性樂觀愛唱歌的他們，住在地底下依舊不時開口唱歌，樹的根會被快樂歌聲按摩得舒展側根芽鬚，在冬天裡快速擴張根部底盤。

歌聲在地道裡傳送，阿貝人耳朵貼到牆壁上、地板上，聽見歌唱、察覺踏跳，也會在各自家裡哼唱扭擺，阿貝人到哪兒都能互通消息、同步歌舞。

當然啦，尊重生命的阿貝人，怕吵擾到動物冬眠，也知道要收聲斂嗓，不製造噪音。地道裡不適合旅遊拜訪，但鄰近的住家隔些時間就互相探問，沒有人會窩蜷身體睡一整個冬天。

含住一口果醬，躺靠在蓆子草墊上，軀體停下忙碌，腦筋不再轉動，單純品嘗好滋味的阿貝人，享受這樣簡單的幸福。冬天地道裡，他們怡悅滿足，一小口的芳香酸甜，來自森林草木和陽光、空氣、水與泥土，如果還有想法，那就是「感謝」！感謝奧瑪，感謝森林，感謝生命。

杜吉的火爐贏得寄宿室友鍬形蟲和蜘蛛的讚美，在火爐上下層窩著，欣賞好久不願意出來。杜吉立刻有了新構想：「好心的比羅，我們找這兩位朋友一起演出吧。」故事就叫做「火爐藝術家」。

為了照顧這兩位藝術家朋友，杜吉啃著一小塊生蘿蔔，沒有啟用火爐。辛辣多汁的野蘿蔔，味道夠嗆，腦袋被逼出很多靈感，杜吉就在火爐邊踱臺步、比畫、演說，一個有趣故事不多久便成形了。

寄宿的鍬形蟲和蜘蛛，住在新居裡觀賞杜吉完整的首演。嘿，這一整個冬天，牠們將是最幸運的觀眾，杜吉每一齣新作都由他們搶先視聽，小小房間招待這兩位客人，「綽綽有餘啦。」杜吉忙得起勁，忘記火爐要做什麼用途。

吉努倒是牢記著亞妮給她的祝福，把握沒有睡覺的時刻，勤奮努力織著布。用染過色料的田麻線和棉線混合，她腦中有圖案等待織入布裡頭。爐火映在吉努臉上，紅撲撲，眼中閃耀光亮，視線瞥過兒子恩特和丈夫費瓦，她的手稍微停了一下。

屋裡很安靜，父子倆已睡熟，恩特靠在費瓦肚皮，半趴臥的姿勢。先前撒嬌時，費瓦逗兒子玩爬樹，恩特玩到累了，兩個哈欠後就睡著，費瓦開心滿足的摟著兒子，「呵呵呵」笑幾聲後也合眼沉睡。

看看腿上的布，有一嗦半長度了，吉努繼續工作，很快就有兩嗦長。收好用具，添了爐裡柴火，拿來厚毯子，她輕輕抱起恩特放躺到蓆墊，一家三口在溫暖毯子下緊緊偎依。呵，冬天，多麼寧馨美好！

同樣溫馨的場景也出現米亞家中。

在草墊上到處爬的納可，手腳特別有勁，搖籃被他推到牆邊，「蓬」的一聲，小傢伙呵呵哈哈笑。媽媽斯妮摺疊整齊的毯子，被他又咬又拉，拖散開，他裹在毯子裡踢滾，找不到出口就「嗯」「啊」這麼叫，爬著爬著又趴倒。爸爸米亞索性也鑽進毯子，去跟兒子玩「喵喵」，拿著準備好的火焰花醬，斯妮被這對父子逗笑了。

去年這時候，米亞接生納可，現在兒子一歲了，雖然今年糧食少了些，他們還是要小小慶祝一下。

「來」，斯妮餵納可嚐自製的火焰花醬。米亞看得眼眶泛淚鼻頭發熱，兒子出生時紅通通、皺巴巴、軟溜溜，自己一度擔心小生命留不住，尤其斯妮生產後發燒昏睡，他守護母子時不斷向天神祝禱，就怕失去親密的家人。

看著納可張口大咬，吃得嘖嘖嘛嘛，米亞忍不住說：「春天時，我去摘火焰花，你帶納可在樹下等……」

斯妮溫柔看著米亞，他經常提起這個夢！

把火焰花甜醬遞給米亞，斯妮提醒：「春天，納可應該會站會走了。」笑咪咪抱起兒子，斯妮一手貼在納可頭頂，告訴米亞：「以後，納可會跟著你爬樹，一起摘很多火焰花。」

哈哈，米亞大笑。一定的，小傢伙抓啃過歐哈兒的鬍子，神醫當時就說啦，納可將來會手腳特別靈活。

「小夥子，你會對森林做出貢獻，靈活的手腳要好好運用啊。」一手貼在納可頭頂，一手摸撫兒子四肢，米亞像祝福又像叮嚀，話裡藏不住歡喜。

好好睡一覺之前，納古發了會兒呆，想到要修整眉毛的事。欸，這可不像為樹木清除枯枝腐條，只要順隨樹木的生長情況就行。過去幾年，他都是摸索著自己拔眉毛，但每次拔完又長回原樣，效果並不理想。

納古放開手指間捻揪的眉毛，他躺下來呼口氣：「我還是尊重它們吧。」說不定，眉毛也有它們自己的道理。

沙耶眨眨眼睛，醒了，爐火已經熄滅，昏暗寒冷的房間地板上，自己手裡握著一團黑色毛皮，這是什麼？沙耶跳起來。

「放開我，放開我……」地鼠吱吱叫，身體扭個不停。

「你跑來做什麼？」沙耶驚訝極了。

站在沙耶手掌心，地鼠打個呵欠：「我要出去玩。」這是一隻提早醒來，睡眼惺忪的小傢伙，莽莽撞撞以為春天到了，急呼呼要往外頭找刺激。

輕輕放下地鼠，沙耶笑亮眼睛：「這時候出去嗎？北風會很樂意為你祝福，你還是回窩裡做夢吧。」

離開沙耶的房間，地鼠半合著眼，拖起尾巴晃入黑暗地洞。迷宮般的地道內，不時有像這樣弄錯時令提早活動的動物，有些會查看動靜，遲疑後又盤窩身體繼續睡下；有些就直接闖出去，玩鬧探險後才回地道，再睡一場；也有些發覺冬天迷人的景色，索性在地面上逗留，捱到冰雪消退，春天來臨。

冬日的地底下，有許許多多成長的生命，無論是快樂的活動工作，或是安穩的睡眠休息，全都順應自然也回應本能。天地，忙過春夏秋三個季節，必要撥出一段日子，留點空白，清理世界上所有喧囂雜亂，等回復清朗爽淨後，才再度貫注聲光色彩。那麼，冬季，就是盛滿夢想與期盼，一個蓄藏能量作勢待發的重要季節啦。

35 • 遇見雪蜍

地道裡分不出白天黑夜，只有睡與醒能作為時間的判斷，沙耶每次醒來就離開住家，到地面上走走。

森林裡似乎很安靜，站在出口先看看四周，等雪花把沙耶抹扮成白通通的一團，和周圍色調相同了，他才小心邁步。

堅硬的雪地很光滑，走快了會跌跤滑溜；鬆軟的積雪又可能把人埋蓋了，腳板不好使力。沙耶走得慢，正好用心聽，仔細看。

「有聲音！」

除了風吹呼呼，雪花飄落也有聲響，沙耶愛聽又怕。聆賞若有似無的飄雪聲，能讓他內心平靜空靈，覺得自己飄浮在空中四處飛行，像一片雪花。可是，細細輕輕的聲音每次都引發他全身搔癢，癢得手腳無力沒法呼吸。幸好，只要捧起雪花，用力搓揉身上皮膚後就不癢了。

「到雪地裡洗澡」是沙耶的秘密，止住癢後，他可以繼續飛行的夢想，這種快樂值得用雪浴來換取。

樹木換了一種形貌，冰雪從枝條垂掛、滴墜下來，黑黑的樹身只剩部份線條，白與黑佔了色彩的大半，白又有不同層次。白晝逆著光看，沙耶必須用手遮臉，在手掌後瞇著眼欣賞，幾棵樹就能看大半天。

除去雪花飄飛，刮出空氣細顫的聲響，他的耳殼還接收到另一種急速震動，似乎有音節，聽了再聽，聲音很模糊，好像在說：「這傢伙要做什麼？」

他以為松鼠鳥禽或其他動物躲在哪兒活動，「哈，我找到知音了。」沙耶很高興能遇到愛趁冬冷出遊的生命。細心分辨後，察覺那是從森林的土地、石頭、樹木當中發出，閉起眼睛就感受不到了。

試過好幾次情況都一樣：眼睛看著森林雪地，耳殼才會接收到震動；視線若移向天空、自身，或乾脆合眼，打在耳殼上的震動會減弱、變輕、消失；只用眼睛，看不出任何動響，光靠聽覺，也接收不到訊息。

聲音能用眼睛看見嗎？沙耶看石頭、看樹，不懂如何用眼光視線去和耳殼上的聲響交談。傻傻看一陣子，眼睛累了，他頻頻眨眼，竟然就聽到回應：「眼睛累了是什麼意思？」

沙耶嚇一跳，眼皮不自覺又一陣眨動，「這是在問我嗎？」心裡才這樣想，就有聲音很清晰的敲打耳殼：「就是你呀，這裡沒有別的傢伙。。」

喔，沙耶精神一振，原來，快速眨動眼皮就能把訊息傳出去！他興奮的「說」起話：「唷哩，我是沙耶，請問你們是誰？」

「你說什麼？」顯然，對方聽到的聲音不夠清楚。沙耶有點著急，調整大小聲和清晰度，是要捏擠眼皮還是要靠快速眨眼呢？

抓不到要領，卻把眼皮弄得酸累想合眼，沙耶呆呆望著眼前白皚皚景物，咦，又聽到聲音了：「我們跟隨冬神出來遊玩。」「我們是雪足，你剛才說眼睛累了是什麼意思？」

雪足？沙耶詫異的看著腳下雪地，它們會說話呀！

「喂，你聽到了嗎？」「沙耶，你在說什麼？」耳殼上，雪的聲音再度問話。沙耶忙眨眼皮回答：「雪足，你們好。」「眼睛看東西，工作太久，要休息。」「眼睛累了，是要休息，暫時，不看東西。」

試過這幾次對話，沙耶摸索出方法：眼皮眨快點，聲音才清楚；一次只說短短少少幾個字就好，要不，聲音擠成一團簇成一堆，聽起來模糊，那就白費力氣了。

能和雪交談，沙耶因此聽到許多冬天才會發生的故事。

感謝森林，感謝冬天，讓他有一群新朋友。但是，他也發現，不是所有各處的雪都會和他說話。

楠樹歐拉或山洞石附近，同樣有雪族朋友，空氣裡細碎飄雪的聲音，耳殼感到頻繁迅速的震動，但聽不出內容。

「唷哩，沙耶，你們好。」急快的眨眼皮，沙耶想加入雪族朋友的談話，卻沒得到回應，難道是這裡的雪族朋友用不同的方法交換訊息？

靠近西北邊的桉樹搭拉，那兒的雪族朋友就都安靜無聲，沙耶在那一帶欣賞雪地景色，始終沒察覺動靜。

得不到新朋友的回應雖然有些失望，但看著挺拔蒼勁的樹幹高矗地面，天地間顏色只留單純的黑與白，更顯出枝條伸展的力與美，沙耶還是覺得有收穫。

冬天的森林表現出莊嚴寧靜的美，也許雪族朋友跟他一樣，感動懾服，不想破壞這樣的美好。

「你弄錯了。」

聽了沙耶的疑問後，橡樹哈拉附近的雪族朋友告訴他：「你弄錯了。」不是所有的冰雪都是雪族，「注意看你的腳。」

低下頭，沙耶看見幾片雪花落在右腳背上。「就是雪嘛。」他剛眨眼發出念頭，那些雪花馬上黏聚成一個小蟾蜍樣，喔，不是雪族，是雪蜍才對！沙耶興奮的蹲下來，伸手想摸，雪蜍立刻跌落地面散入雪地裡，完全看不出形體。

「你不能摸！」雪蜍的聲音急慌慌：「你和我們有不同溫度，觸摸會互相傷害。」

多不可思議的事！沙耶愣愣看著腳邊的冰雪，努力想找出雪蜍：「你們是動物嗎？」到底該說「你」或「你們」才對呀？

「我們是冰雪，不是動物。」「只有一片雪花不能成為雪蜍，光是雪花也無法合成為雪蜍。」

要結構形狀相同，又都有冬神給的編號，得到北風哈氣祝福過的雪花，編號加起來是7的家族，這樣才可能聚合成雪蜍。

「為了找到符合這四個條件的同伴，大家會問來問去，你也許是聽到這種聲音。」有時候，一整大片的雪地都找不到適合的同伴，那地方因此安安靜靜，如果幸運，小小一棵樹或一塊石頭、一塊地，可能出現許多雪蜍，那就熱鬧了。

沙耶是第一個聽懂雪蜍說話，又找到傳喚訊息要領的人，「空氣中有一種物質能傳送意念，我們察覺這種物質的震動，知道你的意思。」

奇妙的遭遇讓沙耶以為這是一個夢！「我的夢跑到雪地裡散步了！」眨眨眼皮，他想。

「夢長什麼樣子？」雪蜍問。咦，他們連沙耶隨意想的念頭都聽見了。

夢？這要怎麼說明呢？沙耶笑起來，不停眨眼：「夢沒有一定的樣子。」「它很會說故事。」

「我們也會說故事。」「夢的故事會比我們多嗎？」

啊哈，這個問題太有趣啦。

36・冬日的冒險夢

連著幾場暴風雪，阿貝森林西北邊換了面貌，厚厚的雪堆壓在樹的枝條上，茲瓦多次去查看，擔心樹會被壓垮。這一帶多半是松柏杉樹，最嚴重的時候，它們全身上下整片白，見不到黑或綠色，斷墜的枝條掃落更多冰雪，茲瓦曾被它們擦拂過頭部肩背。

驚險的不只這樣，白茫茫一片雪景，很難掌握方向，有一回茲瓦把搭拉誤認做梭拉，向它走去，想回森林地道，卻越往西北邊界，直到看見白雪覆蓋的大山，發覺不對才趕緊折返。

地上厚厚的積雪有些超過一人高，茲瓦還好背著板鞋出門，兩塊大木片可以套在兩腳上，滑冰或步行；也可以併成一塊大滑板，人趴坐板上，拉住繩子從高處溜下來；遇到大風雪寸步難行了，板鞋還能搭成避難小屋，或當做鏟雪工具。靠著它們，茲瓦平安回到阿貝森林。

趁著休閒時光做些刺激的夢，滿足心裡冒險的慾望，德妮的情況也如此。

秋日聚會結束後，德妮也搬入自己在地道裡的舒適小房間。整理好物品，入睡前，她先把頭髮細心綁紮，梳成一綹綹再打成辮子。習慣俐落爽淨的髮型，德妮很少花心思在衣服打扮上，現在這樣做，等春天來時解開髮辮，她就會有一頭漂亮的波浪卷髮了。躺到費心鋪設的蓆墊，拉起被子暖暖的裹好身體，德妮想：「這種季節最適合做個旅遊冒險的夢。」漫長悠閒的冬天剛開始，若只對著四壁發呆太無趣，要計畫明年的工作又太早，忙過秋天爐火熬煮的生活，放鬆心情睡個覺，跟著夢去見識各種危險刺激，冬天才稱得上豐富美好唷。

爐火搖晃著火焰，德妮看著壁上的光影胡思亂想：綠信差比羅，刺激驚險的遭遇是最好的示範，夢裡頭，比羅自信快樂，神采飛揚，他還說到歐哈兒請吃三色塔，又描繪一座奇妙的樹樓。「比羅走出阿貝森林才得到這種見聞。」像納伯亞、老哈，還有杜吉也都如此，他們看起來就是不一樣。

合上眼，她向天神祈求：「可敬的奧瑪，趁著冬天帶我去遨遊各處吧。」「夜神，請送給我一個驚奇的夢，看看外面的世界，像……」

要像誰呢？比羅嗎？夜神撫著德妮髮辮，這姑娘已走入她要的夢裡。

「德妮，醒醒，別再睡了。」漆黑中有聲音叫喚，德妮睜開眼找了一會兒，一撮金色頭髮幫她看見門邊站著的比羅。

春天了嗎？才睡一下子呀。「你好，比羅，你身上的光呢？」德妮坐起身。

被她一問，比羅周邊瞬間發出淡弱光暈，屋裡一亮反而看不清比羅的臉。

「別睡了，去為姆姆做事。」比羅沒聊天，催她：「姆姆需要回復的能量，快去找神聖的歌聲。」

喔，德妮掀開被子：「好，你帶路。」

「不，你去，往山豬那裡去，找出湖的破洞，等人去填補破洞，讓湖重生，你把神聖的歌聲帶回來，姆姆才能回復。」哇，這麼複雜！比羅說的事情太奇怪了。

「什麼歌聲？」德妮很訝異。

「姆姆告訴過你，那些失傳的聖歌，記得吧？」

比羅的聲音平靜清晰，德妮記清楚每一個字，可是，「你不一起去嗎？」比羅提到山豬，那是在西北邊桉樹搭拉再過去。

「你去，想辦法把歌聲帶回來，或是帶著姆姆去聽。」比羅遞過來幾根白髮，要德妮綁到髮辮上，「小心，別弄掉了，現在就出發吧。」露出一貫開朗笑容，比羅按按德妮頭頂：「慢慢走，快快回來。」

將銀白髮絲編紮到辮子裡，德妮跳三下：「我出發了。」

黝暗的地道氣味悶濁，德妮似乎聽見娜娃的鼾聲，經過茲曼房門，好像有火光，也許茲曼正舀出果醬含進嘴裡，德妮微微笑，輕巧走向地道出口。

一直等她站在空寂的地面，寒冷低溫讓身體抖顫，德妮才想到忘了摺好被子。摩娑臉頰，烏黑眼眸閃耀光亮，哈，「我要去闖一闖這冰天雪地！」天神奧瑪聽見自己的請求啦。

興奮的心情鼓舞腳步，德妮走向西北方，乾乾的雪無聲飄飄停停，往搭拉的這段路好走，披上白雪的樹木安靜望著她。「唷哩，德妮。」站在搭拉樹腳跟張望一會兒，很多問題比羅沒說清楚，得靠自己找答案。

長臭橘、山藥、棉花的樹叢還在，所有藤蔓草莖都乾褐變黑，甚至覆上白雪了，越過這叢應該就是出現山豬的地方，雖然也伯後來探查沒有什麼發現，德妮仍然相信，真有一個人被山豬咬傷了，「我摸過他的胳臂，肌肉結實溫熱，那是真的人！」

「可是，我看不到湖。」德妮自言自語，又往西北繼續走。路，自動出現在腳前，可是天空漸漸暗沉，溼溼的雪落下來，很急很猛的風大呼小叫。德妮摸摸髮辮，「姆姆啊，別怕，我會保護你。」拉起連身的帽篷包蓋頭髮，不讓雪花沾上銀白髮絲。

風雪中邁步，每一腳都艱難，她努力前進。「不會有危險的，你只要去做就對了。」好像是姆姆說話，又好像是自己的聲音。德妮朝空中大大呼氣：「哈！」雪花被吹歪，可憐的掙扎，她伸出手去捧住那溼答答的飛舞，好像捧住風中飄落的乾枯樹葉。

「你也是到處旅遊，跟落葉一樣。」審視手中的雪時，德妮想起自己有工作，抬起頭，她朝空中的風、雪大聲問：「你們知道湖在哪裡嗎？請帶我去。」

「走吧，跟著我一起走，我會祝福你。」北風吹掃出強勁推力，摟住德妮。不辨方向的曠野荒地，德妮幾乎被雪埋蓋身軀，還好風推著背，又把前方掃開一條小徑，毫不猶豫，德妮踏步就走：「你們是我的朋友，謝謝你們。」

寒冷和睏倦開始出現，德妮撐住身體，告訴風和雪：「到了湖，我就要睡去，請保護我。」

「放心，有北風的祝福，你會擁抱湖。」哈哈大笑的北風連吹幾口大氣，德妮半瞇著眼，覺得身體像雪花輕盈飛飄，喔，如果留在地道睡整個冬天，「我絕對沒法子這麼快樂！」

飛的感覺讓時間停止不動，等她雙腳踩到硬實地面後，一棵樹出現了，胖胖禿禿沒什麼葉子，樹身光滑黑烏烏，雪花留不住。「到了，你好好睡吧。」雪花乖乖躺在樹下，北風停住身體告訴德妮。

湖在雪地下吧！德妮歡喜的抱住胖胖樹：「唷哩，德妮，請讓我在這裡休息，請照護我。」睡一覺後還要找到歌聲，那是姆姆需要的能量……

不認識的樹有蒼老的聲音：「你帶石頭來了嗎？沒有石頭就不可能有歌聲。」

啊，還要有石頭呀，德妮搖搖頭，這是冒險刺激的旅行，她什麼也沒帶。「請等一等，我去附近找找看。」鬆開環抱樹幹的雙手，德妮又聽到蒼老的聲音：「好孩子，別離開，就在這裡等。」咦，是姆姆在她心中說話。

笑出白白煙氣，德妮重新抱住樹，像抱著姆姆。有姆姆陪伴，她滿足的睡去。

37 · 忙碌的冬天

如果說，阿貝森林的冬季呈現出安寧靜謐景象，夢幻氛圍中流動著期盼，一股重新出發的能量正慢慢蓄積。那麼相較下，烏莫朋友的洞窟營地就顯得緊張警醒，四個烏莫人毫無休息過冬的念頭。

按照原先的規劃，他們全力開挖地下通道。一整個冬季不分晝夜的工作，四個人能完成的工作量會相當可觀。

他們樂觀期待一個規模完備龐大的基地出現，像泥土下的種子樹根，一點一分地萌芽拓展，抓住土地牢牢盤據。等冬天結束，這顆種子這棵樹，會在春天破土而出，往上伸向天空，長出壯碩的樹幹、茂密的綠蔭，從一棵兩棵，發展成一排兩排，「最後是一片樹林！」比亞越說越得意，哈哈大喊。

「喂，比亞，我們在說挖地道的事。」尼耶提醒他。

樹要長成林，得許多個冬天，挖地下住所，一個冬天就足夠了。

這麼說時，他們正挖一處分岔的坡道，依據土壤地質特性，地道有時向上有時向下，為了能四通八達，地道也要適時分岔交錯，這就使地道有了高低彎折，出現立體樓層，相當繁複縝密。

敲鑿牆壁、傾聽聲響，阿大抓好距離，決定往左挪一嗦，同時向下斜挖。他的左臂舉抬有些不自然，被山豬牙劃破的傷口，長合後留下鼓凸疤痕，可能也傷到筋骨了，還要點時間才能完全復原。

「這裡，把土切開。」他喊比亞，一邊搬移腳旁擋路的土塊。

比亞拿的工具很特別，銳利細長的薄片，能插入土層切割成方塊，挖出來的土塊一方一方，不會鬆散，可以再用來做其他工事。

這是尼耶的發明。波阿從北方岩石堆帶回來的鱗片，被尼耶全都拿來做成這挖土工具。有新奇神效的工具在手，挖掘變得輕鬆，難怪他敢誇口，一個冬天就能完成地下住所。

比亞稍稍用力，推動細長薄片先畫出方形，再將利刃般的鱗片插入土層，切割出方塊，最後旋轉另一片附著的細鱗，切斷土塊和地層的連接。

如何順利拉出完整土塊呢？阿大想到一個好東西，山豬牙彎彎硬硬像鉤子，往切割好的土塊正中插下，用力一鉤拉，就可以雙手捧下來了，更利便。

尼耶、比亞、波阿佩服的看著阿大，一個人要摸到山豬牙是好運氣，別人頂多只會羨慕，可是能打敗山豬，取得山豬牙，那可得要好本領！

拿山豬牙來挖地道泥土，「嘿，阿大，我們會挖得很順利。」比亞挖得順手痛快，尼耶卻有點惋惜，山豬牙這麼用很快就會磨損了，「我設計個替代的鉤子吧。」

波阿沒出聲，笑嘻嘻摸著山豬牙，「有山豬牙，做什麼都沒問題。」波阿這麼想。

照規劃，當柴火燒的黑色石頭用完前，他們就要完成地下住所的一切工程，「冬天一結束，我們種樹的工作立刻開始。」即使知道這荒地的春天會來得遲些，阿大口氣堅定，完全烏莫人風格，不退縮，不妥協。

火光漸漸微弱時，他們通常暫停挖掘，趕緊睡覺，等火滅熄冷醒後，再升火繼續工作。不過，談論北方的奇幻遭遇總是會趕走睡意，工作中，四個人常藉這話題來維持精神，減少睡眠努力趕工，例如現在。

「那地方太古怪了。」比亞說起北方那些岩石堆。

「我差點撞上那座山。」尼耶回想手上被留下印痕的情景，忍不住敲敲胸口。受到濃霧和幻象阻撓誤導，他始終沒找到最後那座石堆。遵照阿大的叮囑，太陽落下後就回營地，未能完成探查是尼耶的遺憾。

「說不定，第三座石堆有清除印痕的方法。」黑石頭燒完了，等波阿生火時，尼耶做了這個結論。

挖好的地道彎來轉去，有時人站在這兒，同伴們聽著聲音卻見不到人，被牆壁擋住視線了，這讓他們又想起那些岩石堆。

最先走到中心會合處的波阿，見到尼耶後又等到了比亞，那時，波阿感覺地面震動，清楚聽見比亞吼叫，應該人就在附近，卻怎麼喊也沒回應，忽然就見到比亞站在面前。

「這是魔法嗎？」波阿反覆猜測，阿貝森林的歐哈兒也是這樣，一會兒消失一會兒又出現，「魔法或神蹟才辦得到。」

比亞撿黑石頭時，竟然和另一個自己爭搶打鬥，儘管明白那是虛幻的影像，可是臂膀上的淤青卻真實不假，誰打了他呢？

「我的拳頭轉彎打到我自己嗎？」比亞雙手一攤，他寧可是跟一頭山豬對打。

零星的討論外，四個人也曾特地花時間認真分析。

阿大雖然找到第三座石堆，卻竟是一團模糊影子，伸手可以把那影像撥開分割，但手指肌肉完全碰不到任何物質。「會不會只有一座石堆是真實的，其他全是幻影？」阿大看著夥伴大膽推斷。

「不，我遇到的岩石堆都各自不同，並且真實。」比亞想過這問題，他另有意見：「我想，是走的路線不同，讓我們看到各種幻影。」

會這樣說，因為比亞探查時先往南後再往東，之前遇到的濃霧並沒出現，順利走到第三座石堆，它們相隔不遠，很快就走完。

「樹教我這麼走，還說『不要回頭』，果然什麼事也沒有。」

尼耶歪著頭問比亞：「你不是說跟自己打架過？」

「我回頭了。」出於好奇心或是不信邪，要往會合地點時故意轉身走，沒幾步就有整堆黑石頭擋路！

「樹的話沒有錯，它知道進出岩石堆的正確路線。」比亞認定是探查的順序和走向不對，才觸動什麼機關跑出幻像來，跟石堆沒有關係。

路線？尼耶回想自己在岩石堆裡走，一路上刻意留下記號，以為不會迷路了，卻還是遇到幻像，要往南結果竟相反。到底怎麼走才對呢？

「這裡頭像迷宮」，尼耶指著身旁已經挖好的部分地道，四通八達、高低分層，「走錯路也不會出現怪東西、怪事情。」

看看同伴，尼耶吞吞吐吐的：「應該……可能……是……魔洞山……那種……」

哎，他說不下去了，腦子裡的想法還沒整理清楚。

點點頭，波阿看著阿大說：「魔洞山的石頭有魔力，也讓我們失去神智，它們就是夢的石頭！」

魔洞山遠在阿貝森林的東北方，扯到它未免太荒唐，波阿卻點頭，令阿大感到意外。

心直口快的比亞反問：「誰有本事拿走奧瑪的寶物？」任何冒犯天神的人都要受到懲罰，奧瑪也不可能讓這種行為繼續存在。

阿大皺起眉頭，波阿和尼耶都相信石頭才是關鍵，比亞則堅持自己的意見，四個人找不到彼此都能接受的看法，唯一都贊同的是：北方岩石堆的神祕，絕不止於鱗片、燃燒的黑石頭這些粗淺表象的東西。

結束討論再專心工作時，他們心裡有數，這個冬天要忙的事多嘍。

38・會長石頭的地洞

有些時候，挖掘會遇到岩石，萬一岩層的範圍太大，地道得改向避開，另外找出路。

尼耶順利挖好一個人能鑽爬的洞，再要朝上推進，卻被堅硬光滑的岩石擋住，靠著手掌觸摸，他先清掉土層，在右上方找到一處凹凸粗糙的石塊。使勁推搡，晃搖一陣子後，他氣喘噓噓喊比亞：「換你來吧，這大塊東西已經鬆脫了。」

岩石有時整條整層，有時互相堆疊楔卡，尼耶遇到的大石塊，材質明顯和周圍石脈不同，是被擠壓錯雜進去的，這種比較容易挖開。

波阿聽到尼耶喊，先一步來接手。把石頭上下左右一再搖動，偶爾轉一轉推一推，石頭邊緣漸漸磨撞碎裂，空隙變大了。

阻力變小後果然就將石塊拉出一根食指長度。「哇！」「喝！」口中怪喊，他抱住石塊轉推壓抬、上下碰敲。

「出來！」但石塊硬是梗卡著。瞪大眼深吸一口氣，抬起右腳蹬住牆，波阿身體整個往後仰，再拉。

「霍啊！」這一聲喊得地道重重震晃，喔，那石塊真被他「拔」出岩層了，牆上凹缺出一個大空洞，「喔！」有股乾冷氣流從小洞散溢出來，帶著點腐臭味道。冷颼颼的風吹得波阿起哆嗦，他一腳跨過竟摔下去。

「喂，波阿！」比亞趴在洞邊朝黑暗裡喊。

「我沒事。」波阿的聲音在底下。

「下面有什麼？」比亞緊張的問，尼耶也問：「那底下有多深？」

阿大點起火把墜放下去，照出的影像讓波阿很困惑：「有樹，倒著長！」

大家小心翼翼爬下去，先見到波阿撫著手臂，破皮流血了。四壁全是磋硪石塊，銳利尖突，只要一擦碰就會弄出傷口，唯一好處是方便攀抓。繼續下到洞底再抬頭看，他們爬下來的地方宛如半空裡老鷹停足的峭壁懸崖。

四個人盯著頭頂，波阿說有倒長的樹，果然他們頭上有一片片枝條，向下長了細細長長的葉子，可是主幹紮根在洞頂岩石，活像一個人頭下腳上倒掛著。

「那是樹嗎？」比亞很懷疑。

山洞高度不一，沒什麼分岔，寬窄變化多，一路彎曲折繞，火把燒完了還沒見到盡頭。

「真長！」波阿這麼說時，手抬起來竟摸到一個濕冷蠕動的物體，警覺的收手問：「是什麼？」

黑暗裡四個人感覺不到任何聲息，等視線較清楚後，阿大先看見亮亮的小點，波阿、尼耶跟著也發現，上下左右的山石都閃著光，像天空星星般耀眼，剛才火把亮著時沒見到呀。

比亞嚷出來：「這是什麼？」腳邊一隻噗噗拍跳的東西，彎身要抓時，那東西突然亮出刺眼白光，幾個人頓時眼花，等四周又暗下了，已經什麼也沒有。

「是什麼這麼亮？」「像太陽！」洞裡有星星的光點，剛才又出現太陽巨光，還會有月亮嗎？大家轉頭四處看。

尼耶先有領悟：腳下一塊塊巨石邊緣多半平整圓滑，「有點像河道。」

「沒錯。」波阿跨上一塊像平台的大石，「這種」，他轉身指著剛剛站立的石塊，那上面有凹陷的孔洞，「是水流造成的。」

阿大蹲下來，手指往孔洞探觸，迅速抓起一隻軟溜濕冷的東西，像一片細長葉子，黑漆墨烏。

「你抓到了？」比亞以為是那個跑掉的東西，但阿大手指捏住的物體靜靜不動，波阿伸手拂摸，也不像自己碰到的傢伙。

手指緊捏著，提防手中東西溜走，但即使沒有任何掙扎蠕動，它還是從阿大手指下滑出，不見了！

是我的手指酸麻了？鬆開了？阿大難以置信，伸手再去掏摸，嘩，腳底突然不穩，平台巨石傾斜搖晃，「怎麼搞的？」

「空空轟轟」，石塊震晃出巨大音響，聲勢嚇人。

波阿、比亞和尼耶同時間喊：「洞要垮了！」「快逃啊！」「阿大，快跳！」

來不及思考，四個人分別跨跳，往不同石塊逃，但全部石頭都在推擠亂動，沒有哪一塊可以安全站定。

阿大腳下石塊整個掀翻，他冒險跳上山壁一塊伸凸的白亮石頭，左手臂一陣疼痛，差點兒失手跌滑。

波阿站在山壁凹洞裡目瞪口呆，他清楚看見洞底石頭被舉高、推開，從下方擠出來另一塊大石頭，碰撞擠壓時有火花，有燒灼味，還有喀嚓聲。

「長出來的石頭！」尼耶驚魂未定喊著。被翻轉的石塊騰空後，他死命抱住頭頂上的「樹葉」，正巧見到阿大滑落，平台巨石被一顆新的大石頭擠推破開，看起來就像種子發芽出土。

「波阿」「阿大」，尼耶急著喊，「樹葉」上閃爍的藍光竟是小蟲子，在他身上手上爬，乾硬的樹葉似乎隨時會脆裂斷落。

「你跳得過來嗎？」比亞宏亮聲音在他面前山壁間，尼耶定下心看仔細，不遠，應該可以。

比亞扶著洞壁讓出位置：「跳過來就行，這裡很安全。」

「嗚嗚」「空空」的響聲小了，洞底石頭回復平靜。尼耶放開手跳向比亞，身子墜落時覺得有冷風，他腦中蹦跳出一件事：這風，從哪兒吹來？

才站定，阿大的聲音由對面傳出來：「尼耶、比亞，見到波阿了嗎？」

「我沒事。」波阿走出凹洞，喔，正巧在比亞、尼耶位置的下方。

再度會合後，他們逆著風找出口。

爬在尼耶身上的蟲子大約四五隻，樣子像螞蟻，伸手要抓時，阿大阻止他：「別傷害牠們。」

讓藍光螞蟻先爬到自己手上，再輕輕吹氣，把牠們移到山壁上。阿大對小東西說：「奧瑪保佑你們。」「嘿啊，嘿啊，一路平安。」

「奧瑪……奧瑪……瑪……瑪……」

「嘿啊……嘿啊……啊……啊……」

咦，山壁轉述阿大的話語，來來回回，傳過山洞每一處。樹葉像聽懂意思，窸窣摩娑，聲音輕細清脆，彷彿在回答：「卡阿——歐基伊加，卡阿——歐基咪嗎，卡阿——努基歐那央拉夏，努基歐那嘿啊央拉哈，卡阿——歐基伊呀——呀呀啊——」

柔和悠揚的語調，又好像在吟哦詩篇，朗誦美麗歡樂的故事。

樹葉們反反覆覆，一遍又一遍說，直到四個人聽熟了，跟著哼，臉上有笑有光采，心情愉快，他們才發覺：自己在唱歌！

阿大曾希望有烏莫族的歌舞，但他們只會簡單的「嘿」「啊」叫吼，現在他們學會轉音、高低抑揚，四個人起先還唱得有些彆扭生硬，不久就唱熟宛轉的旋律，微含下巴、縮斂肚皮，讓聲音衝上鼻腔頭顱，忘情痛快的哼吟，沒有人想停止。

39・發現湧泉

迎風唱歌，邁步前進，烏莫人用心記牢歌詞和旋律，身旁那些倒著長的樹、藍光螞蟻、會發芽破石的石頭種子、教唱歌的樹葉、神秘發光的山洞……在沒有留意下都隱入背後曲折蜿蜒的黑暗。

直到強勁的風吹得他們閉嘴，瑟縮身子，因為唱歌而發熱的身體迅速冰冷，亢奮心神也即刻清醒。

「喂，這是什麼地方？」對著陌生景象，比亞詫異極了。

沒有想像中的洞口，他們已直接走出地面；也沒有山石屏遮或樹木罩蓋，他們站在空曠荒野。

幾撮乾黃草莖匐趴地上，風呼嘯狂吼，雪花飄飛，陽光陰暗微弱，沒有任何能辨認位置方向的景物。想循原路走回去，轉頭竟找不到剛才的地洞。

短短時間裡，雪已經改變了地面的樣貌。

阿大翻身趴貼，地底的歌聲聽不到，耳朵裡卻有水流聲，就在他身子下。

水？

真的是水！

流動的水！這裡是南邊小河嗎？

傳入耳裡很真切的水聲，讓四個人一時間傻了。

「挖看看。」波阿撿起石頭。

原本強勁颳吹的風停歇了，雪也被天空留住，不再飄落，太陽露出光芒。

「感謝奧瑪。」比亞笑開眉頭，問阿大：「要挖嗎？」

當然，不過，「我們要先禮讚奧瑪。」阿大提醒夥伴。

入冬後一直留在地底下，隔了很長時間才又見到太陽，喜悅、熱情、信心、希望，一下子都貫注到心裡，「感謝奧瑪」，四個人仰頭向太陽高喊。

深深鞠躬，阿大發自內心虔誠呼喊：「奧瑪，請保佑。」無所不能的天神，請指引教導烏莫人，得到想要的答案。

隔著土層，地下水聲像心跳一樣清楚，四個人跪在地上圍成圈，挖開土石。才挖一掌深，泥土中已有溼潤，再挖下去，水滲出來了。阿大拿山豬牙用力插入泥土，轉轉掏掏。

哈，一股水柱跟著山豬牙衝出土層，清澈溫暖，捧入口中嚐，甜甜的，吞嚥下去，喉頭滑潤全身舒服，雨水都沒這麼好喝。

源源不絕的水持續往上噴，水量豐沛，像有一條河在底下。

波阿喝完一捧水，又伸手來接，一口一口喝得笑哈哈。比亞也喝了一肚子飽，「喂，我們像不像樹木啊？」他問尼耶。

「咕嚕」一口喝下，尼耶用濕濕的手心揩抹臉面：「像，我們會像樹木一樣長大。」飽足的感覺不只有肚子，連手腳筋肉都流竄鮮猛力量，整個人真的像澆渥後的樹木，枝條伸舉，葉片張展，生機蓬勃。

這是天神賜給他們的禮物，有了水，他們的樹木會長得好，不用多久就會有一大片林木，「烏拉森林很快會出現！」波阿難得這麼興奮。

比亞笑嘻嘻唱起那首歌：「卡阿——歐基……」明亮陽光很暖和，喝了湧泉，身心舒暢，他忍不住想唱歌。

波阿跟著哼起來，美好的旋律和咿哦的詞句都還清楚記著，但是波阿唱出了另一種意思：「好啊，樹葉的歌多溫柔；好啊，樹葉的歌沒憂愁；好啊，古老的歌一波又一波，奧瑪的光照耀洞裡的我；好啊，我唱的歌長悠悠長悠悠。」

簡單的歌詞協韻優美，居然也能跟比亞的歌聲融合，尼耶驚奇不已，眼裡閃著歡笑。

阿大將山豬牙插入水中堵住出口。「感謝奧瑪！」再次仰頭禮讚，陽光在他臉頰留下一團溫熱，阿大心頭清朗，知道是奧瑪的撫摸稱許。

「現在怎麼辦？」比亞問。要找到剛才的地洞？或是要先回營地？地底湧泉如何處理？

「地洞要找出來。」那是聯通地道和地面出口的一段，「從我們的地下住所來到湧泉，這應該是最近的路。」尼耶認真說服大家：「辛苦挖出來的路線，怎麼可以就放棄？」

「風！」波阿想起來，冷颼颼的風讓他們在挖開石塊後發現地洞，為了探究風的入口，又迎風走到這裡。「應該問風」，波阿看看阿大：「向風打聽地洞入口，它一定知道。」

阿大點頭，只是目前沒有風，要等風來嗎？

尼耶忽然想到什麼，整個人僵直坐正，眼珠滴溜骨碌轉。

看他這樣子，比亞心裡七上八下，波阿也凝住笑容，阿大看著尼耶歪向右邊的頭，靜靜迎住尼耶眼神，等他開口。

「那個惡魔石頭，就是夢石，不會錯！」尼耶瞪大眼睛告訴比亞、波阿。

哪個石頭呀？波阿莫名奇妙，剛才說的是風，為什麼扯到石頭！

「啊」，比亞立刻明白，尼耶說的是那個被奧瑪用神光嵌入山頂的黑色圓石，「是夢石？」比亞搖搖頭，不會吧，怎麼可能出現在我們身邊呢？

「它藏著秘密。」波阿喃喃自語。聽起來名字很美妙的夢石，是惡魔嗎？

「我們要先想辦法找到地洞。」阿大還記得那塊圓石頭，但夢石和它的秘密，實在不必急著這時候討論。

看向天空，奧瑪賜給溫暖的光，冬日明亮，笑呵呵俯瞰大地，一旦北風吹起，光熱又將消失，灰暗天色跟酷寒低溫立刻會籠罩曠野。

阿大眼裡閃跳光芒，「偉大的奧瑪，請多給我們一些指點，請保佑並教導烏莫人，順利回到營地去。」他在心中虔誠請求，腦袋裡迅速思考。

烏莫族會呼風喚雨，儘管不知方向，阿大依然唸動咒語，朝前後左右大聲呼喊：「動起來，動起來！吹吧，從你該來的地方吹過來！我的頭髮等著，我的衣服等著；風啊，吹起來！讓我聽見你的口哨，風啊，大聲回答我！」波阿、尼耶、比亞安靜等著，眼睛張望彼此的頭髮。

正當他們聽見「潑潑」聲音，以為風吹來了，地上忽然噴起水柱，山豬牙被水沖高，阿大機警接住它。湧泉在地面流出一條水路，薄薄的積雪即刻融化，淡淡煙氣跟著水流過四個人腳邊。

奧瑪要它去哪裡？

水流得極快，才眨個眼已經流出很大一片痕跡，沒有溝渠河道，水豪氣的奔逛，碰到小石頭就跳出水花，它四向漫溢，彷彿要擁抱大地，洗除所有積雪。

被山豬牙戳出的泉眼只有兩根指頭寬，水卻不絕流出，比亞兩隻手都堵不住。

「可敬的奧瑪，請將這泉水賜給烏莫人，請容許我把它收進地底。」阿大當機立斷，向天神祈求後唸起咒語。

「哈哈，我來了。」空中呼嘯狂吼，波阿的頭髮散亂，遮蓋頭臉；比亞的衣服被吹開；水被噴飛立刻凝成冰珠，打在尼耶和阿大臉頰手臂。

「哈哈，我來了，我的口哨夠大聲吧。」北風笑出一陣陣酷寒，地面很快有層冰，流散四處的水慢下腳程，白白煙氣越聚越濃。

努力抬頭看，太陽仍然照耀天空，但雲層開始堆擄，四個人手指僵痲，不能再等了！

「你能帶我們進入地洞嗎？」阿大退後幾步，仰頭問時，波阿把紅頭巾綁繫額頭，北風扯不散他的頭髮，呼呼直吼。

「哈哈，我走過許多洞窾，任何一個孔穴我都進去參觀，樹上、石上、水裡、地底，太多洞了。」北風朝他們呼出大大一口冷氣：「你們說的是哪一個？」

「就在這附近，有個石頭會發亮的地洞，你是怎麼進去的？」比亞抓緊衣服問。

北風想吹他的肚臍，被衣服擋著，改朝比亞的耳朵吹氣：「哈哈哈，很多洞裡有發亮的石頭，它們都在這附近。」

飛快在他們身旁繞一大圈，北風往地上大大口呼氣：「你們問哪一邊？」

40・神祕的聲音

為什麼北風要故意刁難呢？尼耶很著急，太陽已經收起光亮，再耽擱下去，四個人會變成冰柱。

阿大眼裡精光閃爍，再問：「地洞裡有會唱歌的樹，要從哪裡進去呢？」

「哈哈，我的歌聲最響亮，我只聽見我的歌聲。」北風巧妙的閃避問題，天空開始飄落雪花，它們被呼呼狂笑的歌聲招來了。

鼻頭落下一片溼涼，叫醒發呆的尼耶。「等一等。」他舉手揮舞：「你能吹進地底多遠？」

北風撞進尼耶的手心想親吻，見到黑色印痕又呼地倒退，繞著尼耶手掌打轉。

尼耶一邊趕雪花一邊吼：「我猜，地底洞穴的石頭會拒絕你，黑暗的地洞會讓你到處碰壁。我猜，你只能在洞外徘徊，在洞口亂叫，你不敢走入那個地洞，除非樹葉唱歌為你帶路！」

揮動的手掌晃出一片黑色網罩，雪花們恐懼的退開，北風咆哮大吼：「你錯了，沒有什麼能拒絕我，只要有洞我就能進入，樹葉唱歌那是為我喝采歡迎。」

「來吧，證明你說的話。」扯下波阿的紅頭巾，阿大高高舉起：「把它吹入地洞，讓發亮石頭照見它，我們要看你能吹多遠。加油，吹響地洞裡的樹葉，讓我們聽見歡迎你的歌聲。」

紅頭巾被風吹得飄飄欲飛，阿大抓緊不放：「別說你找不到地洞，別說它不在這附近，只要你有一絲軟弱，有一點退縮，我們都會看得清清楚楚。」

紅頭巾「颯颯」響，北風捲起一陣一陣寒氣，暴怒大喊：「放手！」

阿大手指鬆開，頭巾立刻飛出，四個人緊盯它的去向，拔腿追趕。顯目的紅色很快飛過乾黃草堆，波阿跑在前頭，只看到頭巾低飛貼地，瞬間不見。

「這裡！」波阿搶步上前，看似平坦的地面有一道細縫，北風抓著頭巾闖進去了，人要怎麼進入這小小一條空隙？

「好像有聲音。」在地面裂縫的周圍摸索，尋找開關，尼耶話才說完就覺得身體往下沉。

「喂，開了，你怎麼弄的？」比亞大聲喊，黑呼呼裂縫無聲息的分出上下，如同怪獸張開大口，「快進來！」他喊大家。

往洞裡面走，細碎光點閃爍著。看見他們，北風著實嚇一跳：「你們怎麼進來的？」颼颼冷風朝尼耶的眼睛、鼻子、耳朵、嘴巴強勁灌注，打定主意要穿透這些洞竅。

「不告訴你。」感覺北風的挑釁，尼耶忙用手遮護臉面。

「你果然有辦法，你進來了，可是，我們沒有聽到樹葉的歌聲，樹葉們不歡迎你。」阿大抬頭大喊，他的眼珠炯炯發光，銳利眼神在黑暗中如同光束，直逼舉抓紅頭巾的北風。

慚愧的收斂聲勢，北風靜靜退出地洞，不被歡迎的客人的確不該逗留。「還你。」紅頭巾軟塌塌飄落，波阿一把撈住。

尼耶喘口氣，雙手揉搓身體，差點被吹成冰硬岩石的那一刻，他的手掌也快斷掉了。

「唉，真吵！」低沉嘟囔的聲音把四個人全嚇一跳，洞裡還有別人！

「什麼人？」阿大注意腳下，一塊塊石頭堆壘，暗影空隙很容易藏身。

「誰？」波阿站定雙腳，朝對面石壁仔細找，任何一處凹凸不平的洞裡都可能藏著人。

「哈哈，我又來了。」北風颼颼吹，勁道更強了：「我沒聽見樹葉唱歌，你們也不受歡迎。」風在洞裡飛飆，拍撞每一塊石頭：「哈哈，沒有什麼力量能拒絕我，聽到沒，我的歌聲最響亮，哈哈哈……」洞裡呼呼咻咻轟轟響，真的很吵。

欸，「你錯了。」比亞和尼耶從岩壁上跳下來，風勢太強，稍微攀抓不牢就會摔跌。

「樹葉教我們唱歌。」尼耶躲在石柱後，不讓北風摸到。

「是你的耳朵不靈光，聽不見歌聲。」喜歡大叫大嚷的人，往往是耳朵聽力有問題，「奧瑪保佑你。」比亞才說完，洞底又傳出巨響，腳下劇烈搖晃，啊呀，四個人忙離開河道找洞壁窩藏。

「我走了。」北風衝得更快，怕被塌垮的洞囚禁。

洞底河道的石頭傾斜、翻轉，硬生生擠出幾塊新石頭，尖銳粗礪，阿大縮起腳，發覺新「長」出來的石頭把河床填高了些。

沉住氣唸動咒語，阿大想跟石頭對話：「睜開眼，打開口，嗚哩萝，嗚哩恰……」沉悶含糊的聲音果然傳出來：「唉呀，你們不能安靜點嗎？」

這是人的聲音！但怎麼聽都抓不準發聲的位置。

「你是誰？」阿大試著引它開口。

「綠苔，或綠苔石頭。」

這回答讓四個人驚奇，封閉乾冷的洞裡，會有長綠苔的石頭？

「你在哪裡？」

「洞裡。」

很不耐煩的聲音，感覺就在自己腳下。波阿低頭看，圓溜光滑的石頭沒半點苔蘚；尼耶四下摸索，指掌皮膚沒有柔軟濕潤毛絨絨的觸感，長綠苔的會是在另一頭嗎？

「這地方不可能有苔蘚。」比亞根本不相信石頭會說人話。

「烏莫人，這地洞裡長樹也長石頭，你說可能嗎？」

嗄，被一口叫出身分，四個人驚訝極了：「你認識我們！」

哼哼，綠苔石頭悶著聲，不甘不願的回答：「只有烏莫人才會動不動就念咒語。」

「你是從河裡長出來的？」尼耶急著開口：「這裡每塊石頭都會說話嗎？」

「別打岔！」說話被打斷，綠苔嘟囔的口氣很火爆：「你，你，你，開口就是『你』，我討厭沒創意的問話！」

碰個硬釘子，尼耶一時語塞，洞裡突然間安靜了。

波阿打量過四周，都找不到聲音來源，「我想見你。」他乾脆直接要求。

「行。」兩點晶亮白光，應聲在他對面的洞壁閃爍，兩三次後消失了。

波阿心頭砰砰跳，那兩點光，很亮！

比亞和尼耶沒料到綠苔石頭會發光，只顧往石堆裏面找，瞬間一瞥下看不清什麼。

阿大故意裝傻：「為什麼只看見光點，綠苔石頭是光嗎？」

回答他的是周圍乍然亮起數不清的彩光，有些是飄搖的光帶，有些是明滅閃爍的光球，有些是微小精細的光砂，在洞裡上下左右，遠遠近近亮晃著。

阿大迅速查看剛才兩點白光出現的洞壁，整片凹凸不平的石壁上，沒有能躲藏的裂縫也沒有苔蘚。

光，也是一種傳達訊息的方式。每一塊石頭都閃出光亮，爭著「說話」。眼花撩亂看著這一片喧嘩，烏莫人認真讀取訊息，可是，直到所有光都暗下，眼裡靜歇不鬧了，他們仍一無所獲。

石頭說了什麼？

比亞抓抓頭，彷彿知道卻說不上來：「它們很興奮，有事情要告訴我們。」

波阿只看懂一件事：「石頭有生命！」他迷惑又震撼。

「洞裡的光是怎麼來的？」尼耶大聲問：「我不認為石頭會自己發光。」

「哼」，不耐煩的口氣再度出現：「烏莫人，你也發光，你眼裡的光是怎麼來的？」

「生命都有光，在這洞裡，每種東西都有生命，大家都有自己的光。」綠苔好不容易緩和語調。

41・綠苔石頭

神秘的聲音把話題轉到地洞，阿大求之不得，追著問：「誰挖了這個洞？」

「不知道。」又冷又硬的答案後，綠苔說出他的遭遇：

「我觀察這個洞很久了。第一次看到時，它的大小剛好夠一個人站著，很普通的一個洞，但是它有生命！

地底石層會無緣無故隆凸，劇烈搖晃之後就多出石頭，這種事情每隔一段時間就發生。

生命有修補改造的力量，這些石頭也有，它們慢慢都變得表面光滑，不再粗礪割手。

這個洞會長石頭也長樹。有一次我被石頭掀舉，撞上洞頂，以為會受傷破皮，不料一雙手掌護著我，什麼事也沒有。

仔細看那雙手，是兩片嫩葉，從洞頂石壁鑽出來，小小薄薄貼著壁面，被我當成泥塵土塊忽略了。

這種嫩葉後來又陸續出現，而且越長越大，有了莖幹還分出枝條，我心想，那就是一棵草或是一棵樹，卻被小啄木嘲笑。」

「禿禿禿禿，禿禿禿禿」，奇特的敲叩聲打斷綠苔的話，四個烏莫人同時抬眼，真的有隻黑白花紋的鳥停在洞頂，抓住樹葉用嘴喙敲打著樹枝，結實的聲音證明樹材堅硬。

「別鬧笑話，這不是普通的樹或草，看清楚，這些都是魚，不是葉子。」

小啄木鳥的話讓尼耶嚇得跳起來：「怎麼會是魚？」

「是魚，藍光螞蟻不吃魚，只跟我搶樹上的小蟲。」小啄木又禿禿敲幾下，很快飛不見。

綠苔石頭繼續說他見到的事情：

「樹長得慢，石頭長得快，等石頭長到樹葉的高，它們就會滾出去，想留都留不住。

洞也在長大，從一個彎轉增加到兩個、三個……

滾出去的石頭通常會撞壞石壁，留下凹陷破裂，洞會痛得發抖扭曲，幾乎癱塌，不過，樹唱出的歌聲在洞裡面迴響，用力撐住洞壁，讓它恢復強壯。

受傷的洞並不修補石壁，但歌聲停了後，它會改變樣貌，可能變寬、變窄，或更高、更矮，也許往上、往下，它有生命，它會改變，它是動的、活的。」

停了一會兒，綠苔石頭才說：「我不知道誰挖這個洞，我還在觀察，尋找答案。」不可思議的故事！

無法理解的情節太多了：為什麼綠苔石頭可以留在洞裡不必滾出去？一個石頭，如何得到述說故事的能力？

「你看見我們打挖石壁，進到洞裡，對吧？」阿大不相信綠苔的故事，他一定是聽了大家的說話，編造出這一堆事情。

波阿抿嘴微笑，他喜歡這地洞，如果把倒長的樹種到烏拉森林，讓所有生命都聽到歌聲，「那一定很好。」波阿想著心事，不料，洞頂樹葉唏唏嗦嗦搖下許多藍光螞蟻，全落到他身上。

「喔！」「哎！」波阿趕忙拍趕，一邊抬腳離開原本站的石塊。

密麻麻的藍色光點在石塊上爬走推擠，竟然變出圖案，阿大驚訝的唸出聲：「尊重生命」，這是烏莫文字！

用圖案表現，只有學習過咒語的烏莫人才會讀寫的烏莫文字，為什麼藍光螞蟻能夠精準排出來？這不可能是巧合，忽然出現在這裡，是要回應什麼呢？

「原來是烏莫文字呀。」綠苔石頭口氣訝異，好像洞裡常見到這種圖案，「我猜，紅頭巾有什麼念頭。」

「我？」波阿有點兒侷促：「我想把唱歌的樹種到烏拉森林。」所有生命都能聽到好聽的歌聲，對大家都有幫助，「這念頭不好嗎？」

比亞笑起來，波阿想得好，這麼做，烏拉森林會吸引很多生命，變成美麗新世界。

這很不錯，「我看不出有什麼不好。」尼耶點點頭。

藍光閃現出的字型還沒散亂，阿大更加確定，這裡有什麼生命正在聽他們說話，而且想要表達意見，是樹?或石頭?螞蟻?它們怎麼會烏莫文字?

「烏莫人了解樹嗎？」綠苔的聲音冷酷嚴厲。

「不是每種樹都該種在泥土裡、曬太陽、喝水、吹風。」

「每一種生命有自己適合的環境和習性，尊重生命，就要給他們選擇的自由。」

「這裡的樹不見得能在你們的森林健康生長。」

「把人的想法加在其他生命身上去實行，就算沒有惡意，卻不尊重生命自己的意向。」

「長魚的樹，種在森林泥土裡，真會比種在這山洞河裡好嗎？」綠苔石頭嗤嗤哼哼，像嘲笑又像數落，說了一大篇。

歪著頭，雙手推推佈滿凹坑細洞的大卵石，尼耶很不服氣：「長在樹上的就叫做葉子，魚沒有水根本活不下去！」

「爬上去！」綠苔石頭聲音又冷又硬：「歪頭的烏莫人，爬到洞頂去，張大眼瞧瞧，看見了什麼？」

會看見什麼？

抓著岩壁攀到頂，頭臉貼近樹，眼睛看到的樹葉，有葉脈紋路，乾褐色，比亞很確定：「這的確是葉子。」

尼耶抱住樹幹，學樹那樣頭下腳上倒立。喔，他驚訝的喊同伴：「阿大、波阿、比亞。」不停東張西望，眼睛瞪得圓鼓鼓，他看見了什麼？

「都到洞頂去，跟他一樣的看。」綠苔的聲音在阿大和波阿身旁催促。

藉著樹的支撐，四個人腳勾住洞頂岩壁，倒懸身體去看地洞。

有雲，一朵一朵飄浮在頭頂，那原本是洞底，堆滿石頭，現在看起來全都是雲朵。有魚，一群一群湊聚在礁石邊，啃吮苔蘚藻類，那原本是樹木和葉子，翻轉角度和高度後再看，其實都是魚和藻蘚。

「有水！」波阿大吃一驚。水光流過他身體，漣漪蕩漾的波紋閃晃光點，可是鼻孔自在呼吸，嘴巴一樣說話，耳朵照常聽聲音，這水光，跟魚群一樣，穿過他的身體，好像沒有他這個人！

再怎麼保持冷靜清醒，阿大還是免不了震驚迷惑。他先是伸手去抓摸魚群，接著蹬腳抬頭，「這不是真的！」阿大喝令自己回復理智。但是，魚鰭拂過手，水光映入眼中，人的肉體柔軟溫熱，到底哪一樣不是真的？

「嗚哩架，嗚哩踏，綠苔石頭綠苔石頭，嗚哩卻，嗚哩煞。」阿大默默在心中唸尋物咒語，一邊爬下岩壁。關鍵在綠苔石頭，唯有找出這說話的傢伙，才能弄明白地洞的秘密。

離開洞頂樹木前，尼耶特意抓握壁上岩石，「最有可能在這裡。」他想。長柱石塊堅硬扎手，旁邊圓滾盾石冰冷粗糙。腳向下伸，移動身體重心時，手腳感覺稍微滑突陷下，尼耶機警摟抱盾狀石頭，猛力踢開腳下的平削石塊。

「喔」「啊」，吼聲和悶哼同時響起，一片黑影跌晃跳開，停在阿大前方，兩顆晶亮光點在那黑影上眨閃。

「粗魯的傢伙！」黑影氣沖沖喊完，轉轉頭，扭扭脖子，還揉揉腰。

啊呀，這是個人嗎？比較像石頭！

世界上有石頭人族嗎？竟然會說話，有感覺，還會運動！

個子跟小矮人差不多，可是小矮人族有這種長相嗎？全身黑通通！

「根本沒有綠苔！」比亞有被騙的感覺。

「你是石頭還是人？」阿大銳利眼神直盯住那兩顆光點。

「我叫綠苔石頭，不代表我是綠色石頭。」毫不退縮的輪番瞪視四個人，綠苔石頭說話的口吻好像在玩猜謎語：「你看到的不是你看到的。」

哎呀，這真是出乎意料的事！

42 • 靈魂的聖歌

看見石頭人的形體，又聽見石頭人說的話，憑著天生直覺，烏莫人認定綠苔沒有敵意，比亞鬆開揑握的拳頭，阿大回復平和眼神，尼耶索性大膽開口：「我看到的河也不是河嗎？」他伸手畫一圈：「這個洞也不是洞囉？」

「咦！」綠苔答非所問：「把你的手給我看看。」兩隻手掌心的黑色紋線，看得綠苔沒空說話。「這是什麼？」尼耶連問兩次，綠苔反問他：「為什麼你手上有阿貝文字？」

尼耶全身一震，抽回手看了又看。

「上面寫什麼？」阿大曾想過那是文字，但除非綠苔是阿貝人，說得出黑色印痕的意思，否則都只算盲目猜測。

「我要再看看。」拉過尼耶的右掌，直立掌心，綠苔邊看邊描摹，吃力的辨認：「色石堆……陣……」

「陣」字特別奇怪，綠苔描畫好幾次才恍然大悟：這些字左右弄反了。

「唸完了沒？」手心被畫得一陣癢，尼耶不耐煩的問。

「用夢石消解」，放開尼耶的手，綠苔把第二行字一口氣唸完。

瞪著尼耶和阿大，綠苔兩顆晶亮眼珠射出神光，直透入烏莫人心中：「說吧，阿貝文字寫在什麼地方？如何印在他手上？」

阿大讀出那眼神裡面的質疑，這不是歐哈兒，但睿智有神的眼光不輸歐哈兒，他一定是阿貝族的智者！

「不完全知道。」阿大向綠苔彎腰，誠懇回答。尼耶跟著開口：「我們還沒弄清楚。」懾服在那如電光的眼神下，尼耶收起輕蔑態度。

比亞和波阿發楞呆立。石頭人竟然只靠眼神就卸去石頭外貌，露出昂揚挺拔的姿態，這個聲音蒼老可是氣度威嚴的阿貝人，和阿貝森林裡那群和善朋友大不相同。

坐成一塊石頭的阿貝老人，倚著洞壁瞬間便失去身形，尼耶以為壁上有機關，想撲上前，屁股剛抬動就被凌厲的眼光瞪住。

「坐下！」低沉喝令他，綠苔半教訓半嘲弄的告訴四個人：「閉上眼睛，在這裡，耳朵比較管用。」

阿大率先照做，如果你看到的不是你看到的，那就別堅持「看」，改用「聽」的吧。

波阿、比亞跟著坐下，尼耶很尷尬，心裡嘀咕：有可能連聽到的都不真實哩！不過，他還是坐到阿貝老人身邊，而且刻意坐得像塊石頭：縮起脖子，拱駝著肩背，兩手垂放在盤坐的腿窩間，最後，閉起眼睛。

「我看見你們敲破牆壁進來，又唱著歌走出去。」綠苔話題一轉：「烏莫人，你們是如何找到這個洞？」

「水看見你們從阿貝森林過來，種樹、挖水溝；我聽見你們每晚敲敲打打，不知忙什麼；北風看見你們走進來，認為你們有神祕的印記。」

「到底，你手上的阿貝文字怎麼來的？」

這些質問都在阿大意料中，但綠苔似乎不急著聽答案，他改用奇特的腔調說話，讓四個烏莫人完全聽不懂。

地洞裡忽然傳出水流聲響，很清楚，很近。尼耶、波阿和比亞睜開眼尋找，周圍「波波」「嘩嘩」「咕嚕咕嚕」的聲音，就在阿大和綠苔之間。

阿大也察覺異樣：烏莫咒語竟然自動在心頭盤繞，被咒語封在地底的水傳出聲音，它們在說話！

阿貝智者竟然能召喚咒語封存下的水！

沒等他們想清楚，綠苔指著洞壁問阿大：「烏莫族有尋找東西的咒語嗎？」

「有。」阿大點頭，但是，要找什麼呢？

「文字」，綠苔的話簡單、急切。

「嗚哩架，嗚哩踏……」一直閃爍幽微光點的洞壁，在咒語下慢慢浮顯出金紅光彩的圖案，那果然是字，一共六行。

「唸出來」，綠苔催促阿大。

「時間源自……」四個烏莫文字下有兩個葉脈圖案，阿大不認得。

「黑暗」，綠苔替他接下去，啊，是阿貝文字。

第二行由兩個阿貝文字起頭，綠苔先念：「古老」，阿大接著唸出：「烏莫的悲劇」。合作唸完這一行，接下來是：「夢石送回聖地」，「解開迷失的咒語」，「尊重生命」，「重現自然」。

四個烏莫人很快聯想到北方石堆，胖胖樹曾說那是迷失的咒語，又說夢石有秘密，想不到，古老烏莫的悲劇也跟夢石有關聯，烏莫人不由得亢奮躁進：「去拿夢石！」

看比亞和尼耶要跨步，阿大和綠苔同時喊：「等一等。」「回來！」

頭頂上流動著光彩，有字，在樹葉間亮起來，是葉脈紋形字，也是烏莫圖案文字。阿大先讀誦：「祖先的禮讚」，「靈魂的聖歌」。「咦」，綠苔唸出來的也是這兩句。

樹葉搖晃間，光線游移，兩種文字疊在一塊兒了，變成樹葉飄擺，又像是牽著手的人在舞踏，空氣開始輕細微妙的波動。

雙手貼胸，綠苔發出雄渾的禮讚聲：「嗡——」

阿大跟著仰頭，胸口熱氣衝上鼻腔、頭顱，「嗡——」共鳴震得他腦袋暈脹，趕忙再換成「嗯——」深呼吸、放鬆喉嚨後好多了。

這是做什麼？尼耶、波阿、比亞不知所措，要跟著哼嗎？空氣裡有神奇震晃，三個人不自主的張開口，同時間，樹葉們唱起歌來，柔美清揚：「卡阿——歐基伊加……」引導他們加入歌唱。

渾厚低沉的「嗡——」「嗯——」禮讚融入歌聲，將原先的宛轉旋律變化成莊嚴聖歌，彷彿小矮人追隨祖先，亦步亦趨，又好像天神教諭小矮人：「好好聽著，阿貝小矮人；好好聽著，烏莫小矮人；好好聽著，小矮人的祖先守護土地，小矮人一代一代不要忘記；好好聽著，小矮人啊，做好你自己啊。」

歌聲帶領小矮人走入時光長河，祖先的古老傳說一一浮現心頭，他們眼裡不覺湧出淚水，喉嚨有些哽咽，又怕歌聲中斷了，忙收起感動專心唱頌。

歌聲裡聽不見自己的聲音，尼耶以為自己唱得不夠大聲，努力放開嗓門、加大音量，卻發覺刻意突顯的音色不但刺耳難聽，也讓聖歌優美和諧的氣氛變了調！他不敢再尋找自己的聲音，重新融入大家的共鳴唱和中。

動人的旋律讓人精神放鬆，愉快平靜。比亞聽著美妙合聲，感受到心靈無比澄澈安祥，如痴如醉的他，欣賞耳朵裡縈繞的聖歌，竟忘了開口唱，不覺就閉住嘴，像貪看路邊美景而停下腳，脫離行列。

哎呀，壯闊雄渾的聲音怎麼軟弱、單薄了？比亞不敢休息偷懶，忙收攝心神開口再唱。

跟上旋律後，聽著聖歌再度和諧豐富，比亞感到安慰，心中不斷叮嚀自己：別少了你這一份力量！

是的，這才是靈魂的聖歌！波阿有點明白了：沒有祖先的禮讚，歌聲只是悠揚輕快，加入禮讚後，旋律依舊，但歌聲比初次聽到時更莊嚴壯闊，涵蘊更大的力量，會震撼心靈神魂，讓聽到的生命都放下雜念，接受歌聲召喚來聆賞，來沉思，誠心敬服。

頭頂上的光采弱了，文字消失，樹葉靜歇，歌聲飄繞迴盪在洞裡。

綠苔停止哼吟，看著烏莫人：「去拿夢石吧。」他神清氣爽，腰背伸挺，不是鈍拙石頭也不是傴僂老人，即將要面對的任務，正符合他挑戰冒險的人生，和烏莫人合作會更刺激。

43 · 找出夢石

阿大帶頭回洞窟營地，這一段路程夠他們把探查北方岩石堆的發現說清楚，連夢石如何被挖鑿到，如何弄得他們差點翻臉都沒有遺漏，甚至，尼耶連手心印上的圖案會吸引黑色石頭這種小事也提到了。

親眼見到四個人徒手挖出的地下住所，綠苔對烏莫族另眼相看：「烏莫族，了不起！」

綠苔雖然還是步履穩健，一路上跟著彎腰蹲膝、抬腳跨腿、匍匐爬行、攀援跳躍，樣樣都行，但他畢竟老了，速度不如阿大四個人；持續耐久的移動沒問題，敏捷俐落的程度就明顯不及了。

多聽多看少開口，是他保持精神體力的秘訣，幸虧烏莫人滔滔不絕，輪流敘述描繪又互相補充強調，綠苔的沉默沒被注意，懸疑神奇的遭遇更挑起他一探究竟的企圖。

「咒語」、「聖地」，應該都在北方，水還告訴綠苔：「請北風帶路回聖地。」至於「夢石」，美麗的名字必有精采故事，如果沒有線索可以查探，一知半解的猜測其實於事無補，就像烏莫人現在說的，全屬推斷，好的是，他們有線索又得到指點，結論或答案終會出現。

走出營地，「噢」，帶頭的比亞喊一聲，煙氣從他口中冒出，天氣真冷！爬上山頂後，搬開山頂石塊，嵌壓在山石裡的藍黑色圓石立刻露出，阿大和波阿動手挖取圓石，尼耶、比亞繃緊臉，遲疑著不敢伸出手去碰觸。

看烏莫人凝重的臉色、小心的動作，彷彿可怕事情就要發生，綠苔不敢大意，仔細瞧看石塊裡露出來的東西。

「咦！」視線凝注，藍黑底色上的金色線條讓綠苔心中一跳，擠上前，湊近再端詳那些圖紋。

「這是阿貝文字！」

奧瑪在這圓石烙印了訊息：「夢石」，他大聲唸。

天神用極典雅優美的字體畫出這兩個字，葉脈紋形字的每一筆劃都是一張葉片，構成華麗繁複的圖案。阿貝文字可以這麼美！綠苔雙手貼胸，默默禮讚：「阿貝人綠苔向奧瑪致敬。」

回應綠苔一般，圓石上圖案倏然亮起光，「夢石」兩個字飄出石頭。

「啊！」烏莫人欣喜若狂，這果然是夢石！奧瑪的神光驅走尼耶和比亞心中的惶惑，搶身來看圓石。

興奮的情緒燃燒著，烏莫人凍僵的手指奮力掰開石塊，手指觸碰間，圓石冰冷平滑的感覺提醒他們冷靜。

「拿起來，拿起來。」尼耶喊著卻沒伸手，綠苔捧起圓石，反覆翻看。

「奧瑪寫了什麼？」阿大問。

確定文字順序後，綠苔恭敬唸出聲：「夢石，吸納夢境，穿透思想，時間的寶物，無限的化身。」

「接下去的字應該由你來唸。」綠苔將石頭遞給阿大。

「我不……」阿大很意外，阿貝文字一個也不認得，怎麼讀呢？

接過夢石低頭看，被綠苔唸出的字隱隱有光，阿大注意到，還有一些烙痕靜靜沉默著。呀，用葉片當作線條畫出來的圖案有點眼熟，居然是烏莫文！

「夢石持有者，化解咒語，回復生命。」阿大忍住心中激動，沉著聲調唸。天神奧瑪所寫畫的烏莫文字，把原本粗俗簡單的圖案修正為莊重大方的美麗形象，這讓習慣隨便畫就文字的阿大驚喜慚愧，字，原來也要認真講究筆畫和諧。

「這是什麼意思？」比亞的話打斷阿大沉思。

「生命可以回復嗎？」比亞看阿大也看綠苔，眼光最後落到夢石上，他嚇一跳，每個圖案竟然都露著光微笑。

這是真的嗎？比亞甩甩頭、眨眨眼，再張大眼睛看。真的，每個字都對他微笑，輕笑、淺笑、抿嘴笑、呵呵笑、擠眉弄眼笑、點頭笑、皺鼻子笑，所有字都有臉有表情，全在笑。比亞傻傻跟著笑，奧瑪用笑回答他的問題了。

很美的字，「能教我嗎？」對色彩敏感的波阿喜歡美好事物，主動問阿大。

拍拍波阿肩膀，阿大溫和爽快的說：「好。」他知道波阿單純喜歡美麗事物。「找個時間，大家一起學吧。」他對尼耶、比亞點頭說。

尼耶的心思還留在夢石上，看綠苔和阿大先後把石頭拿在手上，一點事兒也沒有，莫非奧瑪的神光和文字把惡魔壓制住，這石頭不再邪惡了？尼耶忍不住靠近夢石。

猜想尼耶也有興趣學認字，阿大順手將夢石遞給他：「看熟了，學起來就容易些。」

下意識伸手去接，夢石竟然自動吸附到尼耶手心，「哇！」他微微吃驚，「奧瑪保佑！」

摸起來很平滑，神光烙印的字無損圓石表面，可是石頭變重了，重到尼耶拿不穩、捧不動，勉強用腰腹頂住肘彎，人都站不直，想把石頭還給阿大也沒辦法。夢石重得像座大山，壓得他從彎腰、屈膝到跪下來，那樣子，讓人覺得尼耶在向夢石膜拜。

綠苔迅速伸手拿走夢石，阿大機警去阻止，比亞也來抓綠苔的手：「你做什麼？」這寶貝是我挖到的，是烏莫人的，阿貝人憑什麼搶？

閃過比亞，把夢石交給阿大，人站到另一邊，綠苔問跪倒的尼耶：「發生什麼事？」

直到尼耶慘白著臉站起身，阿大和比亞才發覺錯怪綠苔了。

「你又看到邪惡的眼神？」比亞扶著尼耶難以置信。

搖搖頭，尼耶喘著氣，心口砰砰跳。「它好重！」沒有清冷懾魂的眼神，也沒有紛亂的影像或聲音，可是，「重得像座山！」

阿大和綠苔單手就能拿動的夢石，尼耶卻說像座山，重到拿不動，波阿詫異得從阿大手上拿過夢石，是有點兒重，但一隻手還能負荷。美麗的文字依舊有光、微笑，波阿很困惑，這些字似乎飄浮在夢石表面，並沒有留下凹凸痕跡，「文字有魔力嗎？」

綠苔不以為然，神聖莊嚴的文字不可能邪惡，「它們只是傳達訊息。」

呼呼颯颯，北風在他們頭上笑：「要我祝福嗎？」抓亂頭髮、扯掀衣服，看看五官、摸摸手腳，「颼」，北風兜轉一圈又來。

「請把你的祝福吹向北方。」阿大頂著風大聲說：「帶我們去北方。」

風一下子弱了，「我從北方來，你們迎風走就對啦。」北風委婉拒絕請求。

「看這裡。」綠苔要波阿舉高夢石，讓北風清楚看見石頭。

「聽我說」，綠苔的神情像祝禱，低沉渾厚的話音，像走過漫長時間的蒼茫水聲：「帶它，還有我們，去聖地。」「看清楚它，你會知道該怎麼做。」「我們聽從奧瑪指示，信任你的帶領。」

一波一波晃動拍打的水聲，穿過遙遠夢境傳送過來，冷冽清澈，北風兜圈子聆聽注視，喃喃自語：「這是真的嗎？我又聽到那水聲了。」

「夢石、聖地，終於又被想起來了嗎？」風聲猛地尖銳高揚，「呼」，寒氣吹入文字筆畫間，被石頭收下。

北風顫慄退縮，啊，連酷寒都不敵的冰冷，深沉無底吸納一切的夢石，不要把北風承載的祝福都收走了，那是許多生命冬季的夢呵。

「走吧！」北風吹出響亮口哨，如果夢石準備好了，聖泉也重新歌唱，那麼，就把冬季的美夢連接到聖地吧！

「小矮人，閉上眼睛，用你的耳朵指引腳步，我的祝福會帶路，方向只在耳朵裡。」

44・走向聖地

走吧，能夠尋求美夢是種幸福，走吧，走吧！「我將帶你們走向今年冬天最美的夢境。」北風彈開一塊石頭，放聲大吼。

小矮人緊跟著北風。空曠蒼茫的荒野，四面望去灰濛陰暗，所有空間全平掉了，沒有高低遠近前後，連彼此距離都看不準。

比亞試著喊叫：「波阿，等一下。」聲音立刻被風吹散，北風喝斥他：「安靜，別製造噪音。」

綠苔閉著眼，穩健踏出每一步，北風清楚在他耳朵發聲：「很好，左腳跨開兩步大，往右前方踏兩下。」「右腳一小步，往右邊轉……」

很快的，比亞也抓到要領，呼呼風聲變成明確的指示：「左邊、左邊，繼續往前直走……」

「停！」北風大吼：「走偏了！」

比亞心一驚，感覺強勁風力推著他的左腳，忙提起腳，順著風勢向右前方跨兩大步距離。

「好，再轉向右邊，直直向前。」風聲小了。

尼耶偷偷睜眼看，發現自己站在白皚皚雪堆中，根本沒有方向，也沒法兒留記號，還是用心記住北風說的路徑吧。

「走啊，往前直走。」北風邊推邊喊：「左腳抬高，再高一點。」左大腿被風抬起來，腳板被風拉出去，左肩左腰左半屁股被風用力掃用力推，尼耶重心不穩跌在地上，「砰！」硬實的聲音像石頭摔在泥土表面，痛啊！

「專心點，不聽話會掉下深洞。」北風的怒斥嚇得他爬起來乖乖走。

捧著夢石的波阿，沉迷在石上的文字圖案，走得一腳高一腳低，歪歪倒倒。「波阿，閉起眼睛，聽北風的指引。」阿大停腳等波阿。

「別讓他拿夢石。」北風提醒阿大。

遞出夢石後，波阿聽見北風貼著耳朵大聲喊：「清醒點，向前拼命跑，直到我喊停才停。跑！」

看到波阿拔腿跑，北風咻咻嘯嘯又來催阿大：「喂，換你了，走吧。」阿大覺得風推觸背脊，左腳被北風緊抓，阿大放穩重心，右腳撐住身體。

「好，換右腳抬高，向左轉一大步，很好。」北風拍拍阿大臉頰，朝他頭頂用力哈口氣：「祝福你。」

冰冷透骨，寒氣從頭直貫腳底，全身猛然一震，麻麻癢癢後筋肉骨架感覺都散開拆解了，很快就升起一股輕鬆舒服。

「別煩惱，什麼事都不會有問題。」意念間彷彿有這樣的聲音流動，阿大愉快自在，精神抖擻。

「祝福你。」「很樂意為你祝福。」「送你一個祝福。」「你需要我的祝福。」北風狂呼大喊，朝小矮人用力哈氣，每個人都要得到祝福，一個也不能漏掉。

冷得打哆嗦，冷得抱頭蹲下，冷得拱背彎腰，冷得搓手跳腳，北風把小矮人裹在一大團冷風裡。它不斷叮嚀：「收好我的祝福。」

完成帶路和祝福的工作，北風累趴在雪地上，再也起不來，它得要好好休息一段時間。

突來的安靜讓空氣沉悶停滯，「到聖地了嗎？」五個人深呼吸，睜開眼睛打量四周。

天空晴朗，深藍光亮，視線移向地面，光禿禿的荒地，幾堆小小少少的石頭，稀鬆平常，就跟他們走過各地見到的沒兩樣，一點特殊都談不上。

「這裡不是北方岩石堆。」比亞很確定，尼耶有同感：「和我們那時見到的不同。」

「不神秘。」預期中的震撼沒出現，波阿很失望。

「你看到的不是你看到的。」綠苔說。等北風睡醒再問它吧，也許，「我們應該睡一下。」他真的合起眼，坐成一塊石頭。

阿大突然想到夢石：「你要回聖地，是這裡嗎？」眼中的疑問落在夢石文字，奧瑪的美麗書寫讓這塊石頭更加神秘特殊，它應該知道自己將歸屬何處。

抬腳跨步，波阿四處走：「真的是這裡嗎？」剛說完，壯碩個子忽然「蓬」一聲，跌進什麼窟窿，不見了。

尼耶驚慌大喊：「波阿，你在哪裡？」

比亞跟著來看：「人呢？」

警覺有陷阱，阿大阻止比亞、尼耶：「別過去！」

「安靜！」同一時間，綠苔也低聲喝斥。像石頭枯坐一般的阿貝智者，低垂脖子，嘴裡發出「潑潑」「撥撥」「啵啵」，水一般的聲音。

阿大趴到地上凝神細細聽，是有水珠跳動的「兜兜」「拍拍」，烏莫咒語在阿大心念裡閃現，是那股地下湧泉，它們流到這裡了！

「把湧泉放出來，它們要回聖地。」綠苔轉述水的訊息。
取出山豬牙，先滾過手心三次，再戳兩手的虎口後，阿大默唸完咒語，將山豬牙朝腳下泥土刺，但土地硬實，山豬牙插不進去。

「奧瑪，請容許我烏莫族的阿大，把湧泉從地底放出來，感謝奧瑪。」誠心祈求後，再次把山豬牙小心輕輕轉，往土裡插。

用力掰晃，確定它插進土地了，阿大又唸一次咒語，這才拔起山豬牙，等著水冒出地面。

綠苔迅速蹲下朝那小洞眼說話，可是，沒有水流出來，連咕嚕滴兜聲也沒有，只有綠苔自言自語的聲音。

烏莫的咒語失效了嗎？

比亞不想再浪費時間：「別管水了，我們先找波阿吧。」

斜睨一下阿大，尼耶臉上寫滿嫌惡，幹嘛都聽這阿貝人的話？

「不管波阿，這怎麼行！」「聽阿貝人的，呸！」腦中忽然出現比亞和尼耶的心念，阿大驚訝的抬頭。

沒等阿大回答，尼耶在前，比亞在後，已經開步走向石子堆。硬實地面瞬間變成陷腳的軟泥，空氣劇烈湧動，地面和石子浮晃扭曲，四個人同時感到頭昏眼花，胸口窒悶、呼吸困難。

驚慌中四處望，啊呀，景象變了，眼前一棵胖胖大樹，三座石堆矗在周圍，是比亞和阿大初次探查北方時見到的那些石堆。

整個空間還在膨脹擴大，地面不斷延展，空氣波湧著，東西一樣一樣出現，綠苔驚奇得雙手插腰輕輕搖頭。

「喂，水呢？你不是說水會帶路？」尼耶吼著，聲音才衝出兩片嘴唇，就抖顫消失在空氣中。

背對尼耶的綠苔也在說話：「水樹！」樹身胖嘟嘟，葉片很小很少，完全靠根部吸取水份，能夠儲存一條小溪溝的水量，這是水樹。

景物在這一瞬間回復正常，呼吸不再有壓力，胸口一鬆，聽力恢復後，「這是水樹！」「水呢？」「找波阿。」「嗚哩架……」

攪亂成團的話語換來短暫安靜，三個烏莫人一起看向綠苔，等他開口。

綠苔讀著三對眼神，指指胖胖樹，語句盡量簡短：「這是水樹。」

綠苔看向阿大：「湧泉說，聖地被咒語保護，水只能帶我們進入咒語中，解開咒語是小矮人的責任。」

「解開咒語才能見到聖地！」阿大皺起眉頭。

「水樹能提供訊息。」綠苔提醒阿大。

「好，就這麼辦。」阿大朝比亞點點下巴，比亞心領神會，上前把臉貼向樹幹。

比亞抱住水樹問：「水樹啊，你知道咒語嗎？有人被困住了，我們要解開咒語，你知道要怎麼做嗎？」

耳朵裡的聲音有氣無力：「水樹快沒水了，是誰還記得這名字呢？」「咒語不是我的事，我只能叫你走進去。」「找到古尼阿壁，回答上面的問題。」

蒼老疲倦的聲音越說越低沉，最後停止在「快去吧」。

45 ・古尼阿壁

聽到比亞轉述水樹的回答，「古尼阿壁」四個字讓綠苔一愣，「啊……」在喉嚨裡硬生生吞下去。

「古尼阿壁是什麼？」阿大銳利眼神捕捉到阿貝智者驚訝詫異的表情：「你一定知道。」

綠苔搖頭，「只是聽說過。」古老的傳說，可能是個地方，是顆石珠，或是什麼生命，「跟水有關。」

這是什麼答案？尼耶很不滿：綠苔一定藏了很多重要訊息沒說出來；阿貝族雖然友善，卻不保證這個人可以信賴；他沒跟族人一起生活，想必是被阿貝族驅趕拒絕……

一道水流突然冒出冰硬地面，從阿大腳尖往右推湧。那水，在冰雪下閃映細小藍色光點，就像地洞裡的藍光螞蟻。

「走吧。」阿大招呼大家。

「它們在帶路！」比亞追著水跑，綠苔、阿大緊跟比亞，尼耶故意落在最後。即使看到水真的來帶路，他還是懷疑綠苔另有詭計。

比亞跑在前，藍色水光像游走的魚，穿梭在石頭堆裡，迅速擺動身體彎曲前行。他不知不覺跑出玩興，猜測水的下一個走向，一心要踩在這「魚」的頭上。只是他怎麼加速都落後水光，總踩不到「魚頭」。

「比亞，小心點。」覺察比亞的念頭，阿大忙出聲提醒。

「看你往哪裡跑！」「不信追不上，哼。」比亞不認輸，忘了這是在咒語中，執意要追。

正當他加大步伐，以為就要踏住魚頭了，水光突然停住不動，比亞煞不住往前衝的力量，整個人猛地超越水光，衝入空氣中。「啊！」他慌的大吼。

啊，「比亞！」阿大也喊，往前衝的比亞憑空失去身形，連聲音也聽不見，像波阿那樣在眼前無端消失了。

綠苔本能的往地上水光看，果然，藍光也消失了，那道水痕在冰硬雪地留下一串裂紋，飄出白白淡淡的煙氣，是文字！

落後的尼耶看見比亞帶頭衝，卻在路徑右前方岔出，一個跨腳後瞬間消失。他急得三兩步趕到阿大、綠苔邊，還沒開口就聽到阿大的聲音：「找出古尼阿壁，進去回答問題。」

唸完地上兩行字，阿大皺眉頭，古尼阿壁要從何找起？冒煙的水紋讓尼耶有了靈感，高舉雙手用力往左右推開。

「奧瑪保佑！」喊聲裡，一片黑色石牆赫然出現在水紋正前方。約二人高，上面滿是黑色紋路，和他手心上的圖案線條有些神似。

紋路浮現在石牆上，不像鑿刻，密密麻麻全是阿貝文字。綠苔大聲唸出來：「彩色石堆陣式，不可輕易嘗試。」「迷失的咒語保護聖地，需用夢石消解。」「解開石陣咒語，方法在古尼阿壁內。」

看尼耶瞧著自己手心，綠苔點點頭：「你摸到這片石牆了。」

石牆最上面有一處掌形凹陷，裡面有字，「那上面寫什麼？」阿大瞇眼仔細看卻無法辨認。那應該是個開關，但高聳直立的石牆，除了文字再沒有能攀抓的施力點、踏腳處，他盤算著要怎麼上去。

尼耶退開兩步，怕碰觸石牆，他甚至也不願阿大去冒險。「你上去！只有你認得阿貝字。」脫口對著綠苔說，尼耶眼睛瞄一下隨即避開綠苔的眼光。

「好。」爽快答應出乎意料，阿大不相信：「你想出方法了？」

神聖的阿貝文字不可以攀抓踩踏，「你把我舉高，行吧？」綠苔的辦法很簡單。站在阿大高舉的雙掌上，綠苔剛好能平視牆頭上的掌紋。

「古尼阿壁」，綠苔大聲喊，掌形凹陷裡竟然是這四個字，古尼阿壁是這片石牆，不是石珠也不是生命。

尼耶歪著頭問：「你要摸摸看嗎？」

綠苔正有此意，可是手掌伸出還差了一根指頭的距離，「再靠近些。」

阿大把視線固定在石牆一點上，慢慢挪移腳步，注意力在手臂和腳板，等站定後才發現，自己眼裡對著一個月亮，皎潔飽滿，浮在一大片深藍水中。

忽然，月亮轉過臉來，咦，這是一隻魚，圓圓白白，嘴巴小小，呼著水泡。又一個轉身，呀，魚微笑著，似乎「啵」出一串笑聲。

「古尼阿壁的夢境裡有魚、水、月亮……」盯著石壁，阿大有點失神。

綠苔把手放進牆上凹痕用力壓按，覺得石牆冰冷無比，一股力量抵住他的手掌猛然往外推，綠苔身體搖晃，舉著他的阿大穩不住手腳，「啊！」「喂！」旁觀的尼耶還沒叫完，綠苔和阿大已經跌成一團。

石牆露出一個洞口，暗黑神秘，隱約有聲音，阿大和綠苔貼地凝神聽，卻沒有任何動靜。

拿起夢石，阿大朝洞口走，尼耶習慣性的轉頭張望。背後的一片空曠荒野和滿地冰雪，正逐漸吞下剛剛來時路上的石堆，尼耶趕緊跟住綠苔，生怕自己被吃了。

進了洞，眼睛適應黑暗後，三個人大感意外。

「這是那個地洞？」阿大看看綠苔和尼耶，眼光有詢問，口氣掩不住驚奇：「那個會長出石頭的洞？」

細細辨認，越看越確定：「我從這裡把你抓下來。」尼耶指指岩壁，綠苔被發現後，那位置空了出來，頭頂上就是樹，「我記得很清楚。」

「很好。」綠苔自言自語：「古尼阿壁，古尼——阿壁，古——阿尼——壁……」

阿大低頭看，神識穿透石頭，一隻豬躺在裡面，頭被自己踩住了，阿大趕忙移開腳。再看，每塊石頭都是一個生命，綠苔站在一隻猴子背上，尼耶正要踏出的腳下有隻青蛙……

「禿禿禿禿，禿禿禿禿」，洞裡響起這聲音，尼耶立刻認出來：「是小啄木鳥。」

「這裡有些什麼？」小啄木鳥問得莫名奇妙。

「生命。」阿大鄭重回答：「這裡有許多生命。」

嗯，綠苔點點頭，有道理；尼耶也覺得阿大回答得好，比自己想說「人」這種答案高明多了。

不料，回答完問題的阿大忽然不見了，像波阿、比亞那樣，沒任何徵兆甚至連動作也沒有，阿大就這麼消失在眼前。

尼耶驚慌得轉頭找，唉呀，大片冰雪已經堵在石牆洞口，「從地道出去！」他強迫自己鎮定，找安全的路。

「禿禿禿禿」，小啄木鳥飛到綠苔頭上問：「現在在哪裡？」

「古……」尼耶搶著開口，但綠苔更早回答：「『現在』已經過去了。」聲音宏亮篤定，答案卻很奇怪。

「錯……」他急著伸手推綠苔，想重新回答，但綠苔被小啄木鳥啄一下，也沒了身形。

「笨蛋！」尼耶氣壞了，「古尼阿壁」就是答案，有什麼不清楚的？回頭看，糟糕，冰雪已經快把石牆吞完了。尼耶雙腿發軟，勉強開步走，「快快快，往自己挖的地道躲，那裡很安全的……」

「禿禿禿禿」，小啄木鳥飛在他耳邊又來問：「你來這裡做什麼？」聲音大得像石頭砸落地，轟轟響。

「我……」「我來……」心頭被震得沒主意，尼耶張口結舌不知怎麼回答才好：「我來……找……方法……」眼角往後瞄，一座大冰山正朝他倒下來。

「讓我出去！」尼耶驚慌吼叫，覺得腳跟被冰雪抓扯，身體飛高騰空，他伸手亂舞，滿天飄落的雪花很快埋過這小小身軀，只剩一隻手掌露出黑色印痕。

46・拆解石陣

安靜中有「滴」「兜」聲，阿大仔細聽，好像是鳥，還是兔子，或者是樹、水、風、石頭、泥土……許多生命同時開口出聲，混合成一種悠忽縹緲的音響：「準備好了嗎？打開耳朵聽清楚，仔細記牢了。」

喔，是說話聲：「跟隨引導，碰到石堆，拿走石堆上有字的主石。」「碰到圓樹墩，把夢石放在樹墩中心，唱聖歌讓夢石沉入再浮起。」「遇到大坑，把夢石滾進去，跟著夢石走過大坑。」「見到樹，夢石放在樹洞，石陣會撤除，咒語會解開。」「唱歌的水，得到風的祝福，日月的注視，生命將回復……」

「準備好了嗎……」聲音一遍又一遍，重複同樣的話語，阿大聽第三遍時突然覺察身邊有人。

「還不走嗎？」是綠苔。

阿大睜眼，發現自己和綠苔站在一堆堆石頭間，尼耶趺在地上伸出一隻手，阿大把人拉起來。

綠苔指指前方，藍色水光伸伸縮縮，像條魚左擺右擺，「出發吧。」

這回尼耶自願走在前，以為一切都會很安全，誰知，水光速度很快又隨時改變方向，他跑得歪歪倒倒狼狽不堪，心裡叫苦：「早知道就排中間……」

終於，水光停在一座黑色石堆前，黑石頭有大有小，寫了字的「主石」，會是最大的？最上面的？還是最裡面的呢？

「應該是這個。」綠苔招呼阿大：「來看看。」

石堆頂上有顆石頭，畫了圖案，綠苔看著像字，阿大第一眼認不出來，換個位置瞧，是烏莫字「古」。阿大姑且試試，左手去拿，沉甸甸推不動；改用右手抓，也拿不起來；放下夢石雙手去搬，「古」還是不動如山。

阿大心裡喊「奧瑪保佑」，再將它轉個幾圈，覺得石堆抖動滑散，手上加緊快轉順勢一掀，「古」石滾落下來，「彭」「彭」「彭」連著巨響，地面卻平靜沒事。

能感應心識的阿大，不意間瞥過一顆壓在外圍的淡黑色小石頭，感覺有異，伸手拿起來。這石頭離開石堆立刻「彭」掉落地面，三個人都嚇一跳！

「喂，怎麼不早點來？」居然是比亞，在他們後頭大聲抱怨：「我被關在石堆裡，差點悶死。」

尼耶正詫異著，綠苔已經喊：「要走了。」

水光早已游出一嗦長，阿大跳下石堆先去拿夢石：「快跑！」四個人才抬起腳，整座石堆煞時崩毀，石頭塌散一地，殿後的比亞跳起來，躲開一顆滾過來的大石頭。

藍光魚加速游，跟著出現紅色石堆，這回阿大留意找，沒感應到什麼。主石是個寫了「時」字的大石頭，壓在最底下，這該如何弄出來？

擅長堆砌石塊的尼耶指點阿大：先抽掉另一側中間一小塊石子。

「踢它！」指著有字的大石頭，尼耶像在下命令。

阿大坐下來伸腿，想一想，他改用雙手推。「霍」，力量送出去後，石堆傾斜了，再推一下，空隙更大了，順利把主石移出來，整堆紅石塊搖搖欲墜，只要誰大喊一聲就會塌垮。

四個人拿起夢石就去追藍光魚。這帶路的水光老早跑出好遠，停在白色石堆前。阿大迅速查一遍，沒有感應，波阿不在這裡。主石寫著「解」，落在最頂上，毫不困難就拿下來，石堆穩穩不動。

看大家忙著離開，比亞很奇怪：「喂，不須要拆散它嗎？」被這一喊，整堆白石頭自動塌了。追上尼耶時，比亞還有點心神不定，石頭竟然會聽話！

又經過一堆褐色石頭，阿大撥開碎石塊，找到褐色柱型主石，上面是「夢」字。已經第四座了，還沒發現波阿。尼耶、比亞很著急：到底有幾座石堆呀，還要多久才能作完這些事？

聽見他們心裡的話，阿大沒作聲，正在做的事關係許多生命，眼前的行動不但要堅持，而且要快！

「奧瑪保佑。」丟出褐色石柱的同時，他忍不住大喊。

焦急，在腳下也在心中，「波阿呢？」「下一座石堆會找到他吧？」「還有機會嗎？」三個烏莫人跑得不輕鬆。

地面冰雪開始融化了，水滲進土石，腳底可以感覺泥土不再堅硬冰滑，泥濘路面不好走，可是藍色水光依舊靈動迅速，綠苔漸漸落在隊伍最後。

奔跑、找字、取出石頭，同樣的事情一再重複，過程雖然順利，但沒有波阿的訊息讓阿大皺緊眉頭。心識穿透地面發現，一處又一處的根系萌發竄長，荒地下，很多草木正準備冒出來。

時間，已經睡醒了！

藍光魚又停住腳，阿大定睛看，右腳邊一塊黑色圓形樹墩，樹皮龜裂斑駁，「我見過這石墩。」他想。

「這東西，躺上去一定很舒服。」比亞跟尼耶好奇打量，這不是石堆，要怎麼處理呢？

最後趕到的綠苔繞樹墩看完一圈，樹皮的裂紋是阿貝文字：「唱聖歌，驗夢石！」綠苔虔誠的雙掌貼胸，「嗡——」發聲禮讚。比亞、尼耶被他渾厚滄桑的音色打動，跟著加入歌聲：「卡阿——歐基伊加……」

把夢石放在樹墩中心，阿大也恭敬禮讚，「嗯——」低沉的共鳴讓歌聲穩定厚實，莊嚴優美的旋律飄揚在空氣中，古老祖先的歌詞韻味雅樸，彷彿召喚土地上的生命來聆聽。

風聲呼咻，鳥兒啁啾，水聲滴兜，比亞閉起眼享受耳朵裡美妙聲音。尼耶垂下頭，每次聽聖歌就覺得有清澈的水流進意念，洗淨心頭的懷疑不安，他喜歡這種平靜詳和的時刻。

聖歌唱完一遍後，原本輕輕晃動的夢石慢慢沉入樹墩內，旋轉幾次後看不到了。一遍一遍的唱聖歌，撫慰心靈的歌聲有充沛能量，綠苔像舒服睡過一場，臉上皮膚透出光潤，再次擁有靈敏的心智和勇健體能。

歌聲旋繞在樹墩上，聲音弱下被吸走後，輕輕穩穩的，夢石浮出來停在空中。四個人停止歌唱看著它，奧瑪的美麗字跡消失了，石頭周圍隱約發出濛濛光暈，

「快！」綠苔催促阿大，藍光魚跑遠了。

恭敬捧起夢石，阿大趕忙追趕。眼睛看向荒野，啊，到處都在冒綠芽，地底下的植物全活過來了，凌亂散落的石塊下已經見到草葉尖。

神識裡察覺呼喊，阿大搜尋的目光落向埋在土裡的小褐圓石，上頭一道紅色細紋讓他停住腳。

挖出褐色石頭拋向空中，他大喊：「波阿！」奧瑪請保佑，聖歌靈魂請幫我呼喚，「是你嗎？波阿？」

仰臉望，飛高的石頭變成鳥兒拍翅飛走，連串叫聲「嘰嘰嘰嘰……」好像說：「是是是是……」

「是這邊！」

聽到聲音，四個人齊回頭，綁紅頭巾的波阿就在身旁，側臉盯著左邊：「大坑。」他認得這凹窪。

「喂，你……」比亞、尼耶剛要問他話，阿大催著要走：「快點趕路。」夢石已經滾下凹地，隊伍要跟著夢石走過大坑。

約四五嗉長的坑，對邊就在下一步，腳抬起來就會到，誰知他們一直沒走出坑。

波阿往右瞧，哇，坑陷下成山坡了。比亞再看左邊，一樣，坑變深也變大了。尼耶回看走來的地方，竟是漫長遙遠，坑簡直就是大山谷。

明明大坑的邊緣已不遠，踏出去的腳總是還差一兩步，帶路的夢石隨意翻滾，就像藍光魚一樣，猜測不到下一個落地處。

47・送回夢石

跟著夢石走入大坑，地形變了，周圍是一個美麗的大草坡。

草木沿著大坑周圍站立趴仆，夢石正在解讀土地的夢境：有綠茵草地，有茂密樹林。

腳下每走一步，周圍就是一種季節景色，不斷遞嬗變化，先是一季一季，後來變化加快，忽而明媚忽而暗晦，眨眼間，溫暖、涼爽、炎熱、舒適、寒冷、冰凍，日夜、四季，各種天象氣候交替，一季、兩季……一年、兩年……十年……百年……時間就在他們腳底下飛快過去，被咒語封住的土地，是要把時間全都走過一遍嗎？

一隻小彎嘴畫眉鳥飛過去又折回來，停在阿大腳邊，「勾勾勾勾」大叫。

「去年那棵大樹呢？」小彎嘴畫眉問阿大。

「那邊有樹，去看看吧。」阿大微笑指出方向。

生命力勃發的土地帶出信心和喜悅，五個人同時聽到了聲音，從空氣中、土地裡傳出來，細微又輕柔，像風在歌唱，或沙子在吟誦，音調優美極了：

「聽啊，唱歌的水說話啦；聽啊，唱歌的水在呼喚；聽啊，唱歌的水高興的讚美月光，唱歌的水要大家高興的牽手跳舞；聽啊，唱歌的水動人歌聲多嘹亮啊。」

耳熟的旋律讓他們愣住，這是聖歌，古老祖先留下的禮讚，原來是所有生命共同的靈魂聖歌，能夠用各種語言唱詠，可以莊嚴神聖，可以悠揚輕靈。

啊，夢石跳一下，停住了，它已經讀完土地的夢境。

他們終於走過那個「坑」，當殿後的綠苔站定身回頭望，嗯，那個坑應該說是「谷」或「坡」才恰當吧。

藍光魚又跑出來，任務還沒結束嗎？「跟著它！」阿大捧起夢石，五個人同時拔腿。

水光帶路，不久又停住。一棵很高很壯的怪樹，站立在綠油油草地上，樹頂梢長了十幾片小小如指甲般的綠葉，沒有分枝，樹身很粗，卻是一綹綹一條條，像髮辮絞扭在一起。

草葉們仰望怪樹，窸窣搖顫，像被安撫要入睡的嬰兒般，咿嗚呢喃：「伊加」「呀嗎」「伊加」。草根、沙土，所有罅縫也唔喁吁呵的沉凝低語：「央那夏」「央拉哈」。

五個人靜肅環視，猜不出眼前美好的氣氛接下來會有什麼轉變。

藍光已沒入草地，手掌托著夢石，阿大悄聲問：「有樹洞嗎？」

「先聽聽故事。」「耐心點。」

回答他們的是輕輕慢慢的天籟，尼耶和綠苔聽出是水的聲音，比亞、波阿耳朵裡有樹蒼老溫和的語調，阿大卻感覺是土地在跟他說話：

「時間源自黑暗，從天而降的巨石先落在西邊，把地面砸成凹坑，巨石向東彈飛出去，直立插入地面，變成一座發光的大山。」

「雨水、冰雪積聚在西邊凹坑，形成一座大湖，美麗深邃的湖水會唱歌，歌聲取悅天神也撫慰生命。」

「湖水閃爍發光，照映東邊的大山，山也看著湖，它們親密交談，用彼此的光傳遞訊息，交換力量。山與湖都是天神的寶貝，得到天神的照護。」

「像月輪圓圓發光的大魚夢拉莫拉，喜歡從湖底鑽出來在湖中玩鬧。一次，魚尾把湖底洞石推開，漂流失蹤，湖底破了洞，湖水漸漸乾涸，變成凹坑。」

「湖水流失啟動天神設下的咒語，彩色石陣堆出幻像，保護湖不再被侵入。夢拉莫拉大魚被困住，死了，留下鱗片；大蛇卡伊契陸闖入凹坑，也困死在裡面。牠們的身軀肉體填滿湖，僅存的湖水被水樹收留在樹身內。」

「石堆繼續留在原處，等待漂流遺失的洞石回來填補湖的破洞後，咒語和石陣才會撤除。」

「不聽水樹警告勸誡，執意闖入的生命，都會失去原貌和靈魂，化成黑色石頭。」

「黑色石頭必須尋找天神印記——古尼阿壁的文字，吸附在文字上，靈魂才能安歇，否則就要投身烈火，讓火燒去咒語的禁錮。」

「聰明的小矮人烏莫，是唯一闖入石陣又逃出去的生命，卻躲不過咒語的魔力，從此改變性格迷失靈魂，偷走樹的夢，妨礙樹的生長，被奧瑪逐出森林。」

「聆聽故事的你們，快去填補湖底破洞，讓石陣和咒語撤除。」

「找到破洞，放入夢石，努基歐娜湖就會回復。」

低沉和緩的聲音，是水流，是樹木，是土地的合聲，從久遠以前的時空悠悠長長飄漫而來。綠苔心頭滿足又空虛，從未聽聞的聖地傳奇如此精采迷人，聽完這長篇曲折的故事，尋找的心願已然實現，自己這一生還有什麼值得期待呢？

阿大既欣慰又悵惘：聰明的烏莫並非天性惡劣，烏莫族人再不必因先人的過失而自卑。長久以來，烏莫人被誤解為醜陋邪惡、只會破壞土地傷害樹木，但這次阿貝人綠苔可以做出見證：「烏莫人愛護土地，設法回復生命。」

「湖的破洞，會在地面嗎？」尼耶低頭找。

「不，要先找樹洞。」阿大看樹腳根。

「這也是水樹吧。」比亞和波阿繞著樹幫忙找。

抬頭看怪樹，阿大忽然感覺不對，眼裡的樹身條絡在他神識中變成女子髮辮，有個女人被困住了，在水中！

伸手撫摩隆凸樹皮，阿大腦子出現一幅又一幅畫面：一個長髮女子走在冰雪中；女子和一個發光的人說話；她遇見水樹，抱著樹……

震驚下，景象混亂了，聲音也加進來，清亮潔淨帶著乾脆口氣的音色說：「像一片葉子去遊玩世界。」「葉子會為我冒險的熱情添加溫度。」女子重新走入冰雪中，跟著一片葉子；葉子……

「葉子？」瞿然回神，阿大仰望樹梢，那小小綠葉正是被女子追逐的葉子。靈感跑進腦子裡，阿大記起地洞內，長在洞頂的樹葉，還有倒掛身體後出現的水和魚群。

「倒懸的水！」突現的靈光催促阿大快快行動。

向怪樹鞠躬：「可敬的奧瑪，請允許我爬上樹。」伸手摸觸樹身，阿大再彎腰：「嘿啊，水樹，烏莫人阿大要爬上你身體了。」手指按按那隆凸條紹，阿大柔緩聲調輕輕說：「勇敢的女子，請把髮辮讓我踏腳。」

「奧瑪保佑！」深吸一口氣，阿大把夢石咬在口中，伸手跨腳抱住樹，踩著樹皮凸紋，小心翼翼猱升。

來到樹葉前，掀開看，沒有樹洞。再爬上樹頂梢倒轉身，縮下巴、側臉頰，費力的用眼角瞄看。

果真有發現。葉子其實是魚，附在樹皮上吸吮流出的水滴。有隻魚轉身回臉，恰恰碰到夢石。啊，魚嘴一張，強大的吸力把夢石「搶」過去，糟糕，夢石要掉了！

阿大忙騰手去抓，十幾隻魚都游過來，嘟起嘴吻住夢石。匆忙裡，兩隻魚擠靠來卻貼不上石頭邊緣，牠們互轉一圈換位置，順利湊嘴吻上去。

魚群輪流「啵」「啵」出聲，夢石被魚群吻到樹身上，阿大定睛細看，一圈魚嘴下黑烏烏，那竟然是個洞。

樹洞藏在魚嘴裡！

阿大愣住了，呆呆看著夢石卡在魚嘴，把洞塞得滿滿緊緊。所有的魚都黏貼樹身，魚嘴牢牢附在夢石上，擺動的魚身毫不客氣將阿大推落，連同他手上抓握的隆凸樹皮一起剝脫墜下。

尼耶、比亞、波阿和綠苔趕緊衝過去。「奧瑪！」可敬的天神，小矮人呼喚祢的神聖名字，請保護墜下的生命！

高處急墜的阿大，感覺被繩索懸吊，一點一點放下。啊，是髮辮，纏住他的手，正一條條一綹綹脫離樹身。

感謝奧瑪！

波阿和綠苔趕到時，比亞在後面吼：「樹倒了！」「小心！」敏捷的趴倒，滾出幾圈，地面一陣猛烈跳顫，高壯的樹倒下，彈跳滾動，擦過波阿腳板。

「噢！」「啊！」比亞看見樹根斷面也有個凹洞，「樹洞！」阿大放錯位置了嗎？

48 • 讓生命回復

尼耶覺得後頸背腰全溼了，回頭看，怪樹倒下的地方噴出一股湧泉，爭著往坑谷流去。

沙礫跳動，打出重重節拍，草葉劇烈搖扭，刷出急驟音節。「快啊」「快啊」，空氣裡的聲響不斷催促，腳底的草地開始下陷傾斜；被湧泉推撞，尼耶跌跌撲撲，要往上爬，心口也「跑啊」「跑啊」，打得他手腳慌亂。

滾向坑谷的怪樹，興奮翻轉騰越，它身上不斷流出水來，夢石藏身的樹洞每一次碰觸土地，就又彈高把樹反舉翻滾，坑谷幾乎都被樹洞碰撞過。

「夢石在尋找它的落處。」比亞看出來了。

怪樹每翻一次，土地就震動呼喊：「歐基伊加！」一次重過一次，一聲大過一聲，像是加油又像是惋惜。終於，夢石、怪樹不再反彈，最後一次落地後，突然煞住勁道，牢牢貼住土地。

「卡啊！」「歐基伊加！」土地大聲歡呼，怪樹倒立在小彎嘴畫眉出現的地方，夢石填入破洞，消失隱形的湖圓滿修復了！

拉起波阿，比亞努力站穩，「先往上走。」一邊喊一邊看，樹站在水裡頭，坑谷變成小池塘，水聚積，轉撞出興奮的泡沫。

「伊加伊加！」「咪嗎咪嗎！」空氣裡的呼喊震動坑谷，高立在坑谷外的樹木們，伸舉枝葉一齊細顫，搖出的氣流衝撞石頭空隙，它們一會兒尖聲細氣喊「伊加」「咪嗎」，一會兒低沉嗚吼「卡啊」「卡啊」，聲音在每個耳朵裡穿梭進出。草地斜落向坑谷，泉眼的水流越發猛銳，水中怪樹只剩倒舉在空中的一小段樹根，水深有四個人高了。

離波阿、比亞、尼耶較遠的阿大和綠苔，滾到草坡陷下的低處，只能就近往高處爬上去，還好這邊坡度較緩，兩個人可以從容邁步，走一陣就停腳觀看。

水還在上升，湖已經出現，可是它仍持續加寬增闊，他倆和尼耶三人越隔越遠。

「啪啪」「啪啪」，「嘰——」「嘰——」，水面上幾隻鳥兒飛旋，衝入外圍高處的樹林，又結伴成群來湖上盤旋。「伊呀呀呀」「伊呀呀呀」，「啊」「啊」，叫鬧歡呼，在頭上、身邊聒噪。

湖面水氣招來輕弱微風，撥畫出幾圈水紋。湧泉的泉眼正要探進湖水，鳥兒、草木傳遞生命的訊息，奔躍的水流、浮動的氣流，天地中盈漾著勃發的能量，「潛沉的，甦醒吧！」處處可以感受到這種呼喚，生命正在回復。

情緒跟著湖水不斷升高，念頭像眼中見到的生命，越來越複雜。阿大剛為了解除咒語放鬆心情，又見到湖的出現，掩不住驚喜，但很快就被掛慮收起欣慰神采。回復的眾多生命裡，也應該會有勇敢女子吧。這勇敢女子熱愛冒險，在冬季冰雪中出遊，即使有神蹟庇護，也無法從咒語石陣裡脫困嗎？

走上湖坡高處時，阿大舉起手上樹皮，告訴綠苔：「夢石讓我看見她。」一個女子？綠苔搖頭，「我問問水。」

轉身坐在草坡，綠苔盡量靠近水，「潑潑」「啵啵」說一陣。阿大看著湖無聲的漲高水位，細碎波紋開始輕晃蕩漾，綠苔的腳尖碰到水了，湖面上有水珠濺跳，「波波」作聲，正在回應綠苔詢問。

「可敬的奧瑪，請保佑她，讓她平安甦醒。」阿大盯住湖水虔誠祈禱。如果女子還在樹裡、湖裡，當湖水唱歌，風來祝福，太陽月亮的光映照湖水時，「可敬的奧瑪，請讓她的生命回復，請保護她。感謝奧瑪。」凝定的視線把他心中深摯掛慮傳入湖水下，祝禱的聲音被風吹向湖面，每一圈波紋都傳續這訊息。

湖面已大到看不見邊岸，水抱住阿大的小腿，冷冽寒峻的推移他。

「走吧，上岸去。」發覺綠苔又坐成一顆石頭，快被水摟住身體，阿大迅速拉起綠苔：「上岸去再想辦法。」

水告訴綠苔，有個生命還被樹保護著。「是阿貝女孩。它們會等候，生命回復時，水會將她送回阿貝森林。」口氣樂觀腳步卻沉重，綠苔對族裡年輕生命的安危深深掛念。

尼耶和波阿、比亞會合後，三人在高岸上找到一塊高聳的巨石，前端削尖斜伸在湖上空，巨石下方有個天然洞穴，正對著湖。「啊，舒服的住所。」比亞和尼耶坐進洞，可以坐躺十幾個人的寬敞空間，馬上引起一陣呵欠，但是波阿在洞外喊：「土撥鼠！」他們倆同時起身來看。

巨石矗在草叢中，大片草叢之後有樹，高高低低順著地勢，長成環繞湖的森林，樹葉紅黃褐綠都有，長成許多區塊、層次。還來不及多看幾眼森林，竄跳的土撥鼠擦過尼耶的腳，跑進草叢時停一下，轉身看他們，黑亮亮的眼睛彷彿在問：「你們是誰？」

「嘿啊，你好。」波阿蹲下來跟牠招呼，土撥鼠鼓鼓臉頰，笑呵呵前進一步，立直身體湊上來和波阿摩摩鼻頭，牠不說「嘿啊」，只會「吱吱」「嗚嗚」叫。

尼耶彎身湊上前，鼓著雙頰睜大眼，嘟起嘴模仿土撥鼠的臉，冷不防，土撥鼠轉來吻尼耶，朝他鼻子、嘴唇碰好幾下。

被意外「偷襲」，溼溼溫溫的柔軟碰觸後，尼耶嘴角僵硬，頻頻眨眼，心裡有熱流，直直望進土撥鼠烏亮眼珠。在那兒，他看見一張臉怪模怪樣：「我怎麼歪著頭！」擺正頭頸，嘴臉也放下作怪，尼耶笑得輕鬆歡喜：「來，拍手。」他跟土撥鼠說。

「呱呱」，「嘎嘎」，「阿阿」，鴨雁叫聲又粗又響，土撥鼠跟尼耶擊過掌匆匆跑開，波阿和尼耶朝牠背影喊：「嘿啊，奧瑪保佑你。」「一路平安。」

草叢遠處，一隻羌跑進樹林去，牠的三兩隻同伴正在咬嚼樹葉，比亞喔喔叫出聲：「這裡有不少動物。」

氤氳霧氣飄在湖上，又擴散到岸邊、地面、森林。朦朧白紗裡，雨絲開始飄落，土地上的所有景物都洗浴在雨霧中，泥土、青草氣味混入清涼沁冷，胸口、鼻孔呼吸到森林特有鮮淨芳香的空氣。

三個人爬上巨石，迷濛樹影在遠處，青綠墨黑疊出起伏層次，這就是聖地，草木蓊鬱，廣闊恬靜，生命的能量流洩在冰天雪地裡，依然旺盛蓬勃。

看不到阿大和綠苔身影，尼耶想吹口哨傳訊息，波阿卻阻止他：「不，我們唱聖歌。」只有莊嚴優美的聖歌旋律，才適合眼前神聖和諧的氣氛。

白濛濛的水氣雲嵐，遮住曠古傳說，遮住詭異咒語，也遮住現實景象。浮飄出的安寧夢幻，輕悠悠，承受不了任何重量，連心中一個小小念頭都太沉墜了，放下吧，什麼想法都放下吧，把心空出來，把腦子清空，讓雲嵐飄進心靈，讓心靈隨著去飄浮天地間吧。

「卡啊——歐基伊加——，卡啊——歐基咪嗎……」歌詞旋律再熟悉不過，三個人從內心裡發出由衷讚歎：啊，詳和寧靜的聖地！世界上再不可能有地方美好如祢這般了。感謝奧瑪，讓我們找到祢。如果阿大、綠苔也聽到歌聲，請快快加入禮讚；如果天地萬物歡喜相待，請快快加入聖歌。讓每個心靈都感受到平靜，放下痛苦、憂愁、憤怒、恐懼，「卡啊——歐基伊呀——呀呀啊……」

49 • 努基歐娜

耳朵裡的歌聲飄忽悠邈，有叮叮咚咚清脆音色，也有嗚嗚嗡嗡渾厚聲響，樹在唱歌嗎？湖邊巨石上的三個人睜開眼睛，啊，水霧已退去，明朗清楚的一座湖出現了，像夢石一樣橢圓，滿滿的湖水是深藍流光，水氣在湖面晃漾漣漪，很細很輕的波紋跳躍一點一點碎散金光。

「那是奧瑪的文字！」比亞看著變換跳躍的點點金光，它們像極夢石上的美麗圖紋，這個時候，奧瑪寫了些什麼呢？看太陽笑得燦爛，比亞試著辨認那湖面上的書寫。一道很長很寬的鮮豔彩虹，彎跨湖上空，波阿目不轉睛，他驚豔彩虹的每一抹顏色，特別純淨，鮮麗亮眼，「太完美了！」彩虹下的湖水藍得像個好夢，迷幻沉醉，留住人的心神和眼光。

尼耶很快發現，這正是他在地洞頂端倒懸時見到的景象：美麗浮動的水，白雲悠閒飄過，魚群藻類穿梭水光波影間……仔細看湖，他忽然想到轉頭，把周圍的樹木、草叢也一併收入眼底。

啊，這是一顆落在森林草原上的晶瑩藍珠，有什麼可以比美這純潔尊貴的藍呢？尼耶小心屏氣，怕呼吸會把美麗藍珠吹移掀翻了。

咦，是誰？真的從湖邊靈巧的揭起一層極薄的光，寶石藍的湖水霎時變成七彩繽紛，桃紅鮮橙粉綠青藍鵝黃豔紫灰褐，各種顏色都有，先是各成一區，顏色交接時跟著又多出漸層色彩。

東方高高矗立的魔洞山，閃爍彩光發出詢問：「你回來了嗎？歐娜？」彩光碰觸水面尋找湖的回應。

「照出我的色彩，證明這裡看著的是歐娜。」山盯著湖水，要求。

湖水柔柔地搖晃，水光為色彩添加亮麗明度，這一晃動間，色彩也流動幻化出彩帶、漩渦、花瓣。

山明白了：「是你！你是那唱歌的水。」只有歐娜能照出魔洞山的彩光，不會受到強光傷害，能夠回應光裡的各種形象。

「你很快樂？是的，我也為此高興。」山看著湖面上流幻的彩畫，又再投照一陣鮮豔強烈的光彩。

湖水多彩，波阿說不出它們的名字，卻感受到熱情，「這是彩虹的傑作吧？」見識過天神的美麗書寫，現在又欣賞到色光的靈活搭配，波阿腦海中全是美好豐富的意象，順著心靈意志，他為山唱出禮讚：「啊，美麗的湖水；啊，美麗的土地；啊，美麗的歐娜回來啦，美麗的歐娜高興的跳舞啦；啊，美麗的湖呀在我心上啊。」

充滿情感的歌聲，真摯動人的詞句，在陽光下震盪出共鳴，湖面上水珠跳濺，七彩的湖水輪番射出各色光芒。受到召喚，尼耶、比亞一同唱起聖歌，直到聽見叮咚嗚嗡的音色出現，他們才停止歌唱。

天邊只剩一線紅霞，頭上有星星閃爍，夜晚到臨，湖水的七彩換成深藍，這回歌聲來自湖中，非常澄澈嘹亮的嗓音，轉音輕柔靈媚，長音飄遠悠揚，像女子嬌笑幼兒囡囡，但是又氣韻飽滿力量充沛。

聖地上的夜晚寧謐安靜，被歌聲擁抱的每個生命，歡喜聆聽湖水唱歌。瞧，月亮來了，晶瑩的光撒落湖面，重新亮起藍光的水中，每一隻眼睛都看見：歌聲如曼妙妖嬌的女子，懸著腰轉著軀體伏貼水面，又柔伸手臂舞弄水波。歌聲帶著每個心靈在湖面、在聖地，不斷探視找尋。

圓圓的銀色皎月，亮看著湖：「是你呀，歐娜？」月光撫摸湖水：「你有夢嗎？」

湖心亮起寶藍晶光，幽湛深邃，晃翻著銀色光點。唱歌的水拉著月光跳舞：「夢啊，回來吧；許多美好在這裡，許多記憶在這裡；心靈為夢唱歌，心靈因夢飛翔；歡笑、哭泣、快樂、悲傷，一切都在夢裡。」

歌聲輕越，唱歌的湖水亮閃點點銀波，環繞周圍空氣，夜空和大地沉醉在它敘述的旋律中。

月亮輕吻歌聲：「唉，曾經有多少夢因為你的消失而流落各處！」

「唱歌吧，歐娜，很久沒聽到你的歌聲了。」月亮撩撥湖的臉頰。

歌聲轉出一陣漣漪，像女子垂眼呢喃：「時間不斷過去，時間走入夢裡，現在已經過去，每一個現在都是一個夢。」

月亮望向遠處，大地果然是一片清冷光晃的夢境！

唱歌的歐娜在嘹亮爬音之後，多情婀娜的甩出一串飛濺的水珠：「我就是夢，我懷著生命的美好，抱著靈魂的記憶。願望如時間，總會過去；願望如水，流動變化、綿延不絕。啊，這水裡有太多太多美夢，啊，我就是夢！」

細緻清澈的嗓音觸動心弦，每個聆聽的生命都震顫迷惑，情不自禁的低頭沉思。

月亮躺入湖中，隨水波起伏漂游，整座湖從湖底亮起光，青藍、湛藍的水中出現魚群蹤影，款擺的軀體有鮮艷深濃色彩，閃著螢光拉掀裙邊的透明浮游物，都來圍繞月亮，追逐出一圈圈彩色漩渦。

聖地罩在銀白光暈裡，像披了輕衫薄紗，朦朧柔美；湖面極度光亮，趕走夜的黑暗。沉浸湖波，悠晃的月亮和著歌聲跳舞，拉起水波和魚群旋轉翻飛，光和水的舞蹈，把空氣染成流動的色影，所有生命都在水光裡呼吸、注視。

噢，大魚夢拉莫拉回來了嗎？白光奪目的魚體圓圓厚厚，側躺浮在水面，一下子又翻身，小小巧巧的嘴巴像似微笑，又像哼咿，氣泡水珠一顆一顆吐出來，如彩光珍珠般等著被拾取收藏。

看到牠，魚群都聚攏來，吸附在牠身上，像地面眾多眼睛注視天上一輪明月，但月亮還在天上，這湖中的月光大魚，是月神送給歐娜的禮物！

古尼阿壁石牆上，阿大見過牠，如今又在聖地裡出現，那麼，生命已然回復。將手上樹皮交給綠苔，阿大誠懇請求：「我要請水將它帶回去，勇敢的女子，我感謝她的幫助和指引。」

「我願意為歐娜唱歌，為聖地唱歌，為這女子祈求生命的回復。」阿大寬額上有月光照出的皺紋，方顎被暗影修圓了，銳利眼神已經收起。踏入聖地後，經歷時間飛逝，穿梭古老與現實兩地，阿大誠心向自然力量臣服，感謝和敬畏是他對天地神靈的由衷態度。

「請不要放棄任何一絲機會。」

被阿大堅定率真的請託，綠苔眼珠裡射出清靈光輝，把樹皮伸入湖水，輕輕漂洗，嘴裡「潑潑」「波波」和水說話。

閉起眼，專注聆聽湖水空靈飄悠的歌聲。很快，阿大覺得自己成為天上的鷹，翱翔在寶藍美麗的聖地夜空，「我將守護聖地，守護歐娜。」

用力展翅，滑過雲朵，衝過森林、草原，阿大看見尼耶、比亞、波阿，站在巨石上對湖禮讚。翅膀帶起聖歌的旋律，跟湖水的歌聲結合，鷹翼破空盤旋湖面，他看見自己的影子掠過歐娜……

意念回到湖岸，阿大凝神唱出自己的禮讚：「卡啊——，歐滴哩加；卡啊——，歐滴伊呀；卡啊——，歐滴哇加，歐那修央央——；歐滴囡加，嘿啊歐那因納伊——；卡啊——，歐滴音呀，伊伊伊啊——」

這是烏莫的古老言語，拙樸誠摯，如果歐娜的歌是空中水中的天籟，那麼地面上生命唱頌聖歌，便是莊重嚴肅的呼喚：「偉大天神，請來聆聽，請來照護祢賜予的生命！」

「接受我的祝福，生命會在夢中回復。」是北風，呼呼厲吼改成吁吁口哨，吹向每一處空間，吹向森林草原，吹向石頭湖水，跟隨北風來的雪花靜靜飄落，是七彩繽紛的彩色雪虹。

東昇的旭日和西沉的滿月，同時把金光銀輝投射湖上，月光大魚翻轉身體，小嘴吐出一長串微笑，游遍湖中每一片水域，吸引出不計其數的水中生物。

歐娜的歌聲飛入光束中，漸漸細微，只剩耳朵裡的記憶，繚繞著眼底那顆晶瑩藍珠。

50・夢中有湖

黎明了，樹上花朵綻放，果實掛在枝頭，各種草木都頂著彩色雪花。青草嫩綠，樹葉鮮翠，繁花似錦，聖地上的景色沒有季節之分，只有生機流動。

「回去吧，水已護送她回阿貝森林。」綠苔站起身，語調堅定，口氣威嚴，聲音卻很蒼老。緩慢的，綠苔提腳抬臉，回身面向阿大。

「啊！」無法置信的阿大驚呼。只這一個夜晚，綠苔臉皮全是皺紋，鬆垮垂墜，幾乎要閉起的眼看不到光點，頸搭在肩背，軟癱成駝拱的弧線。老人像一塊長滿青苔綠蘚的石頭，矗踞在阿大面前。

「天神已經賜給你們湧泉和聖地，烏莫人會有新的生命，回去吧，唷哩嘿啊，把你們的快樂分享給所有生命，讓聖歌傳唱各處。」綠苔，阿貝智者，他的聲音從苔蘚裡傳出來，平靜安詳的聲音裡，有水自在流淌大地的空靈，有生命從容走過時間的智慧。

伸手扶住老人，阿大誠懇要求：「走吧，我背你回去。」

「不」，老人連搖手都省了：「生命從自然來，回自然去，這是我的選擇。」綠苔合眼，隱入聖地景物中，像高山峻嶺、險灘危瀑……山水之間的一塊石頭。

一塊綠苔石頭！

歐娜湖飛起水珠，噴濺在阿大和綠苔石頭身上。

「回去吧。」老人低低說著。

「是回阿貝森林嗎？」阿大聽見水這樣問。

老人像流水的聲音更低更緩了：「回你來的地方去……」

「來的地方？」阿大問自己：「我從哪裡來？」洞窟營地？烏拉森林？到處流浪的烏莫族，祖先原本也生活在阿貝森林，那麼，「是回阿貝森林嗎？」

茫然中抬眼，環視聖地絕美的夢幻的景色，「努基歐娜」幽魅音嗓從久遠時空前就飄飛繚旋，歌聲還在耳裡，阿大聽著看著，忘了快樂牽掛，忘了一切事情，忘了從哪裡來，腦子空，心頭空，身體空，腳下空，空茫茫也輕飄飄。

清涼舒適漸漸變成冷冽凍寒，阿大抖縮一下身子，忽然回過神。綠苔石頭不見了，湖不見了，聖地呢？四周暗黝漆黑，又冷，歌聲什麼時候停止的？是因為沒有歌聲才見不到美景嗎？

「卡啊——」開口想唱聖歌，卻聽見旁邊有鼾聲，轉頭看到尼耶手腳叉開躺在他身邊，波阿趴睡在尼耶腳上，比亞仰臥在波阿背上。

阿大坐起來，三個人同時驚醒，沒有捏拳攻擊的動作，他們翻身起來不約而同說：

「我夢到……」

他們都做了夢！夢到什麼呢？

「一座湖。」

波阿回想著：「彩虹飛進湖裡，湖水變成七彩、多彩，美極了。」

「夢裡頭，尼耶趴在地上，聽見地底下有水，我順著尼耶指的方向走過去，忽然就踩空跌落下來，人剛好就站在湖邊……」波阿怕忘了夢裡情節，一口氣講完長長一段內容。

抓抓頭，尼耶深呼吸。夢裡頭，他背後是一大片空曠荒野，「冰雪緊跟著我，很快把我抱住！」

尼耶隨即又放鬆語調：「那些冰雪立刻融化了，出現一座寶藍色的湖，我從湖的上空看下去，就像綠色山谷裡一顆又大又亮的藍珠，藍光水珠。」

「哈，那湖，真美！」尼耶還清楚記得，自己是如何小心呼吸，怕吹破那漂亮的珠子。

靜靜聽的比亞，等到尼耶說完又「嘖嘖」兩聲後才開口：

「嗯，我夢到自己追著一隻藍光魚在地上跑。魚在地上游得很快，為了想超越牠，我一路低頭拼命跨步，沒注意竟撞進一片黑色大牆。還好，穿過牆出來後，眼前是個湖。」

「對，我也夢到湖。水面金光點點，奧瑪在湖上寫字，很漂亮的字，可惜我不認識字，不知道奧瑪寫了什麼。」

比亞慢條斯理說，似乎還沉睡在夢中，停一下又開口：「我猜，奧瑪在寫詩歌，寫故事。」

大家都夢到湖了嗎？

「我的夢，有故事，有詩歌。」阿大想著綠苔石頭，想著聖地和努基歐娜的美妙奇幻，「卡啊——，歐基伊加……」他開口唱歌。

等待阿大說出夢境，不料他卻唱歌，三個人愣一下，不由自主跟著開口，歌詞和旋律不知什麼時候已牢記在心中，嘴巴一開，歌聲就唱出來了：「卡啊——，歐基伊加——，卡啊——，歐基咪嗎——，卡啊——，努基歐那央拉夏，努基歐那嘿啊央拉哈——，卡啊——，歐基伊呀——呀呀啊——」

很有默契的合著旋律，阿大「嗡——」「嗯——」禮讚，四個人唱得渾然忘我，夢中的景象一點一滴隨歌聲重現。

「我聽見湖唱歌！」尼耶撫著手臂，皮膚凸起一粒粒疙瘩，歌聲穿透腦海，「那是非常美麗的聲音！」

比亞想起來了：「天神唱的歌聲！」

「湖的靈魂在唱歌。」波阿閉起眼睛享受夢中的美景。

「我在飛！」阿大清楚記得這一切：唱歌的湖，歌聲多麼靈妙；回復生命的土地，景色多麼美麗！啊，美麗的歐娜湖，美麗的聖地！這神奇的夢境將永難尋覓，但絕對不會忘記……

「潑潑」「啵啵」，歌聲裡出現伴奏，和著音節的是什麼聲音？四個人弱下嗓門，耳朵聽仔細，是水聲，不是「兜答」「滴兜」的水滴，不是「嘩啦」「咕嚕」的水流，是往上冒跳的水湧！

水？在哪裡？我們在哪裡？

四個人轉身滾爬，一陣摸找檢查，「這是我們挖的地道。」尼耶很確定，順手拿起黑石頭，很快生火。

黑暗被跳躍的火舌吞下，波阿看著地道牆上：「一個缺口，是我挖的。」比亞跨腳出去，聲音不久後傳過來：「感謝奧瑪！快來！」

是看見什麼了？

阿大、尼耶、波阿先後爬過牆上缺口。一條小小通道曲繞上升，走兩三唻遠後有亮光，是地面，比亞在外頭等著。

出了地道，枯黃野草覆著白雪，冬天還沒離開，但陽光溫煦照耀。

一塊石頭立在出口不遠處，像一個人盤腿坐在地上，頭肩背上有雪，胸口一撮乾褐苔斑。

比亞看著它：「我好像見過。」

「感謝奧瑪！」阿大蹲下來抱起石頭。他相信這是夢中的綠苔石頭，幫助他們找到聖地，或者說是指引他們找到夢境的阿貝智者。

「感謝你，綠苔。」阿大靠在石頭邊誠懇道謝：「請讓我將你留在烏莫族的烏拉森林……」

抱住石頭站起身，阿大話還沒說完，一道水柱從石頭下的地面噴湧出來，啊哈，是地底湧泉！

尼耶興奮跪下：「我夢見它！」捧起水喝，潤喉甘甜的水，喝了全身舒暢精神清爽，啊，沒錯！

「我們會有一個湖。」波阿湊上來喝水，認真思索：「一個湖，會吸引很多生命來，如果湖連接水道和南邊的河，這片土地會長出許多草木，「烏拉森林就看著湖！」

「烏莫湖和烏拉森林，一定很美，我們會忙很久，也許要一輩子，那沒關係……」波阿邊想邊說。

這一切都和夢境很接近，「也許，我們的夢是真實的。」比亞盯著阿大手中石頭：「它讓我們找到湧泉！我記得，夢裡也有一塊神奇的石頭。」

究竟，這是真實的夢境，或是虛幻的現實呢？比亞有一點茫然。

阿大抱緊石頭對波阿、比亞和尼耶爽朗大笑：「我們會讓夢變成真實！」

烏莫人心中有歡樂好夢，有莊嚴聖歌，對未來新生活看到美麗景象，「我們會讓土地上響起歌聲，讓生命的湖水不乾涸。」

挺挺腰桿，阿大也告訴自己：「烏莫人一定會有全新的作為。」

51 • 尾聲——夢裡的故事都是力量

千萬別以為，冬天裡小矮人全躲入地底下，不再出來地面活動；或是小矮人睡在地道裡，像小動物一樣冬眠。會有這種錯誤想像，都因為對小矮人太缺乏了解。

初冬的寒涼只稍稍限制活動範圍，等到隆冬冰雪封蓋地面時，地道裡才會真正安靜下來，阿貝人留在屋裡和爐火相偎取暖，享受難得的優閒寧謐。一旦氣候稍微回暖，感覺靈敏的他們，從空氣中的味道、水氣、聲響、震動，得知冰雪融化碎裂，泥土中蟲子翻身活動，清新的氣息從空隙中一絲絲滲入地道，他們會立刻抬腿舉手伸腰，迫不及待要走出地道，探查外面的世界。

當然不是到處都冰凍，也不會整個季節都飄雪，冬天裡依舊有陽光露臉，北風沒來哈氣祝福時，森林裡甚至還會有蹦跳的松鼠、猴子，竄爬的鼠和蜥蜴，趁著短暫溫煦明亮的好天氣出來活動，一旦天色陰沉、氣溫下降，牠們又趕快躲回窩穴，等待再一次回暖的日子。

負責巡視森林南邊的帕里，在阿卡邦灣遇到過兔子，正叼著一撮乾黃禾草要跳回樹洞。

桃花心木林仍有葉蔭，邦卡河飄漫陣陣霧氣，水流緩慢靜悄，水面下降，阿卡邦灣幾乎乾涸，岸邊矮灌木叢，乾黃、暗紅、褐綠的葉片倒還精神得很。

帕里深呼吸，沁寒空氣在胸口，涼透心，卻很舒服。冬天除了冷，其實安靜愜意，這個季節，樹木的枝條脆弱，他不爬上樹去瞭望河道，改在地面步履踏勘。來來回回把河岸走了好幾趟，腳底下硬實的碰觸後，很快身體就暖熱了。

兔子以外，他也聽見麻雀喧鬧，看到野貓曬太陽，不少生命知道享受冬天。

擠在漆黑小小房間，杜吉盛一小杯酸甜果醬招待自己，他正為一個缺少色彩的故事傷腦筋，「也許是地道裡悶太久，思考不夠新鮮……」他準備出去外面，讓腦袋醒一醒。

一陣柔美歌聲在空氣裡飄浮，杜吉愣一下，這是春天的腳步聲嗎？

喔，太好了，杜吉輕鬆許多，好像聞到清甜流動的空氣：「那麼，我也該睡一覺，好好做個夢，別辜負冬天才是。」

歌聲飄漫在地道裡，飛進了漆黑的房間，探視正熟睡作夢的心靈。

「德妮，醒醒，聽我說。」耳朵邊有呼喚拉開德妮的眼皮。

一圈淡淡光暈在她身邊，是比羅。

「送你一顆種子，找機會去種到烏莫湖邊。」比羅的臉在光圈裡模糊不清。

烏莫湖？在哪裡？德妮睡眼惺忪問。

「你剛從那裡回來。」比羅輕笑，伸手拍拍她頭頂：「種下後記得唱歌唷。」

「什麼歌？」

「聖歌，你記得吧！」比羅光暈忽然消失，看著身旁漆黑，德妮慢慢閉上眼：我在夢裡嗎？

靜靜睜開眼，德妮耳朵裡有悠揚聖靈的歌聲，她記起冰雪中的邁步前行，喔「我走了一趟！」坐正身子，腦中的夢境逐一閃現。

抱著姆姆在湖中跟月光遊走，那座湖真美！姆姆在微笑，啊，她得到回復的力量了！

「感謝奧瑪！」合掌時手心裡有個東西，德妮詫異的睜大眼，神智完全清醒。

一顆種子，比羅剛才來過了！

「他叫我要唱歌。」看著種子，德妮仔細想：那段失傳的聖歌，歌詞有點難記，是這樣唱的嗎？

張開口，德妮跟著耳朵裡的歌聲哼唱，旋律比起阿貝聖歌多了轉折，但是更讓人平靜無憂，撫慰身心一切疲憊傷痛，感謝奧瑪，這樣的歌聲太美妙了。

空氣細弱震顫，帶著歌聲在地道裡探訪生命，睡著的、醒來的，都接收到這拜訪的訊息。

溫暖的室內傳出「伊呀」「伊呀」輕輕的聲響，火光晃了兩下，老爹和也伯同時警醒：「姆姆？」

沉睡在椅子上的老人仍舊安靜，春天還沒到，小動物還沒吵鬧，是搖椅在動嗎？也伯注意到搖椅下的一點點影子搖，只是眨一下眼皮的時間，再要看又沒有發現，但那真的是個動作！

老爹拍拍也伯，示意他看姆姆的臉。老人的面容不變，鬆垮花皺的皮膚沒有絲毫起伏，時間的波紋不興，但是在那緊閉的眼皮下，也伯看見輕輕眨動，像泥土下的種子，試圖推開包覆的土壤，小小滾動，一次，兩次，又停止了！

啊，「感謝奧瑪！」也伯輕輕呼喊，驚喜見到姆姆生命回復，儘管能量還微弱但總是好消息。雙手貼胸發出誠摯禮讚，老爹同時也聽見空氣中的歌聲，訝異的側耳傾聽。

唔，這很像聖歌的旋律，唱的是什麼呢？

「姆姆，你可以說故事嗎？」睡在蓆子上的莎兒、東可翻個身子嘴裡唔唔噥噥說夢話。他們的夢裡有美麗歌聲，又有樹葉沙沙哼唱，是姆姆在開口說話了！

「好孩子，你喜歡魚嗎？聽聽月光魚夢拉莫拉的故事吧……」姆姆沙啞嗓音柔緩的說。莎兒聽著耳邊悄悄話，迷濛睡去，嘴邊有一朵滿足的笑靨。

東可側轉身，縮起腿彎，姆姆在說什麼？

「有顆大石頭，在黑夜裡從天上墜落……」

「哇，多大的石頭呢？砸到誰了？」東可追著姆姆的聲音問。

「唔，先睡一覺吧，好孩子。」姆姆摸摸東可頭髮，古尼阿璧的故事太長了，睡飽有精神後再來聽。瞧，東可手腳鬆開，睡得多香甜，夢，正在唱歌哪。

「姆姆醒了嗎？」聽到禮讚歌聲，大孩子巴姆眼皮輕微顫抖一下，腦子先發問。

「還沒，還要等等，但是，快了。」歌聲這樣回答，輕柔唱腔和奇幻的空氣讓心情舒坦寧靜，完全放鬆後，巴姆跟隨歌聲開口，毫不費力唱出悠揚美妙旋律，啊，就是這樣隨順自然，一切就能滿意，巴姆依循歌聲沉入美夢。

冬天適合作夢；溫馨美好的夢，總是成為隔年生命努力的方向；驚險刺激的夢，會讓奮鬥的生命添加勇氣和韌性。冬天裡的夢，為生命儲積能量。

「可敬的奧瑪，我見到不一樣的烏莫人，聽見他們唱出歐基禮讚，那是生命的聖歌，感謝奧瑪，感謝烏莫人，我有了重生的力量。」姆姆的神識在地道裡也在地道外，跟著歌聲穿梭天地間。

空氣很冷，寒沁清新，空中飄雪，雪花之上有陽光，天神的光在那裡：「那麼，回去吧，將聖地的故事流傳下去！」

「感謝奧瑪！」姆姆跟著聖歌唱頌，聲音很快將她帶回地面，陽光照著冰雪，亮起一片彩虹，色彩裡有天神輕笑：「作夢好，夢裡的故事都是力量。」

「我期待全新的烏莫人！」

天神看著大地，彩光柔和照遍荒地和森林，奧瑪告訴所有的樹木：「當那顆水樹種子種下烏莫湖邊，勾絡和歐娜的故事才可能延續！」

姆姆聽到了，她眨眨眼皮，睜開前稍稍停一下，奧瑪的意思是什麼呢？

少年文學07　PG0836

小矮人的祕境

作者／林加春
責任編輯／林千惠
圖文排版／郭雅雯
封面設計／陳佩蓉
出版策劃／秀威少年
製作發行／秀威資訊科技股份有限公司
114 台北市內湖區瑞光路76巷65號1樓
電話：+886-2-2796-3638
傳真：+886-2-2796-1377
服務信箱：service@showwe.com.tw
http://www.showwe.com.tw

郵政劃撥／19563868
戶名：秀威資訊科技股份有限公司
展售門市／國家書店【松江門市】
104 台北市中山區松江路209號1樓
電話：+886-2-2518-0207
傳真：+886-2-2518-0778

網路訂購／秀威網路書店：http://www.bodbooks.com.tw
國家網路書店：http://www.govbooks.com.tw
法律顧問／毛國樑　律師

總經銷／聯寶國際文化事業有限公司
221新北市汐止區康寧街169巷27號8樓
電話：+886-2-2695-4083
傳真：+886-2-2695-4087

出版日期／2013年6月　一版　定價／280元
ISBN／978-986-89080-8-6

秀威少年
SHOWWE YOUNG

國家圖書館出版品預行編目

小矮人的祕境 / 林加春著. -- 一版. -- 臺北市 : 秀威少
年, 2013. 06
面； 公分
ISBN 978-986-89080-8-6 (平裝)

859.6 102006844

讀者回函卡

感謝您購買本書，為提升服務品質，請填妥以下資料，將讀者回函卡直接寄回或傳真本公司，收到您的寶貴意見後，我們會收藏記錄及檢討，謝謝！
如您需要了解本公司最新出版書目、購書優惠或企劃活動，歡迎您上網查詢或下載相關資料：http:// www.showwe.com.tw

您購買的書名：________________________________

出生日期：________年________月________日

學歷：□高中（含）以下　□大專　□研究所（含）以上

職業：□製造業　□金融業　□資訊業　□軍警　□傳播業　□自由業

□服務業　□公務員　□教職　□學生　□家管　□其它_____

購書地點：□網路書店　□實體書店　□書展　□郵購　□贈閱　□其他

您從何得知本書的消息？

□網路書店　□實體書店　□網路搜尋　□電子報　□書訊　□雜誌

□傳播媒體　□親友推薦　□網站推薦　□部落格　□其他__________

您對本書的評價：（請填代號　1.非常滿意　2.滿意　3.尚可　4.再改進）

封面設計____　版面編排____　內容____　文／譯筆____　價格____

讀完書後您覺得：

□很有收穫　□有收穫　□收穫不多　□沒收穫

對我們的建議：________________________________

____

____

____

請貼
郵票

11466
台北市內湖區瑞光路 76 巷 65 號 1 樓
秀威資訊科技股份有限公司 收
BOD 數位出版事業部

（請沿線對折寄回，謝謝！）

姓　　名：＿＿＿＿＿＿＿＿　年齡：＿＿＿＿　性別：□女　□男

郵遞區號：□□□□□

地　　址：＿＿＿＿＿＿＿＿＿＿＿＿＿＿＿＿＿＿＿＿

聯絡電話：(日)＿＿＿＿＿＿＿＿(夜)＿＿＿＿＿＿＿＿

E-mail：＿＿＿＿＿＿＿＿＿＿＿＿＿＿＿＿＿＿＿＿